KB001961

데이트 어 라이브 프래그먼트

DATE A LIVE FRAGMENT DATE A BULLET 5

데이트 어 불릿

5

"으으, 마치 기둥서방에게 돈을 바치는 기분이에요…….
하지만, 기분이 나쁘진 않아요……!"
준정령— 히고로모 히비키

"저, 지금 돈이 없어
차아아아아아아암 난감한 상황이랍니다."
정령— 토키사키 쿠루미

"……승부를 포기한 걸로 알면 될까?"

제7영역의 지배자— 사가쿠레 유리

제4영역의 지배자— 아리아드네 폭스롯

"저는, 이대로도,
전혀 문제없어요.
자, 칩을 걸어 볼까요."

제6영역의 지배자
— 미야후지 오우카

제2영역의 지배자
— 유키시로 마야

"어젯밤부터 오늘 아침까지, 이 저택에
침입한 자는 단 한 사람도 존재하지 않습니다."
기계로 만든 여동생— 사가쿠레 유이

"제가 이 사건을 해결하겠어요.
조사하고, 청취해서, 범인을 찾아낸 후,
단호하게 **매달아 버리겠어요.**"

"자, 잠깐만
기다려 주세요……."

"―네가 원하는 게 뭐야~?"

데이트 어 불릿 05

글 : 히가시데 유이치로
원안·검수 : 타치바나 코우시
그림 : NOCO
옮긴이 : 이승원

결국
나는 파멸을 바라고 있다.

전부 부서져라.
전부 죽어라.
전부 사라져라.

왜냐하면 이 세계는
존재할 가치가 없다.

그래서 나는
—살해당하기로 한 것이다.

데이트 어 라이브 프래그먼트

데이트 어 불릿 5

DATE A LIVE FRAGMENT 5

SpiritNo.3
AstralDress-NightmareType   Weapon-ClockType[Zafkiel]

○프롤로그

두 소녀가 공허한 복도를 따라 걷고 있다.

한 사람은 누구라도 아름답다고 생각할 듯한 소녀였다. 칠흑빛 머리카락과 도자기 인형을 연상케 하는 피부, 시계 모양을 한 눈동자, 그리고 맵시 있는 영장(드레스)의 이름은 〈신위 영장(엘로힘) 3번〉.

다른 한 사람은 연보라색이 감도는 하얀 머리카락을 지닌 소녀였다. 피부는 다른 소녀 못지않게 새하얗지만, 호기심으로 가득 찬 눈동자는 대조적이었다. 무엇보다 그녀의 드레스는 새하얀 색이며, 어딘가 덧없는 느낌이 감돌고 있었다.

아까 소녀가 찬란하게 빛나는 다이아몬드라면, 이 소녀는 홍수정(紅水晶)였다. 옅은 홍색을 머금은 듯한 이 수정 같은 소녀는 찬란하게 빛나는 금강석의 옆에서 걷고 있었다.

개방된 문(게이트)에 먼저 뛰어든 소녀, 토키사키 쿠루미와 그 뒤를 따르는 소녀, 히고로모 히비키는 제7영역(네차흐)으로 향하는 중이었다.

"쿠루미 씨, 심심해요~. 끝말잇기라도 하죠~."

오랫동안 단조롭게 이어지는 【하늘에 이르는 길(샤마임 크비슈)】에 질린 히비키가 쿠루미에게 말을 걸었지만, 그녀는 마음이 딴 곳에 있는 듯한 반응을 보이며 걸음을 옮기고 있었다.

—쿠루미는 하얀 여왕(퀸)에 대해 생각하고 있었다.

반오인 카레하는 사랑이라는 감정 때문에 결국 죽고 말았다. 즉, 퀸은 사랑이 **어떤 것인지 이해하고 있는 것이다.**

퀸이 사랑하는 상대는 대체 누구일까?

생각을 하면 할수록, 불길한 예감…… 등골을 오싹하게 만드는 악의가 느껴졌다.

퀸이 반전체라면, 그 사랑 또한 비틀려 있을 게 틀림없다. ……그리고 그 비틀린 사랑은 여왕에게 어떤 결론을 안겨줬을까.

그 점을 추론하기에는 판단재료가 너무 부족했다.

하지만, 만약 그 사람에게, 그분에게 여왕이 해를 끼치려 한다면…….

어떻게 하면 좋을까. 자신은 겨우 네차흐에 도달했다. 제1영역은 아직 너무나도 멀었다.

게다가, 자신은…….

그의 이름조차도, 떠올리지 못한 것이다.

그런데도 그를 사모하는 마음만은 하루가 멀다 하고 커져만 갔다. 목소리를 듣고 싶다. 팔짱을 끼고 함께 걷고 싶다.

아니, 하다못해— 그저, 그의 곁에 있고 싶다.

눈을 돌리고 있던 의문이 다시 마음속에 떠올랐다. 토키사키 쿠루미, 정령, 그리고 분신인 자신은…….

어째서 이 인계(隣界)에 존재하는 걸까.

다른 준정령들처럼 죽어서, 이 세계에 떨어진 것일까. 아니면—.

"쿠~루~미~씨~!"

정신을 차리고 똑바로 눈을 뜨자 약간 어지러웠다. 히비키가 쿠루미를 향해 얼굴을 내밀고 자신이 화났다는 것을 표현하듯 볼을 잔뜩 부풀리고 있었다.

"……."

왠지 재미있어 보인 쿠루미는 양손의 손가락으로 히비키의 볼을 눌렀다. 푸쉭~ 하는 소리가 나며 공기가 빠졌다.

"냐앗~! 저를 가지고 놀지 마세요! 제 볼은 장난감이 아니란 말이에요!"

"볼을 눌러달라는 듯한 마음의 소리가 들린 것 같아서 말이죠."

쿠루미가 그렇게 말하며 웃자 히비키는 마음이 풀린 건지 쿠루미의 옆에 서서 걷기 시작했다.

"그런데, 무슨 생각을 그렇게 한 거예요?"

"말하고 싶지 않군요."

"아, 예의 그 사람에 대해 생각한 거군요."

바로 간파 당했다. 왠지 부끄러워진 쿠루미는 고개를 돌렸다. 그러자 히비키는 씨익 웃으면서 쿠루미의 얼굴을 들여다보려고 했다.

"하~지~마~세~요~."

"할~거~예~요~."

쿠루미는 히비키의 얼굴을 잡고 위아래로 흔들었다. 솔직히 말하자면, 쿠루미는 좀 즐거웠다.

"······그건 그렇고, 제가 무슨 생각을 하는지 어떻게 안 거죠?"

"그거야 간단하죠. 쿠루미 씨가 저한테도, 적한테도, 타인한테도 보여준 적 없는 표정을 짓는 건, 그 사람을 생각할 때뿐이니까요."

쿠루미는 그 말을 듣자마자 반사적으로 자신의 두 볼을 손으로 감쌌다.

"······제, 제가 어떤 표정을 짓나요?"

쿠루미는 부끄러웠다. 자신이 그에 대해 생각할 때는 마음이 꺾일 것 같거나, 혹은 한껏 들떠 있다. 아무튼, 표정 관리가 전혀 되지 않는 듯한 느낌이 들었다.

"뭐, 말 안 하는 편이 좋을 것 같기는 해요. 하지만, 쿠루미 마니아로서는 절대 놓치고 싶지 않은 표정이죠! 액자에 담아서 장식해 두고 싶을 정도예요!"

"그러지 마세요."

이 자리에서 히비키에게 딱 잘라 말해두지 않는다면, 나중에 진짜로 그런 짓을 할지도 모른다고 생각한 쿠루미는 허둥지둥 그녀를 말렸다.

그녀와도 꽤 오랫동안 알고 지냈다.

제10영역에서 복수를 마친 후, 쿠루미의 파트너가 된 히비키는 할 때는 **완벽하게 하는**, 그야말로 실행력의 화신 같은 소녀였다.

그녀가 액자에 담아서 장식해 두고 싶어 한다면, 반드시 그것을 실행에 옮길 것이며―.

"……그런데, 절대로 하지 말라는 전제 하에서 문의 드리는 건데 말이죠. 액자의 크기는 어느 정도로 생각하고 계시죠?"

"예? 그야 1분의 1000 스케일 정도죠."

아하. 1000분의 1이 아니라 1분의 1000인 건가. 왠지 히비키가 1000배로 확대된 쿠루미의 얼굴을 배경 삼아 서서 「제군들이 사랑하는 토키사키 쿠루미는 귀엽다. 그건 어째서인가!」 같은 소리를 하는 악몽 같은 광경이 머릿속에 떠올랐다.

"잘 들으세요. 절대로, 저어어얼대로! 하지 마세요."

"예~."

히비키가 대충 대답하자, 쿠루미의 경계심이 한 단계 상승했다. 히비키가 카메라를 꺼내든 순간, 경계경보 발령이다.

"……그나저나, 히비키 양은 네차흐에 와본 적이 있나요?"

"아뇨. 다만, 스페이드 씨가 네차흐에 관해 대략적으로 적어준 종이가 있어요. 그걸 읽어볼까요?"

"그런가요. 그럼 같이 읽어보죠."

히비키가 편지를 펼치자, 쿠루미가 옆에서 쳐다보았다.

―올시다!

"이게 뭘까요?"

"인사 아닐까요?"

―이야~, 안녕하십니까~. 스페이드입니다. 항상 신세 많이 지고 있습니다.

"싹싹한 업계인 같은 말투로 인사를 하네요."

"그럼 첫 줄의 저건 뭘까요?"

―네차흐에 관해서 말씀드리자면, 간단히 정리하자면 이렇소이다. 우선 가장 큰 특색은 그 영역이 화폐유통식이라는 점이올시다. 이 세상은 돈이 전부라굽쇼오오오오오!

"갑자기 악덕 사채업자 같은 소리를 하네요."

"돈이 중요하다는 점을 최대한 표현해본 것……이 아닐까요?"

―왜 화폐유통식이냐면, 그 이유는 간단하지요. 그곳은 갬블에 의해 성립되는 카지노 영역이기 때문이올시다. 슬롯, 룰렛, 마작, 트럼프. 모든 도박이 다 가능하기에, 사람에 따라서는 최고의 파라다이스입지요!

"갬블."

"카지노 영역."

　—그렇기 때문에, 그곳에서는 온갖 사기와 속임수가 횡행하고 있소이다. 조심하는 게 좋을 것이오. 먼저 그곳으로 향한 소생의 주인은 남장 핸섬 미녀 같은 면상을 지녔지만, 의외로 잘 속는 편이라는 게 생각이 나서 이렇게 편지를 보내오.

"까르트 양은 보기와는 다르게 잘 속는 편이군요……."

"속성이 너무 많은 거 아니에요?! 히비키는 다시 삐침 모드예요!"

　—소생은 일단 반오인 미즈하 님에게 부탁해 제8영역에서^{호드} 제9영역으로^{예소드} 향한 후, 중요한 준정령을 데리고 올 것이외다. 무슨 일이 생긴다면 소생의 주군…… 까르트 아 쥬에 님을 지켜주셨으면 하오.

"중요한…… 준정령?"

"누구일까요?"

"애인 아닐까요?"

"애카드인가요?"

―준정령 변호사이올시다.

"아~(납득)."
"아하……(납득)."

―아, 그리고 지배자인 사가쿠레 유리 님은 시스콤 매드 사이언티스트이며, 기계로 된 여동생을 제조해 각 영역에 보내고 있소이다. 여러모로 문제가 많은 타입이니 조심하는 게 좋을 것이외다.

"매드하네요."
"그러네요. 그분, 그래서 인간미가 없는 것처럼 느껴졌던 거군요."

―그럼 이만 줄이겠소이다. 뿅!

"스페이드 씨는 옛날 채팅에 출몰하는 준정령 같네요."
"저는 히비키 양이 그런 비유 표현을 쓰는 게 더 이상하군요."
편지는 그렇게 끝났다. 두 사람은 한숨을 내쉰 뒤, 편지를 접었다.
네차흐의 게이트는 바로 눈앞에 있었다. 잠겨 있지는 않았다. 손을 대면 이 문은 곧 열릴 것이다.

"그럼 가볼까요."

"그런데 히비키 양. 당신은 남에게 잘 속는 타입인가요?"

"으음……. 평범한 편일 거예요. 후각은 꽤 좋은 편이라고 자부하지만요."

"그럼 괜찮겠군요. 저는 절대 속지 않으니까요."

"완전, 위험한, 플래그가 섰어요!"

"걱정하지 마세요. 저에게는 〈각각제(刻刻帝)〉가 있으니까요."

"……총으로 협박하는 건 강도나 할 짓 같은데요……."

하지만 쿠루미는 온갖 지옥을 헤쳐 온 정령이었다.

웬만한 사기꾼에게 놀아날 리가 없는 것이다. 게다가 그녀는 이 영역을 그저 지나가고 싶을 뿐이었다. 사가쿠레 유리가 문제가 많은 타입이라지만, 토키사키 쿠루미를 방해하지는 않으리라.

호드와 예소드는 각 영역의 평화를 유지하기 위해 게이트가 닫혀 있었지만, 그녀에게 폭력으로 맞서려 하는 자는 단한 명도 없었다.

당연했다.

그녀는 인계 유일의 정령이라 해도 과언이 아니다.

시간과 그림자라는 법칙을 지배하는, 원래라면 이 인계에 존재해선 안 되는 괴물인 것이다.

"예, 두려움에 떨 필요는 전혀 없답니다."

"그렇군요~!"

토키사키 쿠루미란, 그런 존재다.

두 사람은 자신만만하게 웃으며 하이파이브를 했다.

이곳은 기계로 된 도박장. 문명적인 인간들이 가장 탐내는 금전이 오가는, 저속한 세계.

토키사키 쿠루미와 히고로모 히비키는, 네차흐에 들어섰다.

○카지노 배틀 로얄

"—그럼, 1억 YP를 내놓으면 제6영역으로 이어지는 문을
열어줄게!"

네차흐에 도착한 토키사키 쿠루미와 히고로모 히비키는
게이트를 순찰하고 있는 여러 사가쿠레 유이 중 한 명(한
개, 혹은 한 대라는 호칭이 옳을지도 모르지만)에게, 이곳
의 도미니언인 유리에게 데려다 달라고 말했다.

"——예, 알겠습니다."

유이는 그 말을 듣고 잠시 경직됐지만, 이내 고개를 끄덕
였다. 그리고 두 사람을 딱히 경계하지도 않으며 하늘로 둥
실 날아올랐다.

"……의외로 일이 술술 풀리네요."

"아뇨. 아직은 몰라요. 일단 조심하도록 하죠. 그건 그렇고—"

히비키는 얼이 나간 듯한 눈길로 주위를 계속 두리번거렸
다. 지금까지 통과한 영역에도 제각각 특색이 있었지만, 네
차흐에는 기묘하다 해도 과언이 아닌 광경이 펼쳐져 있었다.

예를 들자면, 곳곳에 존재하는 시계에는 Ⅰ부터 Ⅴ까지의
문자판이 새겨져 있었다. 앞장을 서고 있는 사가쿠레 유이
에게 설명을 부탁하자, 그녀는 담담한 어조로 대답했다.

"이 영역은 오후 여섯 시부터 열두 시까지, 총 여섯 시간
으로 하루가 구성되어 있습니다. 오후 여섯 시부터 하루가

시작되고, 오전 열두 시에 하루가 끝나죠."

"그 말은…… 항상 밤이라는 건가요?"

유이는 고개를 끄덕였다.

"도박장이 있는 영역에 어울린다고도 할 수 있겠군요."

대부분의 카지노는 밤에 본격적으로 운영된다. 그러니 항상 밤이라면, 항상 카지노가 가동된다는 뜻이리라.

그리고 시계가 있는 건물은 하나같이 네온사인으로 아름답게 꾸며져 있었다.

"불야성(不夜城)……."

하늘은 밤이지만, 건물은 그 밤을 거부하고 있었다. 길을 오가는 준정령들도 지금까지 봤던 이들과 다르게 어른스러워 보이는 것은 착각일까.

비틀거리며 걷고 있는 준정령은 한손에 술병 같아 보이는 것을 들고 있었다. 그녀는 그것을 병째로 마시더니, 밝은 목소리로 노래를 불렀다.

"다른 영역에서는 술을 보기 힘들지만, 이곳은 다릅니다. YP가 있는 한, 이 영역의 주민들은 뭐든 다 할 수 있죠."

"YP?"

"……유이 포인트의 약칭입니다."

"어머, 사랑받고 있군요."

"……."

유이는 딱히 대답하지 않고 그저 가볍게 고개만 갸웃거렸다. 그녀의 투명한 시선은 호드에서 마주쳤던 유이와 명백하게 달랐으며, 감정 자체가 결여되어 있는 것 같았다.

"―저는 **양산형**입니다. 마스터께서 직접 만드신 사가쿠레 유이와는 성능 면에서 차이가 나죠."

"감정도 없나요?"

"예."

히비키의 물음에 양산형 유이는 고개를 끄덕였다. 어느새 주위에 모여든 다른 양산형 유이들도 멍한 표정으로 쿠루미와 히비키를 쳐다보고 있었다.

"마스터께서는 이 네차흐의 중앙에 있는 카지노 『IS^{이즈}』에 계십니다."

앞장서서 걷고 있던 히비키의 시선이 높은 건물로 향했다.

"IS…… 그것은 무엇의 줄임말이죠?"

쿠루미가 묻자 히비키는 씨익 웃었다.

"알겠어요! 『무한한 여동생들^{Infinite Sisters}』죠?!"

"……아뇨. 『여동생과 여동생^{Imouto Sisters}』#1 입니다."

두 사람은 뭐 그딴 약칭이 다 있냐고 마음속으로 생각했다.

허름한 금속제 의자가 끼익 하고 비명을 질렀다. 그 의자

#1 여동생과 여동생 일본어로 여동생이라는 말의 발음이 「이모우토(いもうと)」이다.

에 반쯤 드러눕듯 앉은 사가쿠레 유리는 자신을 찾아온 두 사람을 무관심한 눈빛으로 쳐다보았다.

그녀는 흰색 원피스 위에 흰색 가운을 걸친 기묘한 옷차림을 하고 있었다. 입을 벌릴 때마다 톱날 같은 치아가 언뜻 보였다.

"티파레트에 가고 싶어~?"

"예, 꼭 가고 싶답니다. 그러니 허가해 주실 수 없을까요?"

"저희는 이곳에서 소동을 일으킬 생각이 없어요~!"

유리는 흐음 하고 재미없다는 듯이 한숨을 내쉬며 의자를 회전시켰다.

의자가 삐걱거리는 소리가 더 커지자, 쿠루미는 인상을 썼다.

"자, 어떻게 하시겠어요?"

쿠루미와 히비키의 등 뒤에서는 양산형 유이들이 줄지어 서서 유리의 명령을 기다리고 있었다.

교섭이 결렬될 경우, 분명 전투가 발발할 것이다.

"허가해 줄 수는 있어~. 물론, 조건이 있지만 말이야."

유리는 씨익 웃었다.

"일단 들어는 보도록 하죠. 그 조건을 받아들일지는 별개의 문제지만 말이에요."

쿠루미는 금방이라도 〈자프키엘〉을 뽑아들 것만 같았다. 역시 호전적인 걸로 치면 둘째가라면 서러워할 쿠루미 씨!

라고 생각한 히비키는 조마조마한 심정으로 상황을 지켜볼
수밖에 없었다.

"그렇게 어려운 건 아냐. 아니, 조건은 이것 하나뿐이야.
잘 들어. 티파레트로 이어지는 문을 열고 싶으면—"

—돈을 벌어.

유리는 그렇게 말했다.

"돈……."

"뭐, 나한테 총을 갈기기 전에 티파레트로 이어지는 문을
봐봐. 그럼 내 말이 이해될 거야~. 응? 가는 게 귀찮아? 어
쩔 수 없네~."

유리가 손가락을 놀리자, 유리의 뒤편에 있는 디스플레이
의 영상이 바뀌었다.

디스플레이에는 쿠루미의 눈에 익은 거대한 문이 비쳤다.
인계의 각 영역을 이어주는 게이트였다.

"이게 티파레트의 문이야~. 자, 문의 오른편을 잘 봐. **코
인의 투입구가 있지?**"

유리의 말이 맞았다. 문은 쇠사슬로 엄중하게 봉쇄되어
있었으며, 모든 쇠사슬은 코인의 투입구로 보이는 장치에 연
결되어 있었다.

유리는 디스플레이를 손가락으로 두드렸다.

"여기에 YP 코인을 넣는 거야. 그러면 쇠사슬이 풀리면서 문이 열려."

……쿠루미는 흐음 하고 낮은 신음을 흘리며 침묵한 후, 입을 열었다.

"그냥 부숴버려도 될까요?"

"제3정령은 진짜 비뚤어진 애네! 저걸 부쉈을 때 무슨 일이 일어날지는 나도 몰라. 어쩌면 【샤마임 크비슈】가 부서질지도 모르지. 퀸이 사방팔방에서 나타나 날뛰고 있는데, 티파레트로 이어지는 길이 부서지는 건 치명적이야. 그래도 부수겠다면—."

"전면전쟁을 치르는 한이 있더라도 막겠다는 거군요."

등 뒤에 있는 사가쿠레 유이들이 일제히 수리검을 뽑아들었다. 쿠루미는 한숨을 내쉰 뒤, 금방이라도 현현시키려던 〈자프키엘〉을 없앴다.

사가쿠레 유리가 어떤 인물이든 간에, 네차흐를 지키는 도미니언으로서의 소임은 다하려는 것 같았다.

그렇다면, 할 수밖에 없다.

예소드에서와 마찬가지로, 이번에도 말이다.

"……그런데, 얼마나 벌어야 하죠?"

유리는 톱날 같은 치아를 드러내며 씨익 웃더니, 이렇게 말했다.

"100,000,000YP를 내면, 티파레트로 이어지는 문을 열수 있어!"

1억이라는 단어에 쿠루미와 히비키는 아연실색했다.

"저희에게는 1YP도 없는데 말이죠."

"아, 그건 걱정하지마. 이 네차흐를 방문한 사람에게는 일단 이자 없이 100만 YP를 빌려주게 되어 있거든. 그걸 원금삼아 일을 해서 돈을 벌어도 되고, 도박을 해서 돈을 불려도 돼."

어느새 유리가 코인을 꺼내 들어 엄지로 튕겼다. 그것을 거머쥔 쿠루미는 코인을 쳐다보며 인상을 찡그렸다.

코인에는 사가쿠레 유이 캐릭터가 무표정한 얼굴로 V사인을 날리는 모습이 새겨져 있었다.

"저기, 질문이 있어요~. 성실하게 일을 해서 1억을 모으려면, 대체 얼마나 걸리나요?"

"1000만 YP를 모으는 데 한 1년은 걸릴걸~?"

유리의 대답에 히비키와 쿠루미는 동시에 한숨을 내쉬었다.

"도박을 할 수밖에 없군요."

"그런 것 같네요."

쿠루미는 코인을 자신의 그림자를 향해 던졌다.

"맡아둘게요~."

그러자 그림자에서 시스터스가 손을 내밀더니, 코인을 움켜쥐었다.

"……참고로 말하는 건데, 정당한 경로로 매매한 게 아닌 코인을 투입구에 넣으면 에러가 나. 즉, 강도짓을 해봤자 의미가 없다는 거야."

쿠루미는 노골적으로 혀를 찼다.

"그럼 힘내. 참, 어느 정도 돈을 모으면 단번에 떼돈을 벌 수 있는 짭짤한 방법을 가르쳐 줄게."

유리는 손을 흔들면서 두 사람을 배웅했다.

◇

"하아— 정말 석연치 않군요."

"1억, 1억……."

"성실하게 일을 해서 돈을 모은다는 선택지는 없는 거나 다름없군요. 10년이나 걸린다니까요."

"게다가 생활비도 들 테고요."

히비키는 자동판매기에서 파는 음료의 가격을 확인했다. 가격이 12000YP나 되었다. 즉, 현실세계의 일본 엔화로 환산하자면, 100만 YP는 1만 엔 정도일 것이다.

"그리고 아까 유이 양에게 들은 이야기에 따르면, 허름한 호텔도 숙박비가 30만 YP는 된다더군요. 이대로 아무것도 안 한다면, 나흘째부터는 노숙을 하게 될 거예요. 도박으로 돈을 날린다면 그 기간은 더 짧아질 테죠."

수중에 있는 100만 YP는 얼마 안 되는 돈이었다.

"오늘 안에 100만 YP를 300만 YP로 만드는 것을 목표로 하죠."

"쿠루미 씨는 도박을 잘 하나요?"

"글쎄요. 해본 기억은 없네요. 하지만 아까도 말했다시피, 남을 속이는 거라면 나름 자신이 있어요."

"그렇겠죠……."

"히비키 양은 어떤가요?"

"그 질문을 기다렸어요! 사실 저는—!"

"뭐, 히비키 양이라면 도박에도 분명 재능이 있겠죠."

"제 말 좀 끝까지 들어 주세요~! 도박으로 진 적이 없다고 할 정도는 아니지만, 꽤 잘하는 편이에요! 일전에 티파레트에서 목숨을 건 마작을 둔, 이 승부사 히비키의 전설을 들려 드릴게요!"

"그럼 승부사 히비키 양. 우선 어떤 게임으로 돈을 불리면 좋을까요?"

"흐음~."

히비키는 무료로 나눠주는 네차흐 도박장 지도를 쳐다보았다.

"우선 마작은 피하죠. 적이 저보다 실력이 나쁘더라도 재

수가 안 좋으면 질 수 있거든요. 딜러와 승부를 하는 것도 아직 이르니까, 카드 게임이나 룰렛도 피하는 쪽이 무난할 거예요. 그럼 우선 기계와 승부를 해보도록 하죠."

"기계……."

"슬롯이에요! 우선 그것부터 해봐요!"

히비키는 쿠루미의 손을 잡아 그대로 잡아당기면서 인근에 있는 카지노에 뛰어 들어갔다.

◇

사가쿠레 유리가 휴우 하고 한숨을 내쉬자, 유이들이 그녀의 땀을 닦아줬다.

"이야~. 위압감이 장난 아니네."

양산형 유이들은 대답을 하지 않았다. 유리는 그 점을 알기에 혼잣말을 계속 중얼거렸다.

"진짜로 거절했다면 진짜로 나를 죽이려 들었을 테고, 우리 쪽에서 전력을 다해봤자 결국은 당했을 거야. 역시 정령은 엄청나네. 차원이 달라."

유리의 말은 옳았다. 토키사키 쿠루미가 어느 정도 힘을 잃었다고는 해도, 유리와 양산형 유이들을 쓸어버리고도 남을 정도의 힘을 지니고 있었다.

하지만, 쿠루미는 협조— 이 네차흐의 룰에 따르기로 했다.

그 이유는 단순히 대미지를 줄이기 위해서일까. 혹은 다른 준정령이 적으로 돌아서는 것을 피하기 위해서일까.

혹은, 만약, 어쩌면…….

자신과 함께 행동하고 있는 소녀의 생명을 고려한 것일까.

"……히고로모 히비키에 관한 정보를 수집해."

"예."

인형들이 차례차례 사라졌다. 그들을 배웅한 유리는 작게 한숨을 내쉬었다.

……자신에게는 사명이 있다.

사랑했던 자와 함께 있고 싶다는 소박한 소망이

여동생을 지키고, 아껴준다고 하는 중요하기 그지없는 사명이――.

네차흐의 밤은 끝나지 않는다. 네온은 번영과 퇴폐의 빛을 뿜고 있다.

사가쿠레 유리는 창밖의 경치를 쳐다보며 여동생을 불렀다.

"유이. 있지?"

"―예."

그림자에서 사가쿠레 유이가 모습을 드러냈다. 아까까지 이 방에 있던 사가쿠레 유이와는 다른 존재였다.

만드는 데 들인 수고가 다르다. 소재가 다르다. 기백이 다르다.

물론, 그녀도 만들어진 존재지만— 양산형과는 세세한 부분에서 명백하게 차이가 났다.

"토키사키 쿠루미를 따라다녀."

"감시하는 게 아니라요?"

"그건 양산형에게 맡겨. 너는 그녀들과 함께 행동하는 거야. 내 말 이해하지? 아는 사이잖아?"

　유이가 고개를 끄덕이자, 유리는 미소를 지으며 속삭였다.

"……이리 와."

　유이가 유리에게 다가가 한쪽 무릎을 꿇었다.

　유리는 유이의 볼에 손을 대더니, 온기가 느껴지지 않자 인상을 썼다.

"발열할 수 있지?"

"예."

　유이의 볼에서 온기가 느껴지자, 유리는 만족한 것처럼 미소를 지으며 그 볼을 매만졌다.

"사랑스러운 나의 유이. 부디 영원토록, 너의 목숨이 이어지기를 빌게."

"……감사합니다."

　유리는 아쉬워하며 그녀의 볼에서 손을 뗐다.

"자, 가보렴."

　유이는 고개를 끄덕인 후, 다시 그림자 속에 몸을 숨기며 사라졌다.

토키사키 쿠루미는 비정상적인 존재가 틀림없다. 그렇다면, 그에 걸맞은 요격 태세를 갖추기만 하면 된다.

"유리 님. **두 분께서 도착하셨습니다.**"

그 말에 유리는 의자에서 일어섰다.

"그럼 이곳으로 안내—."

유리는 말을 끝까지 잇지 않았다. 유이의 등 뒤에 두 소녀가 서 있었기 때문이다. 양산형 유이가 허둥지둥 뒤를 돌아보았다. 아무래도 자신이 미행을 당했다는 것을 눈치채지 못한 것 같았다.

유리는 유이를 꾸짖을 생각이 없었다. 애초에 저 두 사람은 자신과 토키사키 쿠루미에게 필적할 정도로 비정상적인 괴물인 것이다.

"그럴 필요는 없어요."

"……말리기는 했는데 말이야."

한 사람은 가슴을 폈고, 다른 한 사람은 한숨을 내쉬었다.

한 사람은 맵시 있는 드레스 차림에 가는 검을 차고 있었으며, 부채로 입가를 우아하게 가리고 있었다.

다른 한 사람은 겨울용 코트로 온몸을 감쌌으며, 옆구리에는 커다란 책을 끼고 있었다.

압도적인 영력, 그리고 압도적인 불가사의함이 느껴지는 존재였다.

유리는 두 손을 펼치며 두 사람을 맞이했다.

"네차흐에 어서와. 미야후지 오우카, 유키시로 마야."

"……예. 한동안 즐기다 가겠어요."

"둘 뿐이지?"

유키시로 마야는 고개를 저었다.

"뭐?"

"오늘은 네차흐에 있어서 특별한 날인 것 같아. —한 명 더 왔어."

유리는 그 말을 듣고 눈을 동그랗게 떴다.

평온한 낮잠에서 깨어나 보니, 아직 밤이었다.

"어라~? 왜지~?"

제4영역의 도미니언인 아리아드네 폭스롯은 느긋한 어조로 그렇게 중얼거리며 주위를 둘러보았다. 그녀의 영장— 〈쾌면 영장 30번〉은 수면 모드로 변화되어 있었고, 게다가 이불까지 덮고 있었다. 이 영장 덕분에 그녀는 언제 어디서나 잘 수 있으며, 그 사이에는 온갖 소소한 방해요소— 비, 벌레, 바람, 소리가 차단된다.

하늘에는 아리아드네가 좋아하는 어둠이 펼쳐져 있지만, 지상은 네온사인의 찬란한 빛으로 뒤덮여 있었다.

"아, 맞다."

아리아드네는 납득한 것처럼 고개를 끄덕였다. **그녀의** 의뢰와 약간의 변덕, 그리고 네차흐의 소문을 듣고, 반쯤 지겨워하면서도 약간 들뜬 기분으로 이곳에 왔다.

그리고 도착하자마자 잠들었다. 동행했던 친구는 아리아드네를 버리고 가버린 것 같았다.

진짜 너무하다고 생각한 아리아드네는 삐친 것처럼 볼을 부풀렸다.

"일어나셨습니까."

"예예예~ 예~."

아리아드네의 대답에 양산형 유이는 고개를 갸웃거렸다.

"으음~. 아무것도 아냐~."

"그럼 도미니언이신 유리 님께 안내해드리겠습니다."

아리아드네는 몸을 일으키고 영장을 외출 모드로 변환했다. 옅은 청색 블라우스와 미니스커트는 그녀를 활동적인 소녀로 **보이게 했다.**

"됐어. 마음대로 돌아다닐래."

아리아드네는 그렇게 말한 뒤, 비틀거리면서 걸음을 옮겼다.

"그럴 수는 없습니다."

양산형 유이가 그 뒤를 따랐다. 아리아드네는 개의치 않으면서 근처에 있는 카지노에 들어갔다.

슬롯의 작동음이 크게 울려 퍼지고, 준정령들이 환성을 지르는 가운데, 기계인형들은 그 광경을 곁눈질하면서 담담하게 할일을 했다.

그리고…….

어디까지나 우연이지만, 아리아드네는 그녀와 마주쳤다.

"아, 퀸……이 아니라, 토키사키 쿠루미네~."

순백색 영장을 입은 퀸……과 정반대되는 모습을 지닌 존재. 검은색과 붉은색으로 구성된 영장을 입은 소녀― 토키사키 쿠루미가, 그곳에 있었다.

◇

카지노의 이름은 『옥토퍼스 포트』였다.

"번역을 하면 문어 단지군요."

"한 번 끌려 들어오면 두 번 다시 나갈 수 없다, 라는 열의가 넘치는군요~."

쿠루미와 히비키는 그렇게 말하면서 주위를 둘러보았다.

카드 게임과 룰렛은 무시하고, 일단 슬롯을 쳐다보았다. 최저 베팅 금액은 1000YP, 최고 베팅 금액은 100만 YP까지 다양한 슬롯이 준비되어 있었다.

"777이 나왔을 때 50배가 되는 게 기본 같군요."

"그럼 어느 것부터 공략해 볼까요……."

히비키는 슬롯을 둘러보기 시작했다. 슬롯은 기계이기 때문에 공략 수단이 있다. 흔히 『눈대중』이라고 하는 방법이다.

일반적으로 현실에 있는 슬롯의 대부분은 프로그램으로 제어되고 있다. 큰돈을 딸 수 있는 숫자가 잘 나오지 않도록 확률이 정해져 있으며, 슬롯에 따라서는 코인을 넣었을 때 부터 어느 숫자가 나올지 정해져 있는 것도 있다.

이 카지노 또한 9할 이상의 슬롯이 그런 것이며,『미리 정해져 있는 숫자만 나오도록』조작되어 있었다.

9할이 말이다.

거꾸로 말하자면, 남은 1할…… 아니, 아마 더 적을지도 모르지만……

눈대중으로 승부 가능한 슬롯이 있다.

"흐음, 흐음. 과연, 그렇군요, 가르침 감사해요."

"뭐, 이건 기초 단계예요. 그것보다 문제는 어느 슬롯이 눈대중으로 승부가 가능한지 파악하는 거죠. 그리고 어느 정도의 금액으로 승부할지도—."

"아, 그런 걱정은 할 필요 없어요. 100만 YP로 단판 승부를 하기로 미리 정해뒀거든요."

쿠루미는 으스대듯 가슴을 폈다.

"OH, 크레이지~! ……저기, 쿠루미 씨, 진심이에요?! 만약 돈을 못 딴다면 그대로 쪽박을 차거든요?! 빚쟁이 신세! 가난뱅이! 자린고비 생활! 서로의 온기로 몸을 녹이는 하루하루! 2평짜리 아파트! 아, 그것도 나쁘지 않을 것 같다는 생각이 들어요!"

"입 다무세요."

쿠루미가 관자놀이에 꿀밤을 놓자, 히고로모 히비키는 정신을 차렸다.

"……저기, 그건 너무 위험해요. 모 아니면 도라고요."

"그렇지 않답니다. 오히려 그게 편하죠."

"예……?"

얼이 나간 표정을 짓는 히비키를 무시하고, 쿠루미는 1회당 100만 YP인 슬롯을 응시했다.

"저는 총잡이잖아요?"

"예? 아, 예……. 그런데, 그게 어쨌다는 거죠?"

쿠루미는 자신의 두 눈을 손가락으로 살며시 가리키며 속삭였다.

"총을 쏴서 표적에 맞추려면, 그만큼 눈이 좋아야 한답니다."

히비키는 토키사키 쿠루미의 왼쪽 눈이 찰칵찰칵 하는 소리를 내고 있는 듯한 느낌이 들었다.

그녀는 인상을 쓰면서도 고개를 끄덕였다.

"알았어요. 뭐, 쿠루미 씨가 실패하더라도 어떻게든 되겠죠! 여차하면 저랑 2평짜리 아파트에서 살자고요!"

"저는 그럴 생각 없어요."

"에이, 그러지 마세요. 자, 화끈하게 실패해버리죠."

"취지가 바뀐 것 같거든요~? 아무튼, 시스터스!"

쿠루미의 그림자에서 한 소녀가 나왔다.

"『저희들』의 눈으로 슬롯을 고르죠."

"뭐, 좋아요. 하지만 저라면 10만 YP짜리 슬롯부터 해볼 것 같군요."

시스터스의 말에 쿠루미는 씨익 웃으며 대답했다.

"저는 최단거리를 질주하는 것을 좋아한답니다."

100만 YP용 슬롯은 총 다섯 대였다. 전부 손님들이 몰려 있었으며, 다른 갬블로 번 YP를 슬롯에 투입하는 손님들로 북적이고 있었다.

물론 그들 대부분은 패배를 만끽하고 고개를 푹 숙이며 돌아갔다. 전 재산을 탕진해버린 손님도 있었다. 드물게 돈을 따는 손님도 있었지만, 그 숫자는 1할도 채 되지 않았다.

쿠루미와 시스터스는 그 모습을 뒤편에서 유심히 지켜봤다.

눈대중으로 절대 못 따게 하겠다는 듯이, 릴은 고속으로 회전하고 있었다. 하지만 쿠루미와 시스터스의 눈은 그 릴의 숫자를 하나하나 확인할 수 있었다.

다섯 대 중 네 대는 눈대중으로 할 수 없었다. 릴을 정지시키는 버튼을 눌러도 일정 간격으로 정지하는 것이 아니라, 미리 정해져 있는 숫자가 표시될 뿐인 기계였다. 물론 적절한 타이밍에 슬롯을 누른다면 777이 나오는 것도 꿈은 아니리라. 하지만 그러기 위해서는 몇 천, 몇 만 번의 시행착오가 필요할 것이다.

하지만 그중에서 딱 한 대는 눈대중이 가능했다.

다른 슬롯보다 릴의 회전 속도가 훨씬 빠르며, 세 개의 릴이 전부 회전 속도가 달랐다. 그러니 이 슬롯을 완벽하게 파악하기 위해서는 고속 회전하는 세 개의 물체를 동시에, 그리고 완벽하게 포착할 수 있는 동체시력이 필요했다.

하지만 준정령은 그것을 구별할 수 없었다. 어느 정도 갬블에 익숙해 보이는 준정령도 있지만, 그녀들도 고속으로 회전하는 릴을 포착하려고 하지는 않았다. 그것은 하늘에서 내리는 빗방울을 눈으로 보라는 것과 마찬가지였다.

하지만…….

하늘에서 내리는 빗방울을 눈으로 볼 수 있는 존재 또한, 극히 드물게 존재했다.

검(劍)의 숲과 탄환의 비를 헤쳐 나오며 안력(眼力)을 갈고닦은 소녀였다.

이 카지노는 평등하게 기회를 준다는 명목으로 슬롯 한 대를 컨트롤하지 않는다는 실수를 범했고—.

토키사키 쿠루미가 그 슬롯을 고르고 말았다는, 불합리한 불운이 발생했다.

초속 300미터로 회전하는 릴을 향해, 쿠루미와 시스터스는 엄지와 검지를 총처럼 내밀더니 조준을 하고 버튼을 눌렀다.

명중 명중 명중
7·7·7.

토키사키 쿠루미의 토키사키 쿠루미다움을 누구보다 가

까운 곳에서 지켜봤던 히비키 또한 아연실색했다.

주위에서 보고 있던 관객들 또한 얼어붙은 것처럼 꼼짝도 하지 않았다.

그녀들은 불쑥 카지노에 나타나더니, 가장 거액의 슬롯 이외에는 관심조차 주지 않다가, 잠시 상황을 지켜본 후에 갑자기 슬롯에 코인을 투입했다.

그리고 아니나 다를까, 느닷없이 스리세븐이 터진 것이다.

팡파르가 울리는 가운데, 짤그랑짤그랑 소리를 내면서 100만 YP 코인 50개가 슬롯에서 쏟아져 나왔다.

동시에 주위에서 환성이 터져 나왔다. 가장 거액의 슬롯으로 단판승부를 해서, 환상의 스리세븐을 맞춘 것이다. 그것은 평범한 이들이 할 수 있는 일이 아니었다.

눈치 빠른 준정령들은 그녀들이 스리세븐을 맞춘 것은 운이 좋아서가 아니라— 어마어마한 안력 덕분이라는 사실을 깨달았다.

"이제 5000만인가요. 목표 금액의 절반을 모았군요."

"그럼 제가 맡아둘게요. 다음 갬블까지는 조금 시간이 걸릴 것 같으니까요."

시스터스는 두 사람에게 그렇게 말하더니, 코인을 가지고 그림자 안으로 쏙 들어갔다.

"그게 무슨 소리죠?"

쿠루미가 고개를 갸웃거리자, 히비키가 그녀의 소매를 잡

아당겼다.

"쿠루미 씨, 쿠루미 씨. 저기 좀 보세요."

히비키도 인상을 살짝 쓰면서 쿠루미에게 옆을 바라보라고 속삭이듯 말했다.

"―손님, 죄송합니다만, 잠시 실례해도 될까요?"

굳은 표정의 준정령이 부하와 함께 나타나 쿠루미를 불러 세웠다.

그리고, 그 모습을 지켜보고 있는 한 소녀가 있었다.

"재미있어 보이네~."

아리아드네 폭스롯은 평소 졸린 듯이 반쯤 감고 있던 눈을 뜨더니, 지배인실로 연행되는 두 사람을 지켜보았다.

"저기……."

"입 좀 다물고 있어~."

양산형 유이의 입술에 검지를 댄 아리아드네가 흐느적흐느적 걸음을 옮겼다.

◇

"제발 양해해주시지 않겠습니까?"

지배인인 준정령은 깊이 고개를 숙였다. 고압적으로 협박을 했다면 기쁜 마음으로 답례를 해줄 생각이었던 쿠루미는 맥이 풀렸다.

"양해해달라는 게 구체적으로 무슨 소리죠?"

지배인이 대답했다.

"슬롯 말입니다. 아까 하신 것을 반칙이라고 생각하지는 않습니다. 하지만— 저희는 당신에게 이길 수가 없죠. 부디, 슬롯의 이용을 자제해주셨으면 합니다."

지배인인 준정령은 그렇게 말한 후, 또다시 고개를 깊이 숙였다.

쿠루미는 잠시 망설다가 탄식을 터뜨리며 고개를 끄덕였다.

"어쩔 수 없군요. 알았어요."

그 모습에 히비키가 아차 하는 듯한 표정을 지으며 쿠루미를 쳐다보았다. 하지만 지배인은 히비키가 무슨 말을 하기도 전에 쿠루미의 손을 잡더니 고개를 조아리며 외쳤다.

"감사합니다! 아까 YP코인은 그냥 드리겠습니다. 카지노를 계속 즐겨주십시오!"

—그리고, 두 사람은 순식간에 지배인실에서 쫓겨났다.

"당했네요, 쿠루미 씨."

"음? 그게 무슨 소리죠?"

"……다른 카지노를 돌아보죠. 그러면 바로 이해가 될 거예요."

히비키의 조언대로, 『옥토퍼스 포트』를 나선 쿠루미는 다른 카지노로 향했다.

하지만—.

"죄송합니다. 이 슬롯은 현재 고장입니다."
"죄송합니다. 이 슬롯은 철거하겠습니다.
"죄송합니다. 슬롯은 전면 중지 상태입니다."

"……당했군요……."
"당했죠?"
쿠루미는 인상을 쓰며 자신을 쫓아낸 카지노를 노려보았다. 벌써 세 번째 카지노다. 이제 쿠루미도 상황을 이해했다.

아무래도 자신들은 네차흐의 블랙리스트에 게재된 것 같았다. 눈대중으로 돈을 뜯길 수는 없다고 생각한 카지노 측이 네트워크를 구사해 그녀들이 슬롯을 사용하지 못하도록 훼방 놓은 것이다.

아마 지배인실에서 쫓겨난 직후에 연락이 되었으리라. 다소 변장을 해봤자 들통 나고 말 것이다.

"저는 물론이고…… 시스터스도 안 되겠죠?"
"아마 카지노에 들어선 순간에 지문이나 눈을 스캔하겠죠."
양산형 유이를 대량으로 보유한 것만으로도 알 수 있듯, 기계공학에 있어서는 1, 2위를 다툴 정도로 진화한 네차흐에서는 망막이나 지문의 분석기술도 발전했다.

"으음, 난처하게 됐군요."

"딜러와 승부를 해보기도 했지만, 크게 벌이가 되지는 않았으니 말이에요······."

그녀들이 의자에 앉은 순간, 블랙잭이든, 룰렛이든 딜러가 바로 승부를 포기했다. 거금을 걸려고 하면 바로 물러나는 것이다.

지지는 않았지만, 이기더라도 크게 돈이 되지는 않았다.

"현시점에서 저희가 보유한 금액은 5000만 YP를 약간 웃도는 정도네요. 이 페이스로 가면 하루 종일 카지노에서 승부를 하더라도, 1억을 벌려면 두 달······ 아니, 세 달은 걸릴 거예요."

"그럴 시간은 없어요. 눈곱만큼도 말이죠. 그렇다면 방법은 하나뿐이군요······."

"그래요."

시스터스는 고개를 끄덕이며 고풍스러운 디자인의 라이플을 꺼냈다. 쿠루미 또한 단총을 거머쥐었다.

"강도······."

"안 돼요! 그렇게 얻은 돈은 무효라고 했단 말이에요!"

"이런 곳에는 돈세탁을 해주는 준정령이 한두 명 정도는 있지 않을까요?"

"윽, 그렇기는 하네요."

애초에 토키사키 쿠루미의 윤리관은 파탄이 나 있었다. 네차흐에서 이런 약아빠진 방법으로 자신이 티파레트에 가는 것을 방해한다면……

쿠루미는 **재기불능만 안 되면 노카운트,** 라는 생각을 가지기로 했다.

"―이야~, 좀 기다려줬으면 좋겠네~."

그 목소리는 느닷없이 들려왔다. 쿠루미, 시스터스, 히비키 순서로 그 목소리에 반응했다. 두 사람은 〈자프키엘〉을 꺼내들며 상대를 조준했고, 히비키 또한 자신의 무명천사인
〈왕위찬탈〉을 준비했다.

"누구시죠?"

쿠루미가 그렇게 질문을 던진 것은, 쏴버려야 한다는 자신의 생존본능을 스스로 억제했기 때문이다.

아무리 쿠루미라도 보통은 이렇게까지 무모하게 행동하지는 않는다. 하지만 지금 그녀는 그 정도로 절박한 감정에 사로잡혀 있었다.

죽이지 않으면 당하고 만다― 그런 어렴풋한 위기감을 느끼고 있는 것이다.

하지만 쿠루미가 〈자프키엘〉로 겨눈 상대는 무기를 들고 있지 않을 뿐만 아니라, 항복을 하듯 두 손을 들고 있어서 천만다행이었다.

상대는 나른한 분위기가 감도는 기묘한 소녀였다. 귀엽기

는 하지만 졸려 보였으며, 눈가는 완전히 풀려 있었다. 아니, 이 상황에서 진짜로 졸린 건지 하품을 참고 있었다.

"하암……. 으음, 나는 아리아드네 폭스롯이야~."

"헤세드의 도미니언, 아리아드네 폭스롯……?!"

히고로모 히비키가 그 이름을 듣자마자 반응을 보였다. 그리고 그녀가 도미니언이라는 말을 들은 쿠루미와 시스터스는 다시 경계심을 품었다.

그러자 아리아드네는 난처하다는 듯이 다시 손을 들어 올리며 입을 열었다.

"저기, 이쪽은 싸울 생각이 없어. 그리고 강도질은 관두는 편이 좋을걸?"

"……왜죠?"

"많은 희생을 치러야 할 거거든. 당연히 그쪽이 말이야."

아리아드네는 쿠루미를 손가락으로 가리켰다. 그에 쿠루미가 흉포한 미소를 머금더니, 총을 쥔 손가락 끝에 살기가 어리기 시작했다.

"어머, 어머. 재미있는 말씀을 하시는군요. 이유를 물어봐도 될까요?"

"으음~. 아마 곧 이유가 밝혀질 거야. 그리고 그 전에 이야기나 좀 나누지 않을래~?"

상대방의 미소에서 한줌의 살기도 느껴지지 않는다는 사실이, 히비키는 도리어 불길하게 느껴졌다.

쿠루미와 시스터스는 위험한 분위기를 감지한 건지 〈자프키엘〉로 완전히 무장하고 있었다. 아리아드네가 한순간이라도 살기를 머금으면, 이곳은 그대로 전장으로 변할 것이다.

히비키도 그 점을 이해한 만큼, 아리아드네도 분명 알고 있으리라.

문제는 아리아드네가 그 점을 전혀 개의치 않고 있다는 것이었다. 낮잠이나 즐기는 고양이 같은 얼굴로, 그리고 조는 것처럼 때때로 고개를 꾸벅거리면서 그녀는 멍한 어조로 이야기를 이어갔다.

"—네가 원하는 게 뭐야~?"

"당신이 알 바가 아니랍니다."

"—왜 퀸과 똑같이 생긴 건데~?"

"저를 베낀 가짜이기 때문이죠. 쓰러뜨릴 수 있다면, 언제든 해치우세요."

"—너는 말쿠트에서부터 쭉 영역을 따라 나아가고 있어. 대체 어디까지 갈 거야~?"

"끝까지 갈 거랍니다. 제 종착지가 어디일지는 저도 모르겠군요."

"—아하~. 네 본질은 퀸과 똑같구나."

그 말을 들은 순간, 쿠루미의 옆에 서 있던 히비키는 온몸의 털이 곤두서는 느낌을 받았다.

그것은 명백한 도발이었다. 그리고 쿠루미에게 절대 해서는 안 되는 발언이었다.

아니나 다를까, 쿠루미는 그 말을 듣자마자 눈을 가늘게 떴다. 눈앞의 상대를 적대시하겠다는 뜻이었다. 하지만 아리아드네는 전혀 움츠러들지 않으며 쿠루미를 쳐다보았다.

그 투명한 눈동자는 수상함도, 허무도 담지 않은, 그저 잔잔한 바다처럼 평온했다.

"너와 퀸의 공통점은 이 인계^{천국}에 무관심하다는 거야. 안 그래? **여기가 어찌 되든 아무래도 상관없다고 생각하지?**"

"그건—."

그것은 규탄의 의미가 담긴 발언이었다. 하지만 그 말을 들은 순간, 쿠루미의 살기가 희미하게 흔들렸다.

아리아드네는 그런 쿠루미를 더욱 몰아붙이려는 듯이 말을 이었다.

"나도 소문은 들었어~. 인계편성(隣界編成^{컴파일}) 때 나타난다며? 내 영역의 애들도 휘말렸다가— **빠져버리고 말았어~.**"

빠져버리고 말았다, 고 아리아드네는 말했다.

확실히 그녀의 말이 맞다.

"……하지만, 삶의 보람이 없는 것보다는 나을 것 같은데요."

히비키의 말에 아리아드네는 그녀를 쳐다보았다.

"……저는 체험해 본 적이 없지만, 그 사랑은 분명 삶의 양식이 될 거예요."

"응. 하지만 말이야. 그 ■■■■■라는 사람은 이 인계에 없어."

노이즈
잡음이 들렸다.

……쿠루미는 반사적으로 물어보려다 입을 다물었다. 왠지 자신은 그 점에 의문을 가져서는 안 된다는 생각이 든 것이다. 무엇보다, 그 점을 남에게 들키고 싶지 않았다.

"쿠루미 씨?"

"……아무것도 아니에요. 그리고 이곳에 없으니까, 만나러 가려는 거예요. 이곳에 없으니, 이 인계를 벗어나려는 거예요. 부디, 저를 방해하지 말아 주세요."

"알아~. 하지만 퀸이 있는 한— **우리**는 너를 감시할 수밖에 없거든~. 네가 우리 손이 닿는 곳에 있어 주지 않으면 곤란해~."

잠시 침묵이 이어졌다.

쿠루미는 조용히, 얼음장 같은 어조로 중얼거렸다.

"—**우리**, 라고 하셨나요?"

감지한 것은 아니다.

아니, 감지할 수 없는 공격이라 할 수 있었다. 그렇기 때문에, 그것에 반응할 수 있었던 이는 수많은 지옥을 헤쳐 온 토키사키 쿠루미뿐이었으며, 히비키는 물론이고 시스터즈조차 반응하지 못했다.

쿠루미는 양손의 〈자프키엘〉을 교차시키며 전투태세를 취했다.

그런 쿠루미의 미간, 그리고 뒤통수에 두 사람의 무명천[무기]
사가 겨눠졌다.

미간에는 바늘검[에스톡], 그리고 뒤통수에는 책에서 튀어나온 사신이 쥐고 있는 거대한 낫……

〈자프키엘〉의 방아쇠에는 쿠루미의 손가락이 닿아 있었다.

순식간에 상황이 역전됐다. 히비키는 꼼짝도 하지 못했고, 시스터스 또한 마찬가지였다.

"─만나서 반가워요, 토키사키 쿠루미 님. 저의 이름은 미야후지 오우카, 티파레트의 도미니언입니다."

"도미니언, 제2영역[호크마]…… 유키시로 마야."

화사한 분위기의 소녀, 그리고 고지식해 보이는 소녀였다.

그리고 일반적인 준정령인 히비키도 이해할 수 있을 만큼, 무시무시할 정도로 방대한 영력이 느껴졌다.

아리아드네 폭스롯을 포함해 셋 다─ 전투 타입의 도미니언이었다!

하지만 그녀들에게 맞서는 쿠루미 또한 범상치 않았다.

두 사람이 공격을 멈춘 이유는 단순했다. 더 이상 파고들었다간 『죽음』이 그녀들을 덮쳤을 것이기 때문이다. 더 다가갔다간 **살해당할 것**이라는 절대적인 예감이 엄습했다.

"……이제 어떻게 할 거죠? 저."

시스터스의 물음에 쿠루미는 웃음을 흘렸다.

"저는 나서지 마세요[시스터스]. 이 분들은 제가 혼자서 맡도록 하겠어요."

시스터스는 그 말을 듣자마자 히비키를 잡고 그대로 그림자에 뛰어들었다.

"어?! 시스터스 씨, 뭐하는 거예요~?!"

"여기는 『그녀』에게 맡기는 편이 좋겠다고 생각한 거예요. 저희가 있으면, 아마…… 전장이 복잡해질 테죠."

"……복잡……?"

"―간단히 말하자면, **히비키 양이 발목을 잡을 가능성이 크다는 말이랍니다.**"

"……."

침묵. 히비키는 그 말이 진실이라는 것을 이해하고 있었다. 자신의 능력도, 영력도, 전부 저들에게 맞서기에는 보잘것없었다. 이대로 이 자리에 있는 것만으로도 쿠루미에게 방해가 되리라.

자신은 정면대결에서는 아무런 도움도 되지 못한다.

이럴 때는 시스터스에게 의지할 수밖에 없다.

그 점이 너무나도― 너무나도 분했다.

시스터스는 한숨을 내쉬더니 히비키의 머리를 쓰다듬어 줬다.

"너무 한탄하지는 마세요. 『저』도 분명 본의는 아닐 테니까요."

시스터스가 토키사키 쿠루미와 똑같은 목소리와 어조로

그렇게 말했다. 하지만 히비키는 쿠루미를 향한 마음이 그것에 의해 얼버무려지는 것 같았기에, 한층 더 슬펐다.

한편, 교착상태에 빠진 토키사키 쿠루미의 시선은 날카롭게 주위를 관찰했다.

"이 자리에 계신 도미니언 세 분은 저와 적대할 생각……인 것으로 알면 될까요?"

"경우에 따라서는 그렇게 될지도 모르겠네~?"

아리아드네가 답했다.

"저의 미간에 무기를 겨눈 당신은 어떻죠?"

"……솔직히 말해 내키지는 않지만, 퀸 때문에 어쩔 수가 없군요."

미야후지 오우카가 답했다.

"제 등 뒤에서 신중하게 상황을 살피고 있는 당신은 어떻죠?"

"어찌 되었든 간에, 우리는 퀸에 대해 알아야만 해."

유키시로 마야가 답했다.

……숨이 막힐 듯한 침묵이 이어졌다.

네 사람 다 초조한 것처럼 느껴졌다. 그들 모두는 사실 **싸우고 싶지 않지만**, 이 상황에서 물러서면 패배한 것이나 다름없다는 사실을 알고 있었다.

그렇다면, 이 상황에서 누가 물러설 것인가.

혹은, 이대로 누군가가 먼저 방아쇠를 당길 것인가. 온몸이 타들어가는 듯한 분위기 속에서, 먼저 입을 연 이는 바로 다섯 번째 소녀였다.

"……그쯤하고 끝내주면 안 될까~? 여기는 내 영역이거든?"

"아, 유리. 이제야 왔구나."

사가쿠레 유리가 아리아드네의 어깨를 두드렸다.

"어머, 어머. 방금 만났던 분이군요. 사가쿠레 유리 양, 무슨 일이시죠?"

쿠루미가 도발적인 눈길로 쳐다보자, 유리는 그 눈길을 흘려 넘기며 말을 이었다.

"으음, 동생한테 보고를 받았거든. 아무래도 내가 직접 와 보는 편이 좋을 것 같아서."

"……아하. 우리는 대등한 상황을 만들기 위한 장기말에 지나지 않는 거네."

아리아드네가 작게 한숨을 내쉬었다. 그 순간, 이 자리에 있는 이들 전원의 살기가 누그러들었다.

진하게 감돌던 죽음의 기척은 어느새 자취를 감췄다. 그 후에는 이완된 분위기만이 이곳에 흘렀다.

오우카가 에스톡을 천천히 칼집에 넣었다. 그 후, 그녀는 전혀 미안해하지 않는 듯한 어조로 쿠루미에게 말했다.

"—결례를 범했지만, 결례를 범했다고는 눈곱만큼도 생각하지 않아요. 당신은 또 한 명의 퀸이라 불러도 될 만큼 강하죠. 당신이 함부로 날뛰지 못하도록 만전을 기하는 게 당연해요."

그 뒤를 이어 유키시로 마야가 허공에 떠 있던 책을 향해 손가락을 가볍게 휘둘렀다.

그러자 책이 덮이면서 사신이 사라졌다. 그녀는 하드커버 책을 꼭 끌어안으며 입을 열었다.

"키라리 리네무에게서 네 이야기를 들었어. 하지만 나는 내 눈으로 직접 보고 체험한 것 이외에는 믿지 않아."

"어머, 리네무 양은 잘 지내고 계신가요?"

"기운이 넘쳐흘러. 여전히 아무 생각도 없는 듯한 발언을 마구 늘어놓고 있어. 때때로 상대방의 마음에 난 상처를 헤집지 좀 말아줬으면 해. 그러니 좀 얌전히 지내줬으면 좋겠다고 항상 생각해."

"……그건…… 어찌 할 방법이 없을 것 같군요……."

마야만이 아니라, 오우카를 비롯한 다른 도미니언들도 납득한 것처럼 고개를 끄덕였다.

전투 타입이 아닌 키라리 리네무가 어째서 도미니언으로 뽑힌 건지, 왠지 알 것만 같았다.

아이돌로서의 소질은 물론이고, 보통내기가 아닌 도미니언들과 어울리기 위해서는 무슨 생각을 하는지 알 수 없을 뿐만 아니라 아무 생각도 하지 않는 듯한 타입의 준정령이 딱일지도 모른다.

"……그런데, 대체 무엇 때문에 저를 막아선 거죠?"

"이곳, 네차흐에서 할 거라면 뻔하지 않아?"

유리는 크큭 하고 웃으면서 유이에게 손을 내밀었다. 양산 형이 아니라 진짜 여동생을 본떠서 만든 유이가 고개를 끄덕이더니, 손에 든 트럼프를 건넸다.

"5000만을 걸고 도박을 하자. 네가 이기면 티파레트로 보내주겠어. 내가 이기면 한동안 이곳에서 지내며 실험에 협력해줘. 물론 생활비는 이쪽에서 부담할 거고, 실험이 끝나면 티파레트로 이어지는 문을 개방해줄게."

"……그다지 내키지 않는 질문을 드리자면, 그 실험이라는 건 구체적으로 어떤 거죠?"

"클론이나 레플리컨트, 사이보그 같은 것에 흥미 있어?"

"눈곱만큼도 없답니다. 그런 것에는 이미 질렸거든요."

쿠루미는 과장스럽게 한숨을 내쉬었다.

"결국 승부를 할 수밖에 없군요."

"나도 하고 싶지는 않거든? 하지만 이렇게 자리가 마련된 데다, 오우카의 부탁이니까 어쩔 수 없어."

"……오우카?"

"오우카는 말이지, 도미니언들의 리더 격이야."

"……그렇군요. 당신이……."

쿠루미는 다시 미야후지 오우카를 주시했다. 그에 오우카는 뜨끔한 표정을 지으며 몸을 긴장시키더니 뒷걸음질을 쳤다. 그 모습을 본 쿠루미가 한 걸음 다가가자, 오우카는 한 걸음 더 물러났다.

"……왜 물러나시는 거죠?"

"버릇이니까 개의치 마세요. 저의 퍼스널 스페이스는 남들보다 넓어요."

"그런 것치고는 옆에 계신 분과는 꽤 붙어 계신 것 같군요."

오우카는 자신의 옆에 있는 유키시로 마야를 힐끔 쳐다보았다. 그녀는 태연한 표정으로 오우카의 옆에 서 있었다. 오우카 또한 별다른 반응을 보이지 않았다.

"아, 마야 양은 괜찮아요. 그녀가 경계하지 않아도 되는 인물이라는 것을 몸이 이해하고 있기 때문에, 거부반응이 일어나지 않는 거죠."

"나는 어때~?"

"아리아드네 양은 좀 무서우니까 다가오지 말아 주세요."

"으으, 쇼크야~. 너무하네~. ……하암~."

아리아드네는 쇼크를 받은 사람답지 않게 느긋하게 하품을 했다.

"―아무튼, 이 자리에 있는 다섯 명이 포커 승부를 하자는 거지?"

마야가 차분한 어조로 그렇게 말하자, 쿠루미는 반사적으로 고개를 끄덕이려다 곧 고개를 저었다.

"어느새 승부 방식이 바뀌었군요. 그럼 제가 혼자서 당신들 네 명을 이겨야 한다는 거잖아요."

"······토키사키 쿠루미는 호전적이라고 들었는데, 머리도 좋은 것 같네."

마야가 뜻밖이라는 표정을 지으며 그렇게 중얼거렸다.

"시비는 거는 거죠? 맞죠? 좋아요. 받아들이죠. 얼마든지 받아주겠어요."

그에 따라 이완되었던 분위기가 다시 살벌해지기 시작했다.

······그러자 마야는 「어? 왜, 어째서, 분위기가 바뀐 거지?」 하고 고개를 갸웃거렸다.

오우카는 크흠 하고 헛기침을 한 후에 입을 열었다.

"저기, 토키사키 쿠루미. 죄송해요. 유키시로 양은 저기, 그러니까, 눈치가 없는 편이에요. 꽤 치명적일 정도로 말이죠."

"······아, 그렇군요······."

쿠루미는 납득한 것처럼 고개를 끄덕였다.

"너무하네. 나는 그저 그녀를 칭찬했을 뿐이야. 흉포하고, 강하며, 머리도 좋은 데다, 외모도 괜찮잖아. 역시 정령은 대단해."

"흉포하다는 말은 빼줬으면 좋겠군요. 그 외에는 칭찬으로 받아들이겠어요."

"그야말로 폭력 충동에 휩싸인 고릴라 같아(칭찬)."

"오호라, 역시 제 손에 죽고 싶나 보군요! 자, 목을 내밀어 보세요!"

"유키시로 양~?! 입 좀 다물어 주시겠어요?!"

"너 때문에 이야기가 옆으로 새잖아~."

와자지껄.

대화가 길어지자 수상쩍게 생각한 시스터스가 히비키와 함께 고개를 내밀어 보니, 이 자리에 있는 이들 전원이 지칠 대로 지쳐 있었다.

"약속이 다르지 않나요? 저는 당신들과 대결할 생각이 없답니다."

"그, 그게, 아까지는 도미니언이 나뿐이었으니까……."

"오호라. 지금은 세 명이나 늘어났으니, 해볼 만하다는 거군요."

쿠루미의 말에 유리는 약간 멋쩍은 표정을 지으며 고개를 끄덕였다. 하지만 쿠루미는 지금 이야기한 것이 전부가 아니라고 짐작했다.

"포커 승부를 하자고 하셨죠? 그 말은 사가쿠레 유리 양보다 도박을 더 잘하는 분이 계신다, 라고 생각해도 될까요?"

유리는 그 물음에 입을 꾹 다물었다. 하지만 그녀의 시선이 다른 도미니언들을 향하는 순간을, 쿠루미는 놓치지 않았다.

……즉, 욕심이 생긴 것이리라. 유리는 포커 승부로 쿠루미에게 이길 자신이 없지만, 이 세 사람 중 누군가가 엄청난 포커 실력을 지닌 것이다.

그래서, 싸워보기로 마음먹은 것이리라.

"어때?"

"솔직하게 말하자면『헛소리 좀 작작 하세요』라고 말하고 싶군요."

"……."

―하지만, 쿠루미는 이 승부를 받아들일 수밖에 없다. 위험부담이 매우 크지만, 이겼을 경우에 손에 넣을 수 있는 이득 또한 그에 버금갈 정도로 컸다. 제2, 제4, 제6영역의 도미니언들에게 자신의 힘을 인정받고, 자신의 입장을 명확하게 하는 것이다. 그렇게 되면 남은 영역은 편안하게 나아갈 수 있을 것이다.

"그럼 제 조건 하나를 들어 주신다면, 이 승부에 응하도록 하죠."

"조건……?"

"여러분은 도미니언이시죠? 그렇다면 제가 이 포커 승부에서 승리할 경우, 여러분의 영역은 무조건적으로 통과시켜 주세요."

"으음…… 그렇게 나오는구나."

"당연하지 않나요? 안 그러면, 도미니언과 일부러 싸울 이유가 없으니까요."

"……저는 상관없어요. 아리아드네, 당신은 어떻죠?"

오우카가 묻자, 아리아드네는 손을 내저으며 동의했다.

"상관없어~. 마야도 괜찮지?"

"······나는 딜러를 맡을 예정이라, 승부에 참가하지는 않지만······. 토키사키 쿠루미의 요청에 대해 심사숙고해보겠다고만 대답해두겠어."

쿠루미는 그 애매모호한 대답에 인상을 썼지만, 티파레트와 헤세드의 통과가 손쉬워지는 것만으로도 충분히 이득이었다.

"상세한 룰은 말이 아니라 문서로 알려주셨으면 좋겠군요. 그리고 그 문서에 도미니언 여러분 전원이 서명해 주세요. 물론 저도 서명하겠어요."

"오케이. 하아, 드디어 끝났네······. 지쳤어."

유리는 노곤한 표정을 지으며 얼굴의 땀을 닦았다. 자칫 잘못하면 네차흐가 전장이 되었을 테니, 엄청난 중압감을 느꼈으리라.

"끝났다~. 다들 쉴 거지~? 잘 자~, 쿠울······."

아리아드네도 지친 건지, 영장을 잠옷 모드로 변형시켰다. 그리고 침낭 안으로 쏙 들어갔다.

"아리아드네 님. 여기서 주무시면 안 됩······ 아앗, 침낭까지 전개했네."

"미야후지 오우카. 토키사키 쿠루미. 아까 발언의 정정을 요청하겠어. 나는 눈치 없는 준정령이 아냐. 오히려 눈치가 엄청 빨라."

"아뇨. 눈치라고는 눈곱만큼도 없어요. 티파레트의 도미니언이라는 칭호에 맹세할 수 있을 정도죠."

"예, 정말 눈을 씻고 찾아봐도 없을 정도죠. 남을 고릴라라고 부르다니……."

"고릴라를 무시하지 마. 고릴라는 숲의 현자라 불릴 정도로 온화하고, 믿음직하며, 온순한 데다, 지적인—"

"고릴라를 무시하는 게 아니거든요?!"

"그리고 솔직히 말해 엄청 잘 생겼잖아. 그래서 고릴라 같다고 칭찬한 건데……."

"칭찬하는 기준! 자체에! 문제가 있어요!"

"……무슨 일이 있었던 거죠?"

시스터스는 근처에 있던 사가쿠레 유이에게 뭐가 어떻게 된 것인지 물어보았다. 양산형과 일급품을 구별하는 건 간단했다. 눈동자에 빛이 어려 있느냐를 가지고 분간이 가능한 것이다.

"으음, 실은……."

시스터스는 유이의 설명을 듣고 머리를 감싸 쥐었다.

"……인계를 지배하는 도미니언과 인계 유일의 정령이라면, 그런 어이없는 일 가지고 다투지 않아도 될 것 같은데 말이죠……."

시스터스가 한숨을 내쉬는 것도 무리는 아니었다.

"저희의 명예가 걸려 있는 일이란 말이에요, 저! 히비키 양도 저와 같은 생각이죠?!"

쿠루미가 히비키를 쳐다보았다.

히비키는 굳은 표정을 지으며 마야를 향해 걸어가더니, 그녀를 손가락으로 가리키며 외쳤다.

"정정해주세요, 유키시로 마야 씨!"

"그래요, 바로 그거예요. 역시 히비키 양이에요. 예, 딱 잘라 말해주세요."

"토키사키 쿠루미라는 여자애는 고릴라 같은 말로 표현해도 되는 존재가 아니에요! 잘 들으세요! 예를 들면―."

"어머? 이야기의 취지가 좀 이상하군요. 그 점에 대해 다시 따질 필요는 없거든요?"

"예를 들면, 모르포 나비처럼 아름답고……."

"……으음. 뭐, 그 정도라면……."

"장수말벌처럼 흉악한 독을 지녔으며……."

"히비키 양."

"상처 입은 불곰처럼 흉포할 뿐만 아니라……!"

"히비키 양. 중요한 이야기가 있으니까 저 좀 봐요."

"그리고, 으음, 들판에 핀 꽃처럼 가련해요."

"마지막 그건 대충 둘러댄 거죠?! 그게 가장 중요하단 말이에요!"

히비키 탓에, 상황이 더욱 혼란스러워졌다.

◇

아무튼, 문서는 나중에 사가쿠레 유이가 보내주기로 약속한 그녀들은 일단 해산하기로 했다.

"……결국 승부를 하게 됐군요."

시스터스가 쿠루미와 같은 감상을 입에 담았다.

"으으. 십자(十字) 드라이버로 관자놀이를 뚫린 것처럼 아파요……."

히비키는 엽기적인 표현을 중얼거리면서 머리를 감싸 쥐었다. 그것은 아까 언동에 대한 대가였다.

"뭐, 그건 그렇고…… 으으, 아야야…… 저렇게 세게 나오는 건 다른 영역의 도미니언들이 이곳에 왔기 때문이겠죠?"

"그렇겠죠. 도박에 있어서 정당한 승부가 가능한지는 등 뒤에 폭력적인 힘이 있느냐 없느냐에 따라 결정되니까요."

"도미니언이 세 명이나 왔으니, 마음 놓고 승부를 할 수 있다는 건가요?"

"……뭐, 사가쿠레 유리 한 명이 상대라면 승부에서 진 쿠루미 씨가 억지를 부릴 가능성도 있으니까요. 세 사람이나 있는 지금이 기회라고 생각한 거겠죠."

"거꾸로 보면 그녀들도 도미니언의 체면을 손상시킬 짓은 할 수 없겠죠. 저희가 이겼을 때도 상대가 말도 안 되는 트집을 잡을 가능성이 낮다고 할 수 있을 거랍니다."

쿠루미의 말에 히비키는 표정을 굳혔다.

"왜 그러죠?"

"아, 그게 말이죠. 승부의 결과를 공평히 받아들일 거라는 건 이해했어요. 하지만…… 애초에 승부 자체가 공평할 수 있을까요?"

"─속임수를 쓸지도 모른다는 거군요."

쿠루미는 히비키가 한 말의 의미를 곧 이해하며 그렇게 말했다.

"맞아요. 저 정도 멤버가 모인다면, 쿠루미 씨에게 이기는 것 정도는 일도 아닐 거라고 생각해요."

"상대방이 지닌 무명천사의 능력을 전혀 알지 못한다는 게 치명적이군요."

"맞아요. 하지만…… 딱 하나, 확실한 게 있어요."

"어머나." "그게 뭐죠?"

히비키는 손가락 하나를 치켜들며 말했다.

"그녀들의 능력은 트럼프 게임의 속임수와 전혀 상관이 없거나, 혹은 응용해야만 속임수를 쓸 수 있는 무명천사일 거라는 점이에요."

잠시 침묵이 이어진 후, 쿠루미는 납득한 것처럼 고개를 끄덕였다.

"전자는 당연하겠죠. 그녀들이 지닌 무명천사가 우연히도 트럼프 게임에서 속임수를 쓸 수 있는 능력이라는 건 너무 억지스러우니까요. 후자라면—."

"어디까지나 소문, 혹은 남에게 전해 듣거나 정보상을 경유해 입수한 정보지만, 이번에 모인 도미니언들 중에서 아리아드네 폭스롯과 미야후지 오우카는 명백한 전투 타입의 도미니언이에요. 호크마의 유키시로 마야의 무명천사에 대해서는 아는 것이 없지만, 쿠루미 씨의 이야기를 들어 보니 소환 전투 타입일 것 같네요."

"소환 전투 타입?"

"무명천사로 직접 싸우는 게 아니라, 무명천사로 무언가를 창조해서 싸우게 하는 타입이에요. 그녀는 아마—."

"그 책이군요. 책에서 사신을 불러내 저를 공격했죠."

"……그게 전부는 아닐 것 같지만요. 아무튼, 사가쿠레 자매를 제외하고 그 자리에 있던 준정령들은 전부 전투가 전문인 타입이라 도미니언으로 뽑혔어요. 즉, 사기나 속임수가 특기는 아니겠죠."

"꼭 그렇다고 볼 수는 없답니다. 그래서야 트럼프 게임으로 승부를 하자는 제안을 할 이유가 없으니까요."

현실주의자인 시스터스가 반론을 했다. 상대방이 제안한 게임인 이상, 어떤 식으로든 속임수를 쓸 게 틀림없다는 전제 하에 행동해야 한다는 것이다. 그녀의 주장은 냉철하며, 그리고 진실미로 가득 차 있었다.

"……어쨌든 간에, 어떤 능력을 지녔는지 밝혀지지 않은 지금 상황에서는 이러지도 저러지도 못하는군요."

"하지만 정보를 모으면—"

"아뇨. 제 생각에는 **정보를 모으면 오히려 더 위험할 것 같군요.**"

"……윽."

그 말에 히비키는 신음을 흘렸고, 시스터스는 고개를 갸웃거렸다.

"정보를 모으는 편이 더 위험하다는 게 무슨 소리죠?"

"이곳은 네차흐이며, 곳곳에는 사가쿠레 유리의 손발인 양산형 사가쿠레 유이가 있답니다."

"아까부터 저희를 쫓아오고 있기도 하고요."

그 말에 답하듯, 건물 뒤편에서 사가쿠레 유이가 모습을 드러냈다. 양산형이 아니라 일급품— 예전에 호드에서 만났던 사가쿠레 유이라는 사실을 쿠루미는 꿰뚫어봤다.

"아하, 그렇군요. 이제 알았어요. 저희는 유도당하고 있는 거군요."

"죄송해요. 저도 네차흐에 대해서는 잘 알지 못해서, 신뢰할 수 있는 정보상도 알지 못해요……. 게다가 상대는 도미니언이니까……."

"쓸데없는 정보 때문에 사고능력이 둔해지는 경우도 흔하니까요. 히비키 양은 너무 개의치 마세요."

"하지만 어떻게 대책을 세우죠? 저 사람이……."

히비키는 등 뒤에 있는 유이를 힐끔 쳐다보았다. 그러자 유이는 부끄러워하듯 건물 뒤편에 다시 숨었지만, 이 자리를 벗어나려 하지는 않았다.

"─저기 있으니, 작전도 제대로 세울 수 없잖아요."

"……후후. 그렇기는 하죠. 아무튼 호텔로 가도록 할까요? 유이 양, 안내를 부탁드려도 될까요? 참, 저는 스위트룸 이외의 방에 묵게 된다면 난동을 부릴지도 모른답니다."

"아, 예!"

유이가 허둥지둥 튀어나와 세 사람을 안내하듯 앞장섰다.

─사가쿠레 유이는 생각했다.

그녀들이 한 말은 대부분 정답이었다.

도미니언들은 포커 승부에서 ─ 유이도 잘 알지는 못하지만 ─ 분명 속임수를 쓸 것이다.

토키사키 쿠루미를 이곳에 묶어놓고, 구속한 후, 퀸과의 싸움에 이용하려는 것이다. 혹은 쿠루미를 **해체**해서 퀸의 약점을 찾아내자는 생각을 하는 것일지도 모른다.

하지만…….

그것이 과연 가능할까.

애초에, 언니는 그것을 바랄까.

탄생할 때마다, 사가쿠레 유이는 자신이 사가쿠레 유이라는 사실을 좋든 싫든 인식했고, 사가쿠레 유리를 언니이자 주인으로 모셨다.

그리고 사가쿠레 유리의 명령에 따라, 키라리 리네무와 반오인 미즈하를 모시는 닌자가 되기도 했다.

『하지만~. 그런 건 꽤나 비틀린 관계 아냐?』

인상을 쓰며 그렇게 말한 이는 키라리 리네무였던 것으로 기억한다. 그녀가 도미니언이었던 시절, 그녀의 감시 및 정보 수집을 위해 파견되었을 때 들었던 말이다.

……맞는 말이다.

사가쿠레 유이 또한 그 말에 동의했다. 그리고 그렇게 생각한다는 사실 자체가 때로는 무시무시했다.

기계인형. 사가쿠레 유리를 충실히 따르는, 일개 로봇.

……그러할 텐데, 자신의 마음속 깊은 곳에서 샘솟는 명백한 무언가를, 부정할 수가 없었다.

설령 그 상대가, 자신의 언니일지라도…….

무서웠다. 자신은 **만들어진 존재**인데, 이 세상에 태어난 것은 우연이 아니라 필연인데…….

왜 자신은 이렇게— 마치, 평범한 소녀처럼 매사를 생각하는 것일까.

사가쿠레 유이는 그 점이 무서웠다.

그리고, 자신을 스쳐지나가는 양산형 유이가 부러웠다.

그녀들은 고민 같은 것을 하지 않으며, 주어진 임무에 자신의 모든 것을 바칠 수 있으니까…….

◇

 스위트란 보통 SWEET의 스펠링이며, 달콤한 음식을 가리킨다. 하지만 호텔의 스위트란 SUIT다. 즉, 『한데 이어져 있는』, 『전부 갖춰져 있는』 등의 의미를 지닌 말이다.

 즉, 사람이 **호사를 누리는 데** 있어서 필요한 모든 것이 갖춰져 있는 장소다.

 그것이 호텔의 스위트룸이란 곳이었다.

 "······뭐, 나쁘지는 않군요."

 쿠루미는 호텔의 방을 둘러보더니, 그렇게 평가를 내렸다. 유이가 선택한 호텔은 이 네차흐에서도 손꼽히는 호텔이었다. 사생활이 보호되며, 방 안에 있으면 외부의 시끄러운 소리가 전혀 들리지 않았다.

 그리고— 엄중하게 감시되고 있었다.

 "즉, 만점이라는 거군요. 고마워요, 유이 씨."

 히비키가 방긋 미소 지으며 고개를 숙였다. 그러자 유이는 몸이 움츠러들었다.

 "아뇨. 여러분의 요망에 부응할 수 있어 영광입니다."

 사실 토키사키 쿠루미와 그녀의 자매(?)인 시스터스도 무섭지만, 다른 의미에서 무시무시하다 느껴지는 존재가 바로 히고로모 히비키였다.

광신(狂信)도, 복종도 하지 않으며, 투명한 눈동자로 세계를 응시하고 있는, 빈껍데기였던 소녀.

싸운다면 지지는 않을 것이다. 그녀의 〈킹 킬링〉만 조심한다면, 백 번 싸워서 백 번 다 이길 것이다.

하지만…….

그녀가 자신의 패배마저 전략으로 삼는다면 어떻게 될까?

히고로모 히비키는 자기 자신을 일개 병사로 여긴다.

토키사키 쿠루미를 지키기 위해, 그녀의 승리를 위해서라면 기쁜 마음으로 패배할 것이다.

"참, 유이 씨. 오랜만에 저와 이야기를 나누지 않겠어요?"

"……아뇨. 됐어요."

"에이, 그러지 마세요. 말쿠트에서 사투를 벌였던 사이잖아요."

"그건 제가 아니라 동형기(同型機)였어요. 그녀는 창 씨에게 파괴됐죠."

"아, 그렇군요. 역시 기억은 동기화되어 있나 보네요~."

"아, 그게…… 예."

히비키는 흐음~ 하고 신음을 흘리며 고개를 갸웃거렸다.

"그렇다면, 역시 유이 씨는 각 영역에 파견되어 있는 거군요."

"예. 정기적으로 정보를 모아 동기화하고 있죠."

"……그런 이야기를 해도 되나요?"

"예, 물론이죠."

……유이는 히비키가 이 대화를 통해 정보를 얻어낼 속셈이라는 것을 알고 있었다. 하지만 논리와 정보를 조합하면 자연스럽게 도출될 결론을 밝히는 것을 주저하지 않았다.

사실 모든 도미니언들은 그 점을 알면서도 사가쿠레 유이를 이용하고 있었다. 그 정도로 유이가 중용되고 있는 건, 그녀의 첩보기술이 그만큼 뛰어나기 때문이었다.

적대하는 조직에 숨어들어간 후, 죽는 한이 있더라도 정보를 가지고 돌아온다.

자신의 목숨에 애착이 없기 때문에 고문도 통하지 않으며, 기계라서 그런지 세뇌도 효과가 없다. 그래도 네차흐를 통해 각 영역의 정보가 유출되었다면 그들도 경계할 것이다.

하지만, 그런 흔적은 전무했다.

네차흐는 그 정보로 각 영역의 도미니언을 협박하지 않았으며, 또한 정보를 사고팔지도 않았다.

사가쿠레 유리는 그저 사가쿠레 유이의 성능을 향상시키는 것에만 몰두한 것 같았다.

아무튼, 유이는 어느 정도의 정보는 다른 도미니언들에게도 알려주고 있었다.

그리고 방금 그 정보를 전달한 것이, 이번 갬블 승부에서 도미니언 측에 불리하게 작용하지 않을 거라고 판단했다. 유이조차도 무엇을 할지 전혀 알지 못하는 것이다.

"……궁금하신 점이 있으시다면, 물어보세요."

"아, 그럼 유이 씨에 대해 물어봐도 될까요?"

"어…… 예……? 저…… 말인가요?"

유이는 그 말을 듣고 당혹스러워했다.

"아, 혹시 유리 씨나 다른 도미니언들에 대해 물을 거라고 생각했나요? 그런 비효율적인 짓은 안 해요~."

"아니, 하지만…… 저는, 딱히…….'

—자신은 일개 기계인형이며, 그 이상도 그 이하도 아니다. 대체 자신에게서 무엇을 알아내려는 걸까.

"취미는 뭔가요?"

"……딱히, 없어요."

"좋아하는 건요? 음식이든 뭐든 상관없어요."

"그런 건, 없습니다."

"좋아하는 영화나 게임은 있나요?"

"인계에는 영화도, 게임도 없습니다. ……아, 극히 드물게 잔류물 같은 것이 발견되거나, 소수의 인원이 제작한 게 있다는 이야기를 들은 적이 있지만, 흥미는 없어요."

"아하~. 그렇군요."

"그럼, 싫어하는 건요?"

"그건…….'

유이는 무심결에 솔직하게 대답할 뻔했다.

하지만 필사적으로 자제했다. —고통스러웠다. 그리고 그런 유이를, 히고로모 히비키가 유심히 관찰하고 있었다.

"언니를 좋아하시나요?"

이 대화를 이어갈수록, 상대방의 손길이 자신의 마음속 깊은 곳을 파헤치는 듯한 느낌이 들었다.

그에 유이가 자리에서 벌떡 일어서려던 순간, 쿠루미가 불쑥 입을 열었다.

"마음이 흐트러졌군요, 사가쿠레 유이 양."

그 말을 듣자, 머릿속이 약간 진정됐다.

유이는 의자에 고쳐 앉은 후, 자세를 바로하며 대답했다.

"유리 님은 저에게 있어 언니이자 창조주예요. 그런 분을 좋아하지 않는다는 건 말이 안 되죠. 마음이 조금 흐트러졌군요. 사과드립니다."

"아뇨~. 잘못한 사람은 히비키 양이에요. 그렇죠?"

쿠루미가 빙긋 웃으며 그렇게 말하자, 히비키는 볼을 부풀렸다.

"저는 어디까지나 저 나름대로, 이 싸움에서 이길 방법을 생각하고 있을 뿐이에요~."

유이는 큰일 날 뻔했다고 생각하며 마음을 다잡았다. 역시 방금 그 질문은 갬블 승부에서 이기기 위해 필요한 질문이었던 것 같았다.

그 질문에 담긴 의도까지는 알 수 없지만 말이다.

……하지만 자신의 주인이라면, 뭔가를 알아낼 수 있을 것이 틀림없었다.

"아, 저기 죄송한데 말이죠. 이제부터는 제가 질문을 드려도 괜찮을까요?"

그때, 쿠루미가 갑자기 그렇게 말을 꺼냈다.

"─그러시죠. 제가 답해드릴 수 있는 질문이라면 얼마든지 대답해드리겠습니다."

"공포를 느낀 적은 있나요?"

"……아뇨. 없습니다."

"어머, 어머. 그건 거짓말이군요. 당신은 어엿한 준정령이에요. 그리고 이 경우의 어엿하다는 건, **제대로 된 인격을 지니고 있다**는 의미죠. 그러니 싸우는 것도, 상처 입는 것도…… 무서울 거랍니다."

그 말은 총탄보다도 강렬하고, 칼날보다도 날카롭게 유이의 마음에 깊은 상처를 새겼다.

"아뇨. 저는─ 저는, 공포 같은 건……."

"느낀 적이 없지는 않겠죠. 당신은 아까부터 저희를 경계하고 있잖아요? 공포를 느끼지 않는다면 경계를 할 리도 없어요. 경계심이 없다면, 첩보원으로서는 실격이죠."

"……맞는 말입니다. 하지만 저는 죽는 것을 두려워하지 않아요."

"어머, 그건─ 당연하잖아요?"

유이는 그 말을 듣고 고개를 갸웃거렸다.

"죽는 것을 두려워하는 건, 인간…… 준정령이라면 당연한 것 아닌가요?"

"명확한 비율은 알 수 없지만, 죽는 것을 두려워하지 않는 자도 있답니다. 그녀들이 두려워하는 건, 다른 것이죠."

"다른 것……?"

"도움이 되지 않는 것이랍니다."

그 순한, 오한이 온몸을 꿰뚫고 지나갔다.

쿠루미는 유이를 시선으로 꿰뚫을 듯이 응시하며 입을 열었다.

"죽고 싶지 않은 게 아니라, **이런 식으로 죽어선 안 된다**는 원통한 마음이, 그녀들을 공포에 빠뜨린답니다."

"윽……."

"창에게 살해당했던 그 사가쿠레 유이 양도 마찬가지 아니었을까요?"

유이는 그 말을 듣고, 그 당시 정보를 동기화시킨 순간을 떠올렸다.

……딱히 유별난 일은 아니었다. 첩보 임무를 수행하기 위해, 사가쿠레 유이들은 목숨을 주저 없이 던진다.

반오인의 공주를 위해, 말쿠트와 『돌마스터』를 조사하러 갔을 때도 마찬가지였다. 사투에 참가했고, 창에게 허무할 정도로 간단히 살해당했다.

원통했을 리가 없다고 생각했지만……

사가쿠레 유이는 그 당시의 원통함을 처절하게 느끼고 있었다.

"……제 생각이 잘못되었나요?"

"아뇨. ……옳을지도 모르겠습니다. 저는 헛되이 죽는 것이 두려워요."

"그렇죠?"

"하지만, 그것은— 여러분과는 상관없는 일입니다."

"그렇겠죠. 예, 맞는 말이랍니다. 자, 룸서비스로 시킨 저녁 식사가 도착하면, 그걸 먹고 쉬도록 하죠. 아, 유이 양도 같이 식사를 하도록 해요. 혹시 독이라도 들어 있으면 곤란하니까요."

"제 주인이 독 같은 것을 쓸 리가 없습니다."

"저라면 주저 없이 독을 넣었겠죠."

"에이, 쿠루미 씨. 그건 으스대면서 할 소리가 아니라고요."

유이도 그 말에는 전적으로 동감했다.

◇

양산형 유이가 가져온 디너는 고급스러웠다. 다만 「아미르스탄 양(羊)의 넓적다리 살과 한 입 크기로 썬 아보카도, 오이, 토마토를 양상추로 싼 후, 그리스풍 요거트 소스를 곁들였습니다」라는 말을 듣고 아미르스탄 양이 어떤 소설에서 인육을 가리키는 말이었다는 게 생각난 쿠루미는 먹어도 되는 건지 걱정했지만, 아무래도 평범한 양 같았다. 질 나쁜 농담이었다.

히비키는 맛있다는 말을 몇 번이나 하면서 그 음식을 먹었다.

"프랑스 요리가 호화롭다는 말은 들었지만, 확실히 때깔 하나는 좋네요~."

"이 음식을 그렇게 평가하는 건, 만든 분에게 실례일 것 같군요. 그런데 이것을 만드신 셰프는 누구시죠?"

"죄송합니다만, 셰프의 요청에 따라 이름과 얼굴을 밝힐 수 없습니다. 그리고 내일 이후로는 다른 셰프가 조리를 할 예정입니다."

양산형 유이는 무미건조한 목소리로 그렇게 말했다.

"어머, 어머. 그거 참 아쉽군요. 하지만 한동안 이 호텔에 머물 예정이니, 또 그분의 요리를 맛볼 기회가 있을지도 모르죠. 예약은 가능한가요?"

"······확인해보겠습니다."

"잘 먹었습니다~! 이야~, 진짜 맛있죠~?"

히비키는 방긋 웃으면서 다른 세 사람에게 물었다. 식사를 할 필요가 없다고 주장했지만, 결국 쿠루미에게 잡혀서 이 자리에 동석을 하게 된 유이가 식사를 하면서 고개를 끄덕였다.

"예. 독은 들어있지 않고요."

"으음, 효과가 늦게 나타나는 독이 들어 있을 가능성도 있으니까요."

"애초에, 승부 방식이 구체적으로 정해지기도 전에 독을 쓰는 것도—."

바로 그때, 양산형 유이가 디너를 옮겨 온 왜건에서 새하얀 편지를 꺼냈다.

"여러분께서 식사를 마치시면, 이 편지의 내용을 전하라는 지시를 주인에게서 받았습니다."

그 말을 들은 순간, 느슨하던 분위기가 옥죄어드는 듯한 느낌이 들었다.

"……나와 동기화해. 내가 설명하지."

자리에서 일어선 유이가 나서자, 양산형 유이는 고개를 저었다.

"이것은 저의 일입니다."

"……그, 그런가."

양산형 유이가 앞으로 나서더니, 담담한 어조로 편지의 내용을 읽기 시작했다.

"1. 승부는 7일 후 20시부터 스타트. 게임은 텍사스 홀덤. 플레이어는 사가쿠레 유리, 토키사키 쿠루미, 미야후지 오우카, 아리아드네 폭스롯."

"유키시로 마야 양은 딜러인 거죠?"

유이는 고개를 끄덕였다.

"2. 유키시로 마야는 딜러를 맡는다. 그녀의 능력이 게임의 공평성을 유지하는 데 필요하기 때문이다."

"뭐, 좋아요. 계속 읽어 보세요."

"3. 속임수가 **발각된 경우**, 쓴 사람은 실격으로 처리된다."

"……예, 맞는 말이군요. 속임수 같은 건 쓰면 안 되니까 말이에요."

"4. 미야후지 오우카 및 아리아드네 폭스롯의 순위는 승패에 연관이 없다. 이 승부는 어디까지나 사가쿠레 유리와 토키사키 쿠루미, 이 두 사람 중 누구의 순위가 높은가로 승패가 결정된다."

"질문 하나 해도 될까요? 저와 사가쿠레 유리, 두 사람 다 가진 돈이 0YP가 된다면, 승패는 어떻게 되는 거죠?"

"……5. 승패가 갈리지 않았을 경우, 각자는 빚이라는 형태로 자금을 융자받아 다시 승부를 치른다. 이 경우, 토키사키 쿠루미와 사가쿠레 유리는 단둘이서 승부를 한다."

"아하, 이걸로 전부가 아니겠죠? 아직 중요한 부분이 빠져 있으니까요."

"6. 텍사스 홀덤의 룰은, 이 룰북에 따른다."

양산형 유이는 표지가 녹색인 룰북을 꺼내 쿠루미에게 건넸다.

"이것으로 끝입니다만……."

"어머, 어머. 유리 양, 이러면 안 되잖아요."

토키사키 쿠루미는 싱글벙글 웃더니, 양산형 유이를 통해 실시간으로 이야기를 듣고 있을 사가쿠레 유리에게 말했다.

　"이쪽의 추가 조건을 이야기하겠어요. 하나. 히고로모 히비키 혹은 시스터스를 이 승부의 멤버로 참가시킬 것."

　그 발언을 들은 순간, 이 자리에 있는 이들 전원이 경악했다.

　"어······?! 쿠, 쿠루미 씨, 저 말인가요?!"

　쿠루미는 그에 개의치 않고 손가락을 하나 더 꼽으며 말을 이었다.

　"둘. 준비한 트럼프를 사전에 전원이 확인하도록 하겠어요. 트럼프에 속임수를 써두지 않았다는 것을 확인하기 위해서 말이죠. 특히 유키시로 양은 책임을 져주셔야겠어요. 트릭을 써둔 트럼프를 쓰는 건 절대 용납 못 하니까요."

　"······."

　"셋. 군자금에 관한 내용이에요. 저희가 현재 준비 가능한 금액은 총 5000만 YP죠. 이 금액을 한계치로 정해서, 참가자들의 자금을 평등하게 해주세요. 다소 차이가 나는 건 눈감아드리겠지만, 10억 YP나 되는 거금을 이용해 지구전으로 몰고 간다면 저희 쪽에 승산이 없으니까요."

　쿠루미는 손가락을 하나 더 꼽으며 말했다.

　"넷. 어떤 장소에서 게임을 하든, 관객은 필요 없어요. 영상을 통한 관람이라면 몰라도, 수많은 사람들에게 둘러싸인 상황에서 승부를 한다면 그들을 이용해 속임수를 쓴다고 의심하게 되겠죠."

쿠루미는 손을 펼쳤다.

"그리고 이게 마지막 요구 사항이에요. 당일, 게임 시작 세 시간 전에 승부를 할 장소를 저희가 조사하게 해주세요. 무대 장치로 속임수를 쓰려는 건 아닌지 확인해 둬야 공평한 승부를 할 수 있을 테니까요."

전원이 나간 것처럼 꼼짝도 하지 않던 양산형 유이는 곧 고개를 끄덕이며 대답했다.

"주인에게 전달한 후, 답변을 가지고 돌아오겠습니다. 잠시만 기다려 주십시오."

"아뇨. 기다릴 수 없어요. 어차피 이 대화를 리얼타임으로 듣고 있을 거잖아요? 지금 바로 답해 주세요. 지금, 바로 말이에요."

쿠루미는 자리에서 일어나 양산형 유이의 색채가 없는 눈동자를 노려보았다.

"자, 지금, 당장~!"

양산형 유이가 입을 열자— 사가쿠레 유리의 목소리가 흘러나왔다.

"무섭네. 저항이라도 했다간 총을 겨눌 것 같아. 좋아, 오케이. 요구사항 2는 오케이, 4도 문제없어. 원래부터 관객은 존재하지 않거든. 그리고 5 말인데, 그때는 우리가 입회해도 되지? 너희가 속임수를 쓸 수도 있으니까 말이야."

"물론이죠."

"3은…… 그래, 7500만 YP를 한도로 정하는 건 어때?"

"너무 많군요. 5500만 YP로 하죠."

"7000만." "6000만."

"6500만 YP를 한도로 하겠어. 됐지? 토키사키 쿠루미."

"……뭐, 그 정도가 타협선이겠죠."

"그리고 요구사항 1 말인데…… 그건 받아들일 수 없어. 이 게임은 도미니언들 간의 경쟁이 아니면 의미가 없어. 네 파트너든 뭐든 간에, 그것만은 안 돼. 물론, 네 옆에 있는 또 한 명의 토키사키 쿠루미도 마찬가지야."

"흐음. 그럼 도미니언급 준정령이라면 문제가 없는 거군요?"

"어, 그야……."

쿠루미는 씨익 웃었다.

"까르트 아 쥬에. 저는 그녀를 파트너로 삼아서 여러분에게 대항하겠어요. 퀸에게 졌다고는 해도, 제3영역의 예전 비나 도미니언이라면 문제될 것은 없겠죠?"

"……좋아. 상관없어."

유리는 퉁명한 어조로 그렇게 대답했다.

"그럼 이쪽에서도 조건을 걸겠어. 그녀가 지닌 YP와 토키사키 쿠루미의 YP를 합친 금액에 한도 금액을 적용하겠어. 즉, 너희 둘의 판돈은 합쳐서 6500만 YP인 거지. 그것만은 양보 못 해."

히비키는 말도 안 된다고 외칠 뻔 했지만, 쿠루미는 눈짓으로 그녀를 제지했다. 확실히 압도적으로 불리한 조건이기는 했다. 하지만, 그냥 포커를 치는 것보다도 그 편이 훨씬 승산이 컸다.

게다가 금액의 많고 적음은 **중요하기는 해도 문제가 되지 않는다**. 1억이든, 그 절반이든, 사라질 때는 순식간에 사라지고 만다. 포커 게임이란 그런 것이다. 오히려 겨우겨우 승부를 벌일 만한 금액인 편이 차라리 낫다고 쿠루미는 생각했다.

초반에 칩이 너무 많으면, 방심이나 자만에 빠질 수 있다. 승부가 본격화될 때까지는 가능한 한 자금이 적은 편이 낫다고 쿠루미는 판단했다.

"……좋아요. 그렇게 하죠."

"그럼 잘 있어. 일주일 후의 게임을 고대하고 있을게."

"저도 마찬가지랍니다. 그럼 다음에 뵙죠."

양산형 유이가 부르르 하고 몸을 떨었다. 그리고 정신을 차린 것처럼 주위를 둘러보더니, 상황을 파악한 건지 고개를 깊이 숙였다.

"그럼 이만 실례하겠습니다."

그녀가 왜건을 밀면서 밖으로 나가자, 쿠루미는 한숨을 내쉬었다.

"……어찌어찌 저희 쪽의 요구 사항을 받아들이게 했네요."

"으음, 저기 말이에요~. 저는 뭐가 어떻게 된 건지 모르겠거든요? 아, 그게, 룰은 중요하다고 생각하지만…… 그 후의 대화가……."

히비키가 손을 들면서 그렇게 물었다.

유이도 조금 신경이 쓰였다. 한편, 시스터스는 여유 넘치는 표정을 지으며 홍차를 마시고 있었다.

"저. 귀찮으니까 대신 대답해주세요. 『저』라면, 이해할 수 있을 테죠?"

"예, 물론 이해하고 있답니다. 하지만…… 귀찮군요. 애초에 유이 씨 앞에서 그런 이야기를 할 수도 없잖아요?"

시스터스는 그림자를 손가락으로 가리켰다.

"밀담이라면 저기서 하시는 게 어떨까요? 저는 이곳에서 기다리고 있겠어요."

"……그것도 그렇군요. 그럼 사가쿠레 유이 양, 잠시 이곳에서 기다려 주시겠어요? 저는 히비키 양에게 설명을 해줘야 한답니다."

쿠루미는 그렇게 말하더니, 다짜고짜 히비키를 잡고 그림자 속으로 뛰어 들어갔다.

"어……!"

그에 유이도 허둥지둥 달려갔지만, 총을 손에 쥔 시스터스가 그녀를 제지했다.

"이 네차흐에서, 당신들의 눈길이 닿지 않는 장소 같은 건 없다……고 생각하셨나요? 유감이군요. 누구의 눈에도 닿지 않는 그림자와 어둠, 그곳이 바로 저희가 지배하는 영역이랍니다."

유이와 시스터스가 서로를 노려보고 있는 가운데, 쿠루미와 히비키는 그림자 안에서 몰래 이야기를 나눴다.

◇

"저기, 결국 뭐가 어떻게 된 건가요……?"

히비키가 주위를 두리번거렸다. 그림자 속에는 전에도 와 본 적이 있지만, 상하좌우가 없는 이 어둠에는 영 익숙해지지 않았다.

"—우선, 상대는 십중팔구 속임수를 쓰려고 할 거랍니다."

"……그런가요?"

"상대방의 요구를 떠올려 보세요. **속임수가 발각된 경우**, 처벌을 당한다잖아요. 발각되지 않는다면, 얼마든지 써도 되는 거랍니다."

"아…… 그렇군요."

물론 현실세계에서도 속임수가 발각되지 않는 한, 얼마든지 써도 된다.

하지만 이곳은 인계이며, 현실의 육체가 아무런 의미도 지니지 않는 세계다.

거짓말을 하면 발각되는 수단도 찾아보면 분명 존재할 것이다. 하지만 그런 것을 사용하지 않는다는 것만으로도, 상대방이 속임수를 쓰겠다고 선언한 것이나 다름없었다.

"그리고 하나 더 있어요. 상대방은 저희가 쓴 속임수를 눈에 불을 켜고 알아내려 하겠죠. 제 속임수를 알아채고 규탄한다면, 손쉽게 승리를 거머쥘 수 있을 테니까요."

"쿠루미 씨는 속임수를 쓸 생각인가요?"

"속임수를 쓰지 않을 생각은, 눈곱만큼도 없답니다. 저를 얕본 것을 후회하게 만들어 주겠어요."

"……후후후."

"히비키 양, 왜 그러시죠?"

"아무것도 아니에요."

밑바닥없는 그림자 속에서, 단둘이 흉계를 꾸민다……기보다, 왠지 수학여행을 와서 몰래 이야기를 나누는 듯한 느낌이 든 히비키는 왠지 즐거웠다.

"쿠루미 씨의 요구는 상대방의 속임수를 막기 위한 것……이죠?"

"예. 하지만, 이래도 분명 속임수를 쓰겠죠. 그걸 파악한 후, 속임수로 박살을 내줄 거랍니다."

"아, 하지만 지금은 어떻게 할 건가요?"

"……그게 문제군요. 갬블은 자금 승부니까요. 극단적으로 본다면, 제 자금이 5000만인데 비해 상대방은 1억 9500만이라고 생각할 수도 있답니다."

갬블에서 자금이란 체력이나 다름없다. 아무리 강력한 패(펀치)를 가지고 있더라도, 상대가 포기(항복)를 해버리면 무의미한 것이다. 그러니 체력이 많아야만 한다.

"하다못해 1500만은 더 확보하고 싶네요……. 하지만 갬블을 하는 건 무리일 것 같아요."

"자금 확보 쪽으로는 갬블 이외의 방법을 찾아볼 수밖에 없겠죠. 다른 방식으로 돈을 벌 방법이 분명 있을 거예요."

"사가쿠레 씨 쪽에서 방해하지 않을까요?"

"아뇨. 아마 6500만 YP를 모을 때까지는 그냥 눈감아 주겠죠. ……그 전에 방해를 한다면, 공평한 승부라 우길 수 없을 테니까요."

"아하……. 그런데, 까르트 씨는 진짜로 참가해 줄까요?"

"문제는 그거예요."

"뭐, 까르트 씨라면…… 기꺼이 응할 것 같지만요."

히비키는 약간 짜증난 것 같지만, 그런 모습을 보이고 싶지 않은지 고개를 돌렸다. 히비키가 삐쳤다고 생각한 쿠루미는 쓴웃음을 지었다.

"유감이지만, 비나에서 잠시 협력을 했을 뿐인 그녀를 전면적으로 신뢰할 수는 없죠. ……아마 배신은 하지 않겠지만 말이에요. 그건 그렇고, 협력을 하기에는 시간과 커뮤니케이션이 부족해요."

"예? 그럼 어떻게 할 거죠?"

"……"

쿠루미는 만면에 미소를 지으며 히비키를 쳐다보았다.

히비키를 말이다.

……불길한 예감이 들었다.

"저, 저기……. 혹시 말이에요? 〈킹 킬링〉을 이용하려는 건가요?"

"딩동댕이에요, 히비키 양."

"너무한 거 아니에요?! 뭐, 아까 이야기를 듣고 그럴 것 같다는 생각은 들었지만요!"

"그런데, 가능한가요?"

"……텍사스 홀덤은 시간이 얼마나 걸리죠?"

"한 번에 배팅하는 금액에 따라 다르지만…… 하루는 걸리지 않겠죠."

"얼굴을 바꾸기만 한다면, 한나절은 버틸 수 있을 거예요. 하지만 무명천사까지 복제한다면, 그렇게 오랫동안 유지하는 건 무리죠. 그러니까, 저는 제 실력만으로 싸워야만 하는데요……"

"그걸로 충분하답니다."

"……예?"

"아마 승부가 개시된 직후, 히비키 양의 정체가 노출되겠죠."

"예?!"

"상대는 당신의 〈킹 킬링〉을 파악하고 있어요. 까르트가 아무렇지 않게 이 승부에 참가하러 나타난다면, 우선 그 점부터 의심하겠죠."

"어, 어떻게 하죠?!"

"그냥 방치해 둬도 된답니다. 승부가 시작되고 나면, 도중에 중단할 수도 없을 테니까요."

"⋯⋯예?"

히비키가 고개를 갸웃거리자, 쿠루미가 대답했다.

"제가 제시한 네 번째 조건을 기억하나요?"

"아, 예. 으음⋯⋯ 관객을 이용해 속임수를 쓸 수 있으니, 정 볼 거면 영상으로⋯⋯ 였죠? 당연한 권리라고 생각하는데요."

"잘 들으세요. 제가 관객에 대해 언급했을 때, 유리 양은 『관객은 존재하지 않는다』고 말했어요. 즉, 저희의 승부는 영상으로 송신될 테고, 아마 **누가 이길지를 가지고 도박을 벌이겠죠.**"

"⋯⋯아!"

히비키는 손뼉을 쳤다.

◇

"─그러니까, 상대방이 히고로모 히비키를 〈킹 킬링〉으로 시합에 참가시켜도 우리는 그걸 거부할 수 없어~."

사가쿠레 유리가 한숨을 내쉬며 그렇게 말하자, 아리아드네 폭스롯은 어깨를 으쓱하며 대답했다.

"……괜찮지 않아~? 원래 엠프티였던 애인 데다, 무명천사의 이름과 능력도 전부 간파하고 있는걸. 트럼프 게임의 속임수에 써먹을 수 있는 능력과는 거리가 멀잖아~?"

유키시로 마야는 고개를 끄덕이며 그 의견에 동의했다.

"맞아. 오히려 까르트 아 쥬에가 본격적으로 승부에 참가하는 편이 우리로서는 곤란해. 그녀의 능력은 파악되지 않은 점이 많기 때문에, 대처하기 힘들 수도 있거든."

"농담하지 마시죠. 엠프티 따위가 이 게임에 참가한다니……."

미야후지 오우카는 입술을 삐죽 내밀면서 불만을 털어놓았다.

"……토키사키 쿠루미가 승리한다면, 그걸 이유로 그녀의 승리 자체를 없었던 일로 만들 수 있지 않을까?"

"에이~. 에이에이~. 마야마야, 그건 악수(惡手)야~. 우리는 괜찮지만, 네차흐는 완전 큰일이 날걸?"

아리아드네가 그렇게 말하자, 유리는 고개를 끄덕였다.

"나, 사가쿠레 유리의 신용 문제가 될 수 있으니까 절대 안 돼. 능력을 이용한 속임수를 썼다는 게 나중에 밝혀지더라도, 승부를 없었던 일로 할 수는 없어."

이 승부는 네차흐 전체를 뒤흔드는 대규모 도박이 될 것이다. 승부 도중에 부정행위가 발각된다면 관객들도 납득하겠지만, 나중에 『실은 부정행위가 있었다』 같은 소리를 하더라도 도박의 결과에 따라 잃거나 딴 YP는 되돌려놓을 수 없다.

까딱 잘못하면 도미니언을 끌어내리려는 움직임으로 발전할지도 모른다.

그렇게 된다면, 이 사태는 네차흐만의 문제로 정리되지는 않을 것이다. 승부에 참가한 마야, 아리아드네, 오우카, 이 세 사람도 휘말리게 되리라.

그러니 히고로모 히비키가 까르트 아 쥬에로 변한 것 정도는 속임수라고 부를 수 없었다.

"흐음. 그럼 간단하군요. 저희가 정정당당하게 승리하면 되는 거예요. 저희는 세 명이고, 유키시로 양이 딸리잖아요? 그렇다면 저희의 승리는 이미 결정된 거나 다름없어요."

오우카가 풍만한 가슴을 과시하듯 쑥 내밀며 그렇게 말했다. 그러자 마야가 박수를 쳤다.

아리아드네는 유리에게 몰래 귓속말을 했다.

"우리가 속임수를 쓸 거라는 건 알려주지 않은 거야~?"

"미야후지 양은 정의감이 넘치니까, 알면 난리를 칠거야……."

"……속임수를 쓸 거라는 걸 쭉 비밀로 할 거야~?"

"가능하면 그러고 싶네……."

"아마 어려울 거야~. 그래도, 그러기를 원한다면…… 어떻게든 해볼게~."

"고마워~. 부탁해."

"마야마야는?"

"아, 유키시로 양에게는 이미 이야기해뒀어. 하지만 딜러라서 무리는 할 수 없다네."

"오케이오케이."

다른 이들이 이런 대화를 나누고 있다는 것을 까맣게 모르는 미야후지 오우카가 결의에 찬 목소리로 이렇게 외쳤다.

"반드으으으으시! 패배의 쓴 맛을 보여주겠어요. 토키사키 쿠루미!"

―한 사람은 승리를 맹세했다.

―한 사람은 토키사키 쿠루미를 이해하려 했다.

―한 사람은 자신의 소망에 몸을 맡기려 했다.

―한 사람은, 조용히 때를 기다렸다.

◇

각종 상의를 마친 쿠루미와 히비키가 그림자에서 나왔다. 유이는 두 사람이 신경 쓰이는지 계속 힐끔힐끔 쳐다봤지만, 히비키가 미소를 지으면서 말을 걸자 허둥대며 대답하기 시작했다.

……히비키가 사가쿠레 유이에게 말을 건 이유는 두 가지다.

하나는 그녀에게서 사가쿠레 유리에 관한 이야기를 듣기 위해서다.

사가쿠레 유리의 사람됨을 알면 약점을 찾을 수 있을지도 모른다. 약점은 찾지 못하더라도, 꾸미지 않은 사가쿠레 유리에 대해 아는 것도 충분히 의미가 있었다.

하지만, 지금까지 나눈 이야기를 종합해 보면 딱히 얻은 것이 없었다.

"시스터스."

"예. 철야를 하라는 거군요. 알았어요."

쿠루미와 교대하듯 시스터스가 그림자 속으로 들어갔다. 그녀는 지금부터 정보 수집을 할 것이다.

본심을 털어놓자면, 쿠루미는 【여덟 번째 탄환(헤트)】으로 분신을 한 명 더 늘리고 싶었다.

하지만 그것은 가능한 한 자제하기로 했다. ……이 인계에는 『그』가 없으니, 분신은 공허함을 품은 채 이 세상에 태어날 것이다.

아무튼…….

시스터스는 유이 몰래 호텔 밖으로 나갔다. 사가쿠레 유리에 관한 정보를 조금이라도 더 모으기 위해서…….

한편, 히비키와 쿠루미가 유이와 이야기를 나누려는 이유는 하나 더 있었다. 그것은 사가쿠레 유이를 어디까지나 **개인**으로 여기며, 사가쿠레 유리와 떼어놓으려는 것이다.

이 호텔뿐만 아니라, 네차흐 전체는 양산형 유이에 의해 감시되고 있었다.

……즉, 그것은 정보의 과다를 의미했다. 그리고 히비키가 유이와 가볍게 이야기를 나눠본 결과, 역시 일급품인 사가쿠레 유이는 개인으로서의 인격을 지키고 있다는 결론에 도달했다.

사가쿠레 유이는 언니인 유리를 모시면서도 어디까지나 평범한 소녀처럼 생각하고, 고민하며, 또한 행동하고 있었다.

그렇기에 『개인』으로 대하며, 그녀를 사가쿠레 유리에게서 떼어놓으려는 것이다.

참고로 이 아이디어를 내놓은 사람은 쿠루미가 아니라 히비키였다. 네차흐에 와본 적은 없지만, 사가쿠레 유이에 관해서는 예전부터 정보를 모으고 있었던 것 같았다.

물론, 이것이 도움이 될지는 알 수 없었다.

사가쿠레 유이가 유리를 배신하지는 않으리라.

하지만— 유이에 대한 유리의 신뢰가 조금이라도 흔들린다면, 유이가 가져다 주는 쿠루미의 정보에 대한 신뢰도가 떨어질 것이다.

히비키는 그것을 기대하며 유이에게 말을 걸고 있었다.

결국 히비키가 지쳐서 잠들 때까지 대화는 계속되었다. 도움이 될 만한 대화 내용은 거의 없었으며, 히비키가 그냥 자기 할 말만 늘어놓는 것에 가까웠다.

참고로 그 내용은 히비키 본인에 관한 것이 1할이며, 쿠루미에 관한 것이 9할이었다.

옆에서 듣고 있던 쿠루미는 히비키의 말에 얼굴이 화끈거린 나머지, 일찌감치 침대 속으로 들어갔다.

그녀는 귀마개를 만들어서 귀를 막았다. 자신은 여러 세력의 표적이지만, 현재는 비교적 안전한 곳에 있다고 인식했다.

자신의 생명을 지키기 위해 항상 긴장하고 있다간 머지않아 정신이 붕괴될 것이다.

이 인계에서 몇 번이나 밤을 보냈지만, 꿈을 꾼 적은 거의 없다. 꿈을 꾸더라도 **그 사람**이 꿈에서 나오지는 않았다.

동경하는 그대.

좋아하는 당신.

사랑하는, 사람.

하지만 자신은 떠올릴 수 없다. 떠올릴 수가 없어요. 전부다, 전부······.

깊은 바다에 빠져들듯, 쿠루미는 잠에 빠져들었다.

다음날. 네차흐는 항상 밤이기 때문에 눈을 떴는데도 여전히 밖은 어두웠다.

남은 7일 동안, 쿠루미 일행의 기본 방침은 정보를 수집하면서 갬블 이외의 방법으로 자금을 모으는 것이었다.

"······두 분께서 원하시던 취업 잡지를 가져왔어요."

쿠루미와 히비키는 유이가 내민 잡지를 읽기 시작했다.

"으음, 바텐더가 있네요."

"칵테일을 만드는 건가요. ······관두죠. 저는 미성년자인 것 같으니까요."

"어. 으음······."

"······히비키 양, 방금 반응에는 어떤 의미가 담겨 있죠?"

"쿠루미 씨는 프리티 걸이에요!"

"괜찮군요."

정말 괜찮은 걸까, 하고 유이는 마음속으로 태클을 날렸다.

"아무튼, 여기에 실린 걸로는 안 되겠군요. 하루 평균 200만 YP를 벌 수 있는 직업이 아니면, 괜한 고생만 하는 거니까요."

"그렇게 짭짤한 아르바이트가 있긴 할까요?"

"있을 거랍니다. 이 네차흐는 밤의 도시니까요."

쿠루미가 미소를 짓는 건 『재미있는 일』 혹은 『재미없는 일』이 있을 때라는 사실을, 히비키는 이미 알고 있었다.

지금 같은 경우에는 전자였다.

"밤의 마을······. 혹시 좀 음란한 아르바이트라도 할 건가요?"

"맞아요."

"어……."

아는 사람은 많지 않지만, 이 인계에는 스마트폰이 존재한다. 사용할 때마다 영력을 미세하게 소모하기는 해도 원격 통신이 가능하다는 점은 매우 편리하다. 하지만 네차흐에서는 도청을 당할 우려가 있기 때문에 가능한 한 사용하지 않았지만…….

"어머, 어머."

시스터스는 진동하고 있는 스마트폰을 지그시 쳐다보았다.

히고로모 히비키가 시스터스에게 연락을 주는 일은 극히 드물다. 그녀는 쿠루미를 따르지만, 그래서 그런지 시스터스와는 약간 거리를 두고 있었다.

……그렇다고 적의를 품고 있지는 않았다. 쿠루미를 보필한다는 점에 있어서는 히비키와 시스터스는 한 마음 한 뜻인 것이다.

"여보세요. 무슨 일이죠?"

"시스터스 씨! 쿠루미 씨가…… 쿠루미 씨가, 쿠쿠쿠쿠, 쿠루미 씨가 말이죠!"

"진정하세요. 무슨 일이 있었죠? 기습을 당한 건가요?"

"아, 아니에요! 쿠루미 씨가…… 토끼가 되어버렸어요!"

한 시라도 빨리 그녀들의 곁으로 가야만 한다.

시스터스는 결의를 다졌다.

—그리고, 이 광경을 보고 말았다.

"바니걸……이군요."

"우에에에엥! 우에에에에엥! 저의 쿠루미 씨가, 쿠루미 씨가~, 네차흐에서 가장 인기가 많은 바니걸이 되어버렸어요오오오~."

"방해돼요, 히비키 양."

바니걸이 된 쿠루미가 이 자리에 있었다. 하이힐, 망사스타킹, 검은색 뷔스티에, 그리고 토끼 귀가 달린 헤어밴드…….

완전무결한 바니걸 복장을 한 쿠루미를 본 히비키는 그녀의 발에 매달려 있었다.

"……뭘 하고 있는 거죠?"

"아르바이트랍니다."

쿠루미는 손에 〈자프키엘〉……이 아니라, 간판을 쥐고 있었다. 아무래도 카지노 선전 아르바이트를 하고 있는 것 같았다.

"아하, 아르바이트 중이군요."

시스터스는 고개를 끄덕이며 납득했다.

"어떻게 좀 해보세요~!"

"뭘 어떻게 하라는 거죠? 그럼 저는 계속 정보 수집을 하겠어요. 두 분은 열심히 YP 벌이에 힘쓰세요. 군자금은 정말 중요하니까요."

시스터스는 어이없다는 듯이 어깨를 으쓱하더니, 다시 그림자 속으로 들어갔다.

주위에는 지갑이 두둑한 준정령들이 속속 모여들고 있었다.

"······여러분. 카지노『옥토퍼스 포트』에 어서 오세요. 환영한답니다."

"저, 저기······."

준정령 중 한 명이 머뭇거리면서 손을 들었다. 아무래도 다른 카지노에서 돈을 꽤 딴 건지, YP 코인을 잔뜩 가지고 있었다.

"팁을 원하나요?"

"······저, 지금 돈이 없어 차아아아아아아암 난감한 상황이랍니다. 하지만 만약, 여러분이 저에게 **크라우드펀딩**을 해주신다면—."

"해주신다면?"

"저는 정말 기쁠 것 같군요."

쿠루미는 환한 미소를 지었다. 그 순간, 준정령 몇몇이 그대로 무너져 내렸다.

"우에에에엥! 우에에에에엥! 저의, 저의~~~!"

히비키는 어느새 YP 코인을 손에 거머쥐고 있었다.

"자, 히비키 양도 빨리 갈아입고 와서 아르바이트를 해요. 당신도 YP를 모아야죠. 둘이서 열심히 떼돈을 버는 거예요."

"으으, 마치 기둥서방에게 돈을 바치는 기분이에요······.

하지만, 기분이 나쁘진 않아요……!"

히비키는 훌쩍거리면서 영장을 바니걸로 변화시켰다.

"너무하군요! 저는 어엿하게 자립해서 돈을 벌고 있거든요?!"

쿠루미가 검은색 뷔스티에를 베이스로 한 블랙 바니걸이라면, 히비키는 망사 스타킹 말고는 전부 흰색인 바니걸이 되어서 대비를 이뤘다.

"좋아요. 잠시만 기다려 주세요. 지금 바로 적절한 표정을 만들어볼게요."

히비키는 얼굴을 주무른 후, 주위의 준정령들을 쳐다보았다.

"—윽!"

여러 준정령이 움찔하면서 몸을 부르르 떨었다. 이 자리에 있는 소녀는 평소의 낙천가인 히고로모 히비키가 아니었다.

"저는 내일 이 세상과 작별해도 이상하지 않는 위중한 병에 걸렸어요……. YP가 없으면, 큰일이 날지도 몰라요……."

덧없는 표정을 짓고 있는 은발 미소녀 바니걸인 것이다.

"으으……. 병에 걸렸다는 건 뻔한 거짓말이 분명한데…… YP를 주고 싶어……!"

몇몇 준정령이 히비키에게 몰려들었다.

"……제가 기둥서방이라면, 당신은 사기꾼이군요……."

"최선을 다하고 있는 거니까, 그런 소리 하지 말아요~!"

쿠루미가 울적한 표정으로 그렇게 말하자, 히비키는 맹렬하게 항의했다.

아무튼, 아르바이트 중인 두 사람은 메인 스트리트를 돌면서 자신들이 아르바이트를 하고 있는 『옥토퍼스 포트』를 선전했다.

하지만 주 수입원은 두 사람이 받는 팁이었다.

물론 그것은 『옥토퍼스 포트』도 묵인했다. 준정령들이 간판을 들고 있을 뿐인 그녀들에게 멋대로 YP코인을 팁 삼아 주고 있을 뿐이니 불평을 할 수도 없었다.

게다가 두 사람이 아르바이트로 간판을 든 후, 카지노의 손님이 하루 평균 1.3배가 늘었다. 예전에 쿠루미에게 5000만 YP를 뜯겼지만, 그 이상의 금액을 벌어들인 것이다.

그리고, 그 평판은 당연히 『그녀』의 귀에도 들어갈 것이다.

"쿠루미 님!"

"윽, 왔다."

누군가가 환희에 찬 목소리로 메인 스트리트를 이동 중인 쿠루미를 불렀다. 히비키가 인상을 찡그리며 그쪽을 쳐다보니, 그녀가 예상한 소녀가 눈에 들어왔다.

실크햇과 흰색 민소매 블라우스라는, 비나보다는 네차흐에 어울릴 듯한 복장에 얼굴에는 눈물과 별 모양 마크가 그려져 있으며, 활활 타오르고 있는 듯한 붉은색 머리카락을 지닌 소녀였다.

"호드에서 잽싸게 튄 캐틀 뮤틸레이션 씨!"

"까르트 아 쥬에다! 소를 유괴하는 듯한 이름이 아냐! 그리고 도망쳐서 죄송하다고 생각합니다!"

『오래간만이올시다~.』

"아, 스페이드 씨~!"

스페이드가 반가운 어조로 인사했다. 『저희도 오랜만임 다!』, 『오랜만이라 생각하도록!』, 『반갑군요~』—— 그리고 다른 트럼프들도 화기애애하게 튀어나왔다.

"쿠루미 님, 소식을 들었습니다. 텍사스 홀덤 승부를 하신다 죠?! 이 까르트가 도울 일이 있다면 뭐든 말씀만 하십시오!"

"예, 까르트 양에게 부탁드릴 일이 두 가지 정도 있답니 다. 들어 주시겠어요?"

"예!"

까르트는 주저 없이 대답했다. 그 어떤 명령이든 기쁜 마음 으로 수행하려는 것 같았다. 그런데 이 두 사람의 복장이 왠 지 조화를 이루고 있는 것 같아 히비키는 살짝 짜증이 났다.

"우선, 히비키 양에게 얼굴을 빌려줬으면 한답니다."

쿠루미가 자초지종을 이야기하자, 까르트는 인상을 찡그 리면서도 고개를 끄덕였다.

"으, 음. 하지만 제가 직접 참가해도 괜찮지 않을까요? 텍 사스 홀덤은 꽤 자신이 있습니다만——."

"그럴까도 생각을 해봤지만, 까르트 양에게는 다른 중요 한 임무를 부탁드리고 싶어서 말이죠."

"음?"

"실은—."

쿠루미가 까르트에게 귓속말을 했다.

◇

"아르바이트로 돈을 벌 줄이야. 그 정령은 자존심 같은 게 없는 거야?!"

"뭐, 저렇게 인기가 많으니 손을 쓰기도 좀 그러네~."

미야후지 오우카는 손수건을 물어뜯었고, 아리아드네는 웃음을 흘렸으며, 마야는 저런 수가 있는 줄 몰랐다는 듯이 감탄했고, 사가쿠레 유리는 난처한 표정을 지었다.

물론 저 두 사람이 아르바이트를 하고 있는 카지노에 압력을 가하는 것은 간단했다.

하지만 토키사키 쿠루미에게 도박을 하지 못하게 하라는 명령을 내렸을 때와는 상황이 사뭇 달랐다. 그때는 카지노 측도 손해를 보기 때문에 순순히 유리의 명령에 따랐다.

하지만 지금은 다르다. **이득을 보고 있다. 이익이 나고 있는 것이다.**

그리고 이 사실은 다른 카지노에도 알려졌을 것이다. 『옥토퍼스 포트』에 압력을 가한들, 다른 카지노에서 저 두 사람을 고용할 뿐이다.

"뭐, 걱정할 필요는 없을 거야~."

아리아드네는 낮잠을 즐기면서 유리에게 말했다.

"저런 방법으로 5000만 YP를 버는 건 솔직히 무리거든~. 1500만도 겨우겨우 벌걸~?"

"어째서?"

"금방 질릴 거잖아~. 이곳의 주민들은 예소드처럼 아이돌에게 열광하는 타입이 아냐~."

"······그건 그래."

사가쿠레 유리는 가슴을 쓸어내렸다. 그렇다면 상황은 달라지지 않는다.

"6500만 VS 1억 9500만. 자금 면에서는 압도적으로 유리해. 그렇다면—"

"우리가 이기겠죠."

유리의 말을 잇듯, 미야후지 오우카는 창날처럼 날카로운 시선을 머금으며 그렇게 말했다.

그 모습을 본 아리아드네의 시선 또한 희미하게 날카로워졌다.

"아리아드네 양. **주축은 당신이에요.**"

"오케이, 오케이~. 나도 알아~. 미야후지 양, 유리 양, 잘 부탁해~."

아리아드네가 그렇게 말하자, 방 안의 공기가 별안간 차가워졌다.

이곳에서 잡일을 하고 있던 양산형 유이는 손을 말아 쥐었다.

그녀들은 값싼 양산형이며, 로봇이나 다름없지만…… 그래도, 감정이 움직일 때가 있는 것이다.

그것은 본능이 패배를 인정하며, 생명활동을 보전하기 위해 서둘러 퇴각할 것을 추천할 때다.

즉, 공포를 느낀 순간이었다.

○텍사스 홀덤

일주일 후. 게임 개최일.

텍사스 홀덤은 포커의 일종이다. 포커는 다들 알다시피, 나눠준 다섯 장의 카드를 사용해 『패』를 만들어서 경쟁하는 트럼프 게임이다.

텍사스 홀덤이 포커와 다른 점은 나눠주는 카드가 두 장뿐이라는 점이다.

이것이 각 플레이어의 카드(홀 카드)지만, 당연히 그것만으로는 패를 만들 수 없다.

그 다음에는 딜러가 커뮤니티 카드를 세 장 펼친다.

여기서 포인트가 되는 점은 커뮤니티 카드는 모든 플레이어가 공유하는 카드임과 동시에, 플레이어 전원에게 공개된다는 점이다.

자신의 카드가 이 두 장의 카드라고 가정해보겠다.

♠스페이드9 ◆다이아8

당연히 이 두 카드로는 아무 패도 안 된다. 하지만 커뮤니티 카드가 이렇다고 가정해보겠다.

♥하트8 ♥하트Q ♣클로버4

이 시점에서, 자신의 패는 8 원 페어가 된다.

하지만 커뮤니티 카드는 최대 다섯 장이 펼쳐진다. 이대로 체크(상황 파악)를 선택하면, 두 장의 커뮤니티 카드가 추가된다.

♥하트8 ♥하트Q ♣클로버4 ♠클로버K ♣클로버9

운이 좋게도, 하트8과 클로버9로 투 페어가 됐다.

이것으로 이길 수 있다고 생각한 플레이어는 칩을 더 건다.

하지만— 후반부에 나온 ♣클로버4, ♠클로버K, ♣클로버9를 주목해줬으면 한다.

만약 다른 플레이어 중에 손에 있는 카드(홀 카드)가 클로버 두 장인 사람이 있을 경우, 그 플레이어의 패는 클로버 다섯 장으로 이뤄진 플러시가 되며 자신은 지게 된다.

물론 승자는 한 명 뿐이며, 배팅된 칩을 그 승자가 독차지한다.

하지만, 이것은 일반적인 포커가 아니라, 텍사스 홀덤이다.

만약 이제까지 상황을 지켜보고 있던 플레이어가 다섯 번째 커뮤니티 카드를 보고 칩을 레이즈(칩을 더 거는 일)한다면, 다들 이 플레이어가 강한 패를 쥐고 있다 생각할 것이다.

커뮤니티 카드에 클로버가 세 장이니, 그 플레이어가 쥔 카드가 두 장 모두 클로버라서 플러시일 가능성이 매우 큰 것이다.

……그렇다면, 폴드(포기)하는 것도 수다. 관둬버리면 대미지가 최소한으로 주는 것이다.

한편, 플러시라는 흔치 않은 패를 쥐었으면서도 그것을 제대로 활용하지 못한 플레이어는 최소한의 칩만 얻는다. 천재일우의 기회를 놓친 것이다.

그렇게 강한 패를 지닌 상대를 방해하면서, 어떻게 상대보다 앞서나갈 것인가.

그것이 이 텍사스 홀덤의 묘미라고 할 수 있다.

어떤 위대한 플레이어는 텍사스 홀덤에 대해 이렇게 말했다.

『텍사스 홀덤의 룰을 익히는 데는 1분, 터득하는 데는 평생 걸린다』.

─자, 이 텍사스 홀덤을 플레이하게 된 토키사키 쿠루미와 히고로모 히비키는 팀을 짜서 승부에 임하게 됐다.

"신호는 쓸 거죠?"

히비키의 물음에 쿠루미는 잠시 생각에 잠겼다.

신호란 말 그대로 손짓발짓을 이용한 통신수단이다. 물론 트럼프 게임에서는 위법행위다.

하지만 이번 승부는 사실상 3대 2의 팀전이며, 당연히 사가쿠레 유리 측도 신호를 정했을 것이다.

"물론 신호를 정하도록 하죠. 하지만 매번 신호를 주고받는 건 피하도록 해요. 서로에게 승부를 벌여도 될 수준의 패가 들어왔을 때만, 신호를 주고받는 거예요."

"들키지 않기 위해서 그러는 건가요?"

"물론 그런 의미이기도 하답니다. 하지만 저는, 자신의 직감을 가능한 한 중요시하고 싶거든요. 불길한 예감이 들기는 하지만, 히비키 양에게서 신호를 받았다— **그러니 승부를 한다** 같은 식으로는 언젠가 치명적인 실수를 범하고 말 거랍니다."

갬블에 절대적이라는 것은 존재하지 않는다. 장기나 체스처럼 두 플레이어가 최선의 수를 두다 보면 무조건 승자가 확정된다…… 같은 것은 존재하지 않는 것이다.

반드시 이긴다, 라고 말할 수 있을 때는 로열 스트레이트 플러시를 쥐었을 때뿐이다. 텍사스 홀덤에서는 로열 스트레이트 플러시를 두 명 이상의 플레이어가 거머쥐는 케이스 자체가 발생하지 않는 것이다.

게다가 조커도 없기 때문에 파이브 카드도 없다.

"……알았어요, 쿠루미 씨. 기본적으로 저는 풀 하우스(트리플과 원 페어의 조합. 네 번째로 강한 패) 이상의 패가 나오지 않는 한, 신호를 보내지 않겠어요."

"예, 히비키 양은 기본적으로 승리를 목표로 삼아주세요."

"쿠루미 씨와 승부를 하게 된다면 어떻게 하죠?"

"개의치 마세요. 승부처에서 물러섰다간, 서로의 운이 꼬이고 말지도 모르니까요."

"상대의 능력에 대해선 어떻게 하죠?"

"시스터스."

그림자에서 나온 시스터스는 표정이 좋지 않았다.

"아쉽게도 이렇다 할 정보는 입수하지 못했답니다. 그저—."

"그저?"

"사가쿠레 유리가 갬블을 하는 일은 흔하지 않으며, 질 때도 있고 이길 때도 있다는군요. 그렇게 갬블을 잘하는 편은 아닌 것 같아요."

"……재미있군요."

"기록 영상이 없는지 찾아봤지만, 소득이 없어요. 아무튼, 실력은 평범한 수준 같아요."

"아리아드네 폭스롯과 미야후지 오우카, 그리고 유키시로 마야에 관해선 어떻죠?"

"그쪽도 마찬가지예요. 게임에 참가했다는 기록조차 없더군요."

흐음, 하고 쿠루미는 신음을 흘리며 고개를 끄덕였다.

"뭐, 정보는 곧 수집할 수 있겠죠. 텍사스 홀덤은 인간성이 드러나는 게임이니까요. 신중함, 대담함, 교활함…… 그것들이 판명되면, 자연스레 상대방의 능력도 이해할 수 있을 거랍니다."

"그런가요?"

히비키가 고개를 갸웃거리자, 쿠루미는 고개를 끄덕였다.

"예. 자, 그럼 승부를 하러 가볼까요. 히비키 양. 우아하게, 대담하게, 그리고— 화려하게, 승리를 거머쥐러 가죠."

"예~!"

쿠루미는 등 뒤에서 자신과 히비키를 쳐다보고 있는 사가쿠레 유이를 향해 고개를 돌렸다.

"유이 양, 그럼 가볼까요?"

"예."

"자, 그럼 저희가 **속임수를 쓰지 못하도록** 잘 감시하세요."

"……예. 감시하겠습니다. 그렇게 하면, 여러분이 승리를 거머쥘 거라고 생각하니까요."

"어머, 어머. 저희를 그렇게 편애해도 괜찮나요?"

유이는 고개를 저으며 쿠루미의 말을 부정했다.

"저의 임무는 여러분을 감시하는 것입니다. 그리고 여러분이 저에게 이야기하지 않은 것도 있겠죠. 하지만 여러분은 성실하게 이 승부에 임하려 합니다. 그것만은 저도 알아요. 저는 보고 들은 것을 전부 주인에게 보고해야 하는 입장입니다만—."

유이는 잠시 머뭇거린 후, 곧 대답했다.

"여러분을 응원하고 있습니다. 힘내시길."

……히비키는 그 말을 듣고 혼란에 빠졌다. 일급품인 사가

쿠레 유이는 감정이 풍부했다. 아니, 지나치게 풍부하다고 해도 과언이 아니다.

그녀가 기계인형이 맞는지 의심이 될 정도로 말이다. 예전에 혹시나 싶어 유이의 볼을 만져봤을 때는 소름이 돋을 정도로 차가웠으며, 그 점을 통해 그녀가 인형이라는 사실을 깨달았다. 마치, 시체라는 생각이 들 정도였다.

차라리 엠프티가 더 인간미가 있었다. 그녀들은 빈사 상태지만, 시체는 아닌 것이다.

그래서 히비키는 혼란에 빠졌다.

—그녀는 대체, 어떤 존재인 걸까.

◇

승부를 벌이기로 지정된 카지노는 『옥토퍼스 포트』가 아니라 『그라운드 버너』라는 이름의 가게였다. 네차흐에서 가장 거대한 카지노로, 이곳에서는 한 시간에 억 단위의 YP가 오고갔다.

쿠루미 일행은 약속대로 게임 개시 세 시간 전에 카지노를 찾았다.

"—기다리고 있었습니다."

양산형 유이들이 일제히 고개를 숙였다. 항상 성황을 이루고 있던 이 카지노에는 현재 준정령이 단 한 명도 존재하지 않았다.

히비키는 이미 〈킹 킬링〉으로 까르트 아 쥬에를 『강탈』했다. 그녀는 얼굴이 마음에 안 드는지 때때로 볼을 꼬집고 있었다.

"자, 마음껏 조사하십시오."

"예, 그럼 마음껏 조사하겠어요. 〈자프키엘〉."

"어……?"

쿠루미는 주저 없이 〈자프키엘〉을 소환해 그 탄환을 선택했다.

"―【열 번째 탄환】. 그럼 히비키 양……이 아니라, 까르트 양. 테이블에 얼굴을 대세요."

"윽……. 진짜로 하는 건가요. 그거, 무서운데요……."

히비키는 그렇게 말하면서도 몸을 웅크리며 테이블 가장자리에 얼굴을 댔다. 대체 뭘 하려는 건지 양산형 유이가 물어보기도 전에, 쿠루미가 쏜 탄환이 히비키와 테이블을 꿰뚫었다.

그 순간, 히비키의 뇌리에 고속 슬라이드 쇼처럼 기억이 밀려들어왔다.

하지만 그 대부분은 필요 없는 기억이었다. 이름 모를 누군가가 승리하고, 누군가가 패배했다는 결과에 지나지 않았다. 히비키는 꿈에서 깨어난 직후처럼 그 기억들을 전부 한쪽으로 흘려버렸다.

그리고, 최근 며칠간의 기억이 보이기 시작했다. 이 테이블은 쓰인 흔적이 없으며, 도미니언 중 누군가가 다가오지도 않았다. 누군가가 이 테이블에 수작을 부리지도 않았다, 않았다, 않았다…….

"오케이예요, 쿠루미 씨. 테이블에 손을 쓴 흔적은 전혀 없어요."

"그렇군요. 그럼 다음은 트럼프를 조사하도록 할까요. 트럼프는 제가 직접 조사하겠어요."

"저기, 으음, 이게 대체……."

양산형 유이 중 한 명이 머뭇거리면서 물었다.

"**기억**을 확인했을 뿐이랍니다. 저의 탄환은 물체에 남겨진 기억을 읽어 들일 수 있죠."

"……윽!"

감정이 결여된 양산형 유이들의 눈에 경악이 어렸다. 히비키가 그런 그녀들을 관찰했지만, 경악 이상의— 예를 들자면, 공포 같은 것은 느끼고 있지 않았다.

당초의 추측대로, 테이블과 트럼프에 손을 쓰지는 않은 것 같았다. 그럴 만도 했다. 발각된다면 사가쿠레 유리 측의 책임 문제로 발전되면서 그녀들의 패배로 이 승부는 끝날 테니 말이다.

자신들이 그녀들의 입장이라면 절대로 테이블이나 트럼프에 손을 써두지 않을 것이다. 아니, 만에 하나라도 의심을 받지 않도록 철저하게 신경을 쓸 것이다.

하지만—.

히비키는 힐끔 위편을 쳐다보았다. 천장의 감시 카메라가 평소보다 늘어나 있었다.

관객이 있는 만큼, 카메라는 꼭 필요하다. 보통 텍사스 홀덤을 할 때는 자신의 카드를 펼쳐들지 않고 덮어둔 채 가장자리만 살짝 들어서 확인한다. 하지만 훔쳐보려 한다면 얼마든지 가능하리라.

상대방의 카드가 확인되면, 그 후에는 통신기기를 통해 유리에게 그 정보를 전달하면 된다. 이 갬블에서는 그것을 어떻게 막을지가 중요하게 작용하리라.

……세 시간 동안 철저하게 조사했지만, 속임수를 쓴 흔적은 찾을 수 없었다.

"이제 만족했지?"

그 목소리에 쿠루미와 히비키는 뒤를 돌아보았다. 사가쿠레 유리, 아리아드네 폭스롯, 미야후지 오우카, 그리고 유키시로 마야. 네 명의 도미니언이 이 자리에 나타났다.

인계라는 세계를 지배하는, 네 명의 괴물이었다.

히비키도 그 위용 앞에서 압도당했다. 그녀들에게서 흘러나오는 영력 또한 다른 준정령이나 자신과는 차원이 달랐다.

그들에게 필적, 혹은 그녀들을 능가하는 레벨의 존재라면 아마 퀸뿐이리라.

"예, 만족했답니다."

그리고 또 한 사람, 토키사키 쿠루미 또한 도미니언급의 영력을 지닌 괴물이었다.

인계를 뒤흔들 수 있는 다섯 인물들 사이에 자신 같이 **보잘 것 없는** 존재가 섞여 있다는 것이, 히비키로서는 정말 기이하게 느껴졌다.

"참, 그리고 이미 알고 계시겠지만……."

쿠루미가 신호를 보내자, 히비키는 〈킹 킬링〉을 해제했다. 그러자 미야후지 오우카가 반응을 보이며 히비키를 노려보았다. ……하지만 히비키는 그 시선에 전혀 주눅 들지 않으며 그녀를 마주 쳐다보았다.

따지고 보면, 말쿠트에서 토키사키 쿠루미로 변했던 시기에 비하면 훨씬 나은 상황이었다. 그때는 아군이라 부를 수 있는 이가 단 한 명도 없었다.

"……응. 히고로모 히비키네. 알아. 알고말고. 뭐, 상관없어. 오히려 까르트가 이 판에 끼는 게 더 성가시거든. 문제 될 건 없어."

유리는 어깨를 으쓱하면서 히비키의 참가를 허락했다. 미야후지 오우카는 불만을 드러내며 히비키를 노려보았지만, 옆에 있는 마야가 진정하라는 듯이 그녀의 팔에 손을 얹었다.

히비키가 눈치챘을 정도인 만큼, 쿠루미가 그 점을 지적했다.

"어머, 어머. 불만인가 보군요. 거기 있는, 으음…… 누구시더라?"

"미야후지 오우카. 정령이면서 기억력이 참 떨어지나 보군요."

오우카가 도발에 도발로 맞서자, 쿠루미는 마음에 들었다는 듯이 미소를 지었다.

물론 그것은 **사냥감으로서** 마음에 들었다는 의미의 흉포한 미소였지만 말이다.

"실례했군요. 저로서는 아무래도 상관없는 일이라 말이죠. 그런데, 불만이라도 있으신가요?"

"물론이죠. 이 싸움은—."

오우카가 한 걸음 앞으로 나서면서 자신의 지론을 늘어놓으려던 순간, 마야가 그녀의 팔을 잡아당겼다.

"이야기가 복잡해지니까 관둬."

"……아, 아뇨. 아무것도 아니에요."

"어머, 그래요? 그런가요? 정말인가요? 할 말이 있다면, 얼마든지—."

"토키사키 쿠루미. 너도 불필요한 도발은 하지 마. ……우리는 갬블로 싸우기 위해 모인 거잖아?"

"그래요. 갬블로 결판을 내려는 거죠."

"……네가 어떻게 생각하고 있는 건지는 모르지만, 적어도 나는 그렇게 생각해."

그렇게 말한 마야는 테이블의 딜러 포지션에 서서 책을

펼쳤다.

"개봉— 제4의 서(書), 〈절대정의직하(絕對正義直下)〉." _{라이트 로우 어파슐즈}

유키시로 마야의 등 뒤에, 황금색으로 빛나는 거대한 천칭이 생겨났다.

"무명천사……!"

히비키가 긴장하자, 쿠루미가 손을 뻗어서 그녀를 진정시켰다.

"심판 역할, 인가요?"

"말이 잘 통하네. 이건 **내 능력 중 하나**야. 지금부터, 내가 속임수를 쓰는 것은 금지시키겠어."

"……호오."

"신뢰하든 말든 그건 너희 마음이지만— 지금부터 그걸, 증명할게."

마야는 그렇게 말하더니, 한손을 내밀면서 선서했다.

"나는 이 게임에서, 내가 속임수를 쓰는 것을 금지한다고 선언한다. 이것을 어긴다면, 내 볼이 칼날에 찢겨 나갈 것이다."

황금의 천칭에서 자물쇠를 잠그는 듯한 찰칵 하는 소리가 났다. 그와 동시에 마야의 몸이 쇠사슬 두 개에 의해 묶이더니, 그 사슬은 순식간에 사라졌다.

《—선서를 수령합니다. 속임수를 쓸 경우, 볼이 찢겨 나갑니다.》

기계가 말하는 듯한 담담한 목소리가 천칭에서 흘러나왔다.

"토키사키 쿠루미와 히고로모 히비키, 자리에 앉아. 걱정할 필요는 없어. 이건 단순한 장난이야."

마야의 말에 따라, 쿠루미와 히비키가 자리에 앉았다.

"카드를 나눠주겠어. 그럼……."

히비키에게 두 장의 카드가 전달됐고, 쿠루미에게도 카드 두 장을 전달하려던 순간─ 그 일이 일어났다.

《위법행위를 확인. 선서에 따라 형벌을 집행합니다.》

바람이 불지도 않았고, 누군가가 검을 휘두르지도 않았다. 하지만, 마야의 볼이 깊숙하게 찢겨나갔다.

"……윽."

"저, 저기, 괜찮으세요?!"

사람 좋은 히비키가 자리에서 벌떡 일어났다. 하지만 마야는 자신의 볼에 손수건을 대면서 고개를 저었다.

"괜찮아. 자, 토키사키 쿠루미. 뭐가 어떻게 된 건지 이해했겠지?"

"……뭐, 세컨드 딜은 유명하니까요."

쿠루미는 마야는 손에 들린 트럼프 중 가장 위에 있는 것을 뒤집었다.

그것은 스페이드 에이스였다. 최강의 카드이며, 이것이 의도적으로 누군가에게 가지 않도록 한다면, 그것만으로도 누군가는 불리해질 수 있는 것이다.

"나는 이런 식으로 나 자신의 행동을 제한할 수 있어. 물론 승부가 시작되면 더 혹독한 형벌을 집행하게 할 거야."

"자기 자신에게만 가능한 건가요? 저희는 상관없나요?"

"너희가 그것을 허락한다면 가능해."

쿠루미는 어깨를 으쓱하면서 자신만만한 미소를 지었다.

"예, **물론 사양하겠어요**. 저는 속임수를 쓰지 않겠다고 맹세하지만, 그 과정에 제삼자가 개입하는 건 솔직히 말해『질색』이니까요."

"……알았어. **물론 우리 쪽도 그럴 거야.** 그럼 다들 자리에 앉아. 게임을 시작하겠어."

사가쿠레 유리, 아리아드네 폭스롯, 미야후지 오우카가 자리에 앉았다.

"우선 소지금을 확인하겠어. 토키사키 쿠루미와 히고로모 히비키는 합계 6500만 YP. 사가쿠레 유리, 아리아드네 폭스롯, 미야후지 오우카는 각각 6500만 YP를 보유하고 있어. 그러나, 이 승부는 어디까지나 사가쿠레 유리와 토키사키 쿠루미 중 누가 더 많은 돈을 따느냐의 승부야. 그러니이 두 사람 중 한 명의 소지금이 바닥나는 순간, 패배가 결정돼. 룰은 텍사스 홀덤. 속임수를 쓴 것이 발각되는 즉시, **패배한 것이 돼.**"

전원이 고개를 끄덕이자, 유키시로 마야는 다시 책을 펼쳤다.

"개봉— 제4의 서. 나는 이 게임이 시작된 후, 그 어떤 속임수든 나 자신이 쓰는 것을 금지한다. 이 서약을 어길 경우, 내 오른발을 빼앗기겠다."

《—선서를 수령합니다. 속임수를 쓸 경우, 유키시로 마야의 오른발을 앗아가겠습니다.》

"유키시로 양, 질문 하나만 해도 될까요?"

"그래."

"왜 손이 아니라 발을 내놓는 거죠?"

"……손이 없으면 책을 읽기 어렵거든. 발 정도는 없어도 괜찮을 것 같아."

마야의 대답에 쿠루미는 어이없다는 듯이 어깨를 으쓱했다. 그 표정을 본 마야가 미간을 약간 찌푸렸지만, 유리가 헛기침을 하자 다시 승부에 집중했다.

"실례했어. 그럼 텍사스 홀덤을 시작하겠어."

유키시로 마야의 투명한 목소리가 울려 퍼지는 것과 동시에, 게임의 막이 올랐다.

텍사스 홀덤 게임의 대략적인 흐름은 아래와 같다.

1. 참가료를 지불한다.
^{앤티}

2. 스몰 블라인드, 빅 블라인드의 플레이어가 판돈을 건다.
(딜러의 왼편에 있는 두 사람은 반드시 일정금액을 내야
한다. 빅 블라인드가 칩을 열 개를 걸면, 스몰 블라인드는
반드시 칩을 다섯 개 건다)

3. 스몰 블라인드인 플레이어부터 차례대로 홀 카드를 받
는다.

4. 정해진 순서대로 플레이어가 액션을 선택한다.

5. 딜러가 커뮤니케이션 카드 세 장을 펼친다.

6. 각 플레이어가 다시 액션을 취한다.

7. 두 명 이상의 플레이어가 남아 있고 칩이 균등할 경우,
딜러는 커뮤니티 카드를 한 장 더 추가한다.

8. 6번으로 돌아간다.

9. 딜러가 제시한 커뮤니티 카드가 총 다섯 장이 된 시점
에서, 승자가 결정된다.

포커용 트럼프는 카드의 숫자를 알 수 있도록 구석에 문
양과 숫자가 적혀 있다. 그럼에도 히비키는 감시 카메라를
조심하면서 자신이 받은 두 장의 카드를 가장자리만 살짝
구부려서 확인했다.

'♥하트8과 ◆다이아9…… 평범하네.'

전략은 이미 쿠루미에게 전해 들었다.

"카드가 너무 나쁘지 않은 한, 히비키 양은 제가 **됐다**고 할 때까지 계속 승부를 해주세요. 폴드는 가능한 한 하지 마세요."

"어, 이유가 뭔가요?"

"텍사스 홀덤에서 가장 중요한 것은 상대의 성격을 파악하는 거죠. 공격적인가, 방어적인가. 이것을 알아야 승산이 생겨요."

"히비키 양이 참가자 전원의 성격을 알아내는 거예요. 저는 그 후부터 싸우도록 하죠. 자금은 개의치 말고 쓰세요. 그리고—"

우선 승부를 걸어야겠다고 생각한 히비키는 칩을 지불했다.

텍사스 홀덤에서는 매 게임마다 『빅 블라인드』와 『스몰 블라인드』라고 하는, 칩을 지불해야 하는 플레이어가 있다. 다른 멤버들은 카드가 좋은지 나쁜지에 따라 칩을 걸지, 아니면 승부를 관둘지 정하면 된다.

게임이 끝날 때마다 이 BB와 SB는 교대된다(그리고 지불해야 하는 칩도 점점 늘어난다). 계속 승부를 피하며 도망만 다닐 수는 없었다. 승부를 하지 않았다간, 칩은 계속 줄기만 할 것이다.

우선 스몰 블라인드인 미야후지 오우카가 10만 YP를 지불했다. 옆에 있는 빅 블라인드인 아리아드네 폭스롯이 20만 YP를 지불했다. 그리고, 그 옆에 있는 사가쿠레 유리는 어깨를 으쓱하며 폴드(포기)를 선언했다.

쿠루미 또한 폴드를 선언했다.

겨우 10만 YP라고는 해도, 참가료를 지불했으니 손실이 발생했다. 하지만 이 손실은 충분히 감수할 만한 손실이라고 쿠루미는 생각했다.

인간 대 인간의 갬블에서 가장 중요한 것은 바로 『정보』다.

쿠루미는 그 점을 중요시하고 있으며, 우선 철저하게 사가쿠레 유리 측을 『관찰』하기로 했다.

초반 일곱 게임은 쿠루미 측과 유리 측이 번갈아 이겼고, 금액 또한 크게 움직이지 않았다. 히비키의 트리플이 가장 강한 패였을 정도로, 아직 격렬한 격돌은 벌어지지 않았다.

칩은 히비키가 4500만, 쿠루미가 3200만, 유리가 5800만, 아리아드네가 4700만, 그리고―.

"투 페어. 죄송하지만, 제가 이겼어요."

미야후지 오우카가 7800만 YP로 선두를 달리고 있었다.

쿠루미는 그 모습을 곁눈질하면서 마음속으로 납득했다.

이 도미니언 3인방의 기본 전술은 얼추 이해했다. 사가쿠레 유리가 칩을 전부 잃으면 진다. 그러니 그녀가 전면에 나

131

설지, 혹은 뒤로 물러설지를 정해야만 하는데—.

'유리 양은 안전을 확보하는 쪽을 선택한 것 같군요.'

물론 그것이 정석일 것이다. 유리가 칩을 전부 잃으면 지니까 말이다. 그러니 그녀는 뒤로 물러서고, 아리아드네와 오우카가 앞으로 나서서 싸운다. 그리고 오우카가 승승장구를 하는 것을 보면, 아리아드네는 서브 어태커…… 오우카를 살리기 위한 엄호를 담당하고 있으리라.

'확실히 정석적인 방법이군요. 하지만…….'

쿠루미는 미야후지 오우카를 힐끔 쳐다보았다.

그녀의 전술은 전형적이다. 강한 패를 쥐면 폴드를 하지 않았고, 약한 패를 쥐면 폴드를 했다.

야구처럼 공수가 확연하게 분리되어 있으며, 다른 잔재주는 전혀 쓰지 않았다.

그렇다면—.

손을 쓸 때다.

쿠루미는 자신의 홀 카드를 확인한 후, 자신만만한 표정을 짓고 있는 오우카를 보며 승부에 나섰다.

"레이즈하겠어요. 200만."

오우카가 레이즈를 선언했다. 지금까지 오우카가 레이즈를 한 것은 강한 패— 적어도, 투 페어 이상을 쥐었을 때였다.

이제까지 그녀와 승부를 해서 이긴 사람은 없었다. 하지만…….

"······레이즈하죠. 400만."

토키사키 쿠루미가 레이즈를 선언했다. 오우카는 그 많은 금액을 듣더니, 불쾌하다는 듯이 눈썹을 움직였다.

"콜이에요."

그리고 히비키도 그 승부에 참가했다. 유리와 아리아드네는 일찌감치 폴드를 선언했다. 오우카는 희미하게 이를 갈면서 히비키를 노려보았다.

"레이즈. 400만."

"······레이즈하겠어요. 600만."

"코, 콜이에요."

현재, 오우카와 쿠루미와 히비키는 2500만 YP를 걸었다. 오우카는 선택의 기로에 섰다.

레이즈를 할 것인가, 쇼다운을 할 것인가.

오우카는 숨을 고른 후, 자신의 카드를 보았다. 그녀의 카드는 ♥하트9와 ♥하트Q였다. 그리고 현재 커뮤니티 카드는─.

♥하트J, ♥하트8, ♥하트3, ♠스페이드6, ♣클로버J

커뮤니티 카드에 ♥하트J와 ♣클로버J의 원 페어가 있으니, 각자의 패는 최소 원 페어가 확정된다. 하지만 문제는 여기서부터다.

미야후지 오우카는 ♥하트 다섯 장으로 구성된 플러시를

쥐고 있었다. 보통 이런 패를 쥔다면 주저 없이 승부에 나설 것이다.

하지만—.

커뮤니티 카드 중에 J가 두 장이나 있었다. 즉, 토키사키 쿠루미가 포 오브 어 카인드— 포 카드일 가능성도 있는 것 이다.

그렇다면 플러시를 쥐고도 이길 수 없었다.

박살이 나고 만다……!

'—두 분, J를 가지고 있나요?'

오우카는 시선과 손짓으로 신호를 보냈다. 유감스럽게도, 두 사람 다 부정했다. 하지만—.

'아리아드네 양. 쿠루미 양의 패가 포 카드일 거라고 생각 하나요?'

'으음. **아닐 거야.**'

오우카가 묻자 아리아드네는 확신에 찬 태도도 대답했다. 그리고 오우카 또한 주저 없이 그 대답을 믿었다.

'만일 3200만 YP를 잃더라도 오우카에게는 4000만 YP 이상 남아 있어. 승부를 해보자.'

유리의 제안에 오우카도 납득했다.

"레이즈. 700만……!"

오우카가 레이즈를 했다. 이제 당연히 쿠루미도 승부를 걸어야 할 것이다.

다소 허무하지만, 이대로 끝—.

"아, 폴드하겠어요."

쿠루미는 시원스레 그렇게 말하며 카드를 던졌다.

"어?"

마야와 오우카는 그대로 얼어붙었고, 아리아드네는 눈을 치켜떴다.

"어머나. 제 카드를 보여드렸네요. 죄송해요."

마야는 믿기지 않는다는 눈길로 쿠루미를 쳐다보았다. 오우카도, 아리아드네도, 유리도, 쿠루미의 홀 카드를 보고 아연실색했다.

"♣클로버4와 ♦다이아5……?"

원 페어— 그것도 커뮤니티 카드가 원 페어라서 만들어진 패이며, 쿠루미의 실질적인 패는 꽝…… 노 페어였다.

"어머, 어머. 어떻게 하죠? 저는 700만 YP밖에 없네요. 하지만 승부는 이제부터랍니다. ……그렇죠? 히비키 양?"

오우카는 그 말을 듣고서야 비로소 히비키를 쳐다보았다.

쿠루미는 상황을 파악했다. 미야후지 오우카는 히고로모 히비키를 의식하고 있었다. 그렇기 때문에, **히비키를 승부를 벌이는 상대로 고려하고 있지 않았다.**

오우카의 시선은 항상 쿠루미를 향하고 있었다. 히비키의 레이즈, 콜, 폴드, 그 모든 것에 반응하지 않았다. ……아니, 정확하게 말하자면 **지나치게 의식하고 있으면서도 무시하려**

하고 있었다.

그것이 도미니언의 자부심 때문인지는 히비키도, 쿠루미도 알 수 없었다.

하지만, 결국 그 점이 약점이었다.

약점이라면— 빈틈을 보인 순간, **그곳을 노린다!**

"올인."

히비키는 이미 2500만 YP를 걸었는데도 불구하고 2000만 YP를 더 추가했다.

그리고, 오우카를 조용히 노려보았다.

"……윽……!"

"……."

'폴드해, 미야후지 오우카.'

'그러는 편이 좋을 거야~. 나, 히고로모 양은 안 살폈거든~.'

유리와 아리아드네가 그런 제안을 했지만, 오우카는 꿈쩍도 하지 않았다. 만약 상대가 쿠루미였다면 오우카도 물러섰을 것이다. 하지만, 상대는 토키사키 쿠루미가 아니라 히고로모 히비키였다.

미야후지 오우카의 온몸에, 독이 퍼져 나갔다.

'거절하겠어요. 이딴, 이딴…… 이딴, 엠프티 따위에게……!'

히고로모 히비키는 원래 이 자리에 있어선 안 되는 존재다.

박살을 내주고 말겠다……!

"콜! 1300만……!"

히비키가 올인을 하자, 오우카는 그 올인 금액과 같은 양의 칩을 걸었다.

그러자, 이제 자동적으로 쇼다운— 두 사람의 홀 카드를 제시할 때가 됐다.

오우카의 패는 ♥하트9와 ♥하트Q, 그리고 커뮤니티 카드의 ♥하트J, ♥하트8, ♥하트3으로 구성된 플러시였다.

"쇼다운. 미야후지 오우카, ♥하트9와 ♥하트Q…… 플러시."

미야후지 오우카의 패가 공개된 후, 그 뒤를 이어 히비키의 패가 공개됐다.

"히고로모 히비키…… ♠스페이드J, ♣클로버3. 풀 하우스. 히고로모 히비키의 승리."

"……윽!"

오우카는 무심코 YP칩을 으스러져라 거머쥐었다. 4500만 YP와 쿠루미의 2500만 YP, 그리고 폴드한 아리아드네와 유리의 판돈을 합쳐서 총 7200만 YP를 히비키가 획득한 것이다.

제삼자의 시점에서는 700만 YP밖에 지니지 않은 쿠루미가 궁지에 몰린 것처럼 보일 것이다. 하지만 미야후지 오우카의 몸과 마음은 치욕으로 가득 차 있었다. 하지만 그 치욕은 **한 방 먹었다**는 데서 비롯된 공포에 지나지 않았다.

그리고 유리와 아리아드네 또한 표정이 좋지 않았다. 그녀들이 정신적 동요에서 벗어날 때까지 승부를 미루고 싶으리라.

하지만 쿠루미는 승부를 재촉하듯 바로 카드를 요구했다.

그 자신감 넘치는 태도, 그리고 히비키의 결연한 눈빛에 오우카는 농락당했다.

"폴드……하겠어요."

투 페어면 충분히 승부를 해볼 만한 패지만, 히비키와 쿠루미의 미소에 압도당한 오우카는 승부를 포기했다. 흐름이 나쁜 건지, 유리와 아리아드네도 폴드했다.

"토키사키 쿠루미, 원 페어. 히고로모 히비키, 노 페어. 토키사키 쿠루미의 승리."

혼란에 빠진 유리 측은 마음이 진정될 때까지 폴드를 선택했다. 그리고 쿠루미와 히비키가 단둘이서 승부를 하게 되자, 히비키는 5000만 YP를 배팅했다. 그리고 거기에 응한 쿠루미가 올인을 했으며, 당연히 승리했다.

그 결과, 현재 히고로모 히비키는 6700만 YP, 그리고 토키사키 쿠루미는 5700만 YP를 지니게 됐다. 게임이 시작되기 전에 비해, 거의 두 배에 가까운 칩을 손에 넣은 것이다.

"……윽!"

오우카는 치욕에 사로잡힌 채 이를 악물었다.

마음을 다잡았어야 했다. 그리고 승부에 임했어야 했다. 그랬다면 분명 승리했으리라. 손만 뻗으면 승리를 거머쥘 수 있는 곳까지 나아갔던 것이다.

그런데, **낡이고 말았다**, 라고 하는 굴욕이 그녀의 마음을 일그러뜨리고 있었다.

아리아드네의 『조언』을 구하지도 않고, 그냥 승부를 포기했다.

"—잠시 휴식을 취하지 않겠어요? 오우카 양이 많이 지친 것 같아 보이는군요."

쿠루미가 그렇게 말했다.

"아, 응……. 그러고 싶네. 마야 양, 잠시 휴식시간을 가질까 해. 그래도 될까?"

유리가 그렇게 말하자, 마야는 고개를 끄덕였다.

"그럼 10분간 휴식 시간을 가지겠어. 하지만 이 카지노 밖으로 나가지는 마."

히비키는 그 말을 듣고 안도의 한숨을 내쉬었다. 자신이 언제 숨을 들이마시고 언제 내쉬었는지도 생각이 나지 않았다.

쿠루미는 히비키의 어깨를 두드렸다.

"—자, 제1관문은 잘 통과했군요."

"예."

쿠루미와 히비키는 사전에 전술을 준비해왔다. 1단계는 『관찰』, 2단계는 『요격』, 3단계는 『구축』이었다.

우선 적 플레이어를 관찰한다. 그리고 만만해 보이는 상대에게 카운터를 먹인다. 그리고 상대가 혼란에 빠진 틈에 진지를 구축한다.

두 사람이 가장 회피하고 싶었던 것은 상대방이 정석적인 플레이로 밀어붙이는 것이었다. 좋은 패가 들어왔을 때만 승부를 하고, 나쁜 패가 들어오면 관둔다. 서로의 자금 자체가 차이가 나는 것이다. 게다가 상대가 셋이나 되니 역전 극은 일어나지 않을 것이며, 단번에 상대를 무너뜨릴 수도 없다. 그렇게 진행되었다간 머지않아 결판이 났으리라.

하지만 쿠루미와 히비키는 충분한 소득을 얻었다. 자금이 두 배로 늘어났다는 것은, 실질적으로 **한 사람 몫의 칩을 강탈했다**는 것을 의미했다. 5900만 YP를 얻으면서, 자금 차이를 1억 1800만으로 줄어든 것이다.

"하지만 이 휴식을 통해 상대가 여유를 찾으면 어쩌죠?"

"괜찮답니다. 예상대로, 미야후지 오우카 양은 선발대에 지나지 않아요. 그녀가 무너지려 한다고 단숨에 몰아붙였다 간, 이번에는 저희가 당했겠죠."

게다가 신경 쓰이는 점이 하나 있었다.

건곤일척의 대승부 때, 플러시를 쥔 미야후지 오우카는 확실히 승산이 컸다. 텍사스 홀덤에서 플러시를 거머쥘 확률은 3퍼센트밖에 안 되는 것이다.

하지만 다섯 장의 커뮤니티 카드를 본다면, 그 이상의 패가 나올 확률도 없지는 않았다.

그렇기 때문에 오우카는 배팅 직전까지 긴장감에 사로잡혀 있었다. 하지만—.

그녀는 **그 긴장을 풀었다.** 그때 다른 두 사람과 눈짓을 교환한 것을 보면, 그녀들 사이에 뭔가가 있었던 것이 틀림없다.

그것 자체는 괜찮다. 문제는 **그녀가 왜 안심했는가다.**

"사가쿠레 유리, 그리고 아리아드네 폭스롯. 둘 중 한 명이 **진정한 어태커**……라는 거겠죠. 다음 게임에서는 그 둘 중 누군가가 나설 거예요."

"어떻게 하죠?"

"여기서부터는 즉흥극이랍니다. 마음껏 싸워보죠."

쿠루미는 빙긋 미소 지었다.

한편, 세 도미니언은…….

"……정말~. 토키사키 쿠루미를 해치울 절호의 기회를 날렸네."

"너무 흥분했어요. ……정말 죄송해요."

"아리아드네가 나서도 괜찮았는데 말이야."

"상황을 지켜보라고 한 건 유리잖아~? 하지만 다음에는 제대로 참가할게~."

"오우카는…… 뭐, 얌전히 있는 편이 좋을 거야."

"반성하고 있어요. 진짜예요. ……히고로모 히비키 탓에, 좀 흥분했던 것 같아요."

미야후지 오우카는 사과했다. 그녀는 티파레트의 지배자로서 리더십을 발휘할 때가 유독 많지만, 이런 상황에서는 솔직하게 사과했다. 그리고 아리아드네는 오우카의 그런 면을 좋아했다.

"……아마 이제부터 그 애는 엄호에 전념할 거야~. **열기가 빠졌거든.**"

"이제부터는 쿠루미가 나선다는 거야?"

"응~."

유리는 그 말을 듣고 이제부터 승부처라는 사실을 인식했다. 그리고 져도 된다는 약한 마음을 떨쳐낸 후, 승부에 긍정적으로 임하기로 결의했다.

—이건, 확인하기 위한 승부다.

—인계의 내일, 인계의 미래를 위해…….

한편, 미야후지 오우카는 진심으로 반성하고 있었다. 오우카는 히고로모 히비키의 경력을 잘 알고 있었다.

그래서 그녀가 이 자리에 있는 것 자체를 용납하지 못했고, 의도적으로 무시하려 했다.

갬블 승부 중인데도 그녀를 없는 사람 취급하려 했다. 그리고 그 틈을, 상대가 노린 것이다.

이 굴욕을 가슴에 새기고, 다음에 반드시 이기자고 그녀는 결의했다.

"……아리아드네. 할 수 있겠어?"

유리가 묻자, 아리아드네는 고개를 끄덕였다.

"으음…… 할 수 있어. 하지만 나는 **그쪽**에 집중할 테니까, 게임이 끝난 후에는 유리가 힘내야 할 거야~."

"응……. 이기자."

유리가 결의에 찬 표정을 짓자, 아리아드네는 빙긋 웃으며 입을 열었다.

"유리, 웬일로 이렇게 의욕이 넘치는 거야~? 네 머릿속은 동생 생각으로 가득 차 있는 줄 알았는데 말이야~."

"아리아드네는 참 심술궂네. 나도 일단은 도미니언이야. 인계를 지켜야 한다는 책임감을 가지고 있거든?"

아리아드네는 그 말의 진의를 확인하고 싶어졌지만, 관두기로 했다.

지금의 그녀에게는 유리가 가지고 있는 비밀을 파헤칠 여유가 없었다.

싸움은 이제부터 본격적으로 시작되기 때문이다.

그리고, 심판인 유키시로 마야는 두 팀을 차분히 관찰하고 있었다.

관찰을 마친 순간, 토키사키 쿠루미는 대담하게 움직였고, 히고로모 히비키가 그런 그녀의 뒤를 따랐다. 한편, 아까 지나치게 흥분했던 미야후지 오우카는 이미 마음을 진정시켰다.

하지만 이제부터는 아리아드네가 나설 차례다. ……마야는 속임수를 썼는지는 모르지만, 그것이 어떤 속임수인지는 알고 있다.

하지만, 그 속임수를 썼다는 확신은 절대 가질 수 없다.

그래서 마야는 심판을 맡은 것이다.

"……휴식시간을 끝내겠어. 게임을 다시 시작하자."

마야가 그렇게 말하자, 플레이어들이 다시 자리에 앉았다. 쿠루미는 심호흡을 한 후, 주위를 둘러보았다.

그리고, 2회전의 막이 올랐다!

◇

열띤 승부가 이어졌다.

상대의 공격수가 바뀌었다는 것을 히비키도 알 수 있었다. 움직인 이는 유리와 아리아드네였다.

오우카는 거의 매번 폴드를 하고 있으며, 높은 패가 나왔을 때만 승부를 했다. 그것도 트리플…… 스리 오브 어 카인드 이상의 패가 나오지 않으면 절대 승부를 하지 않았다.

그리고 그 점은 쿠루미와 히비키도 눈치챘다.

쿠루미는 철저하게 폴드를 반복했고, 히비키가 때때로 승부에 나서서 이기거나 지고 있었다.

쿠루미는 이제 머지않았다는 예감에 사로잡혔다.

그것은 승부의 예감이며, 그와 동시에 상대가 함정을 팔 것이라는 확신이기도 했다.

"······레이즈. 100만을 플러스할게~."

아리아드네가 처음으로 레이즈를 했다.

쿠루미가 쥔 카드는 ♣클로버9와 ♠스페이드4였다. 딱히 좋은 카드는 아니며, 테이블에 펼쳐져 있는 커뮤니티 카드와 합쳐도 패를 만들 수 없었다.

하지만 쿠루미는 블러프를 선택했다.

"레이즈하겠어요. 200만."

"레이즈할게~. 2100만."

"······레이즈하죠. 100만."

다른 세 사람이 폴드를 한 가운데, 아리아드네와 쿠루미의 일대일 대결이 펼쳐졌다. 그런 상황에서 판돈이 점점 불어났다.

······이 승부가 열기를 띄기 시작했다. 쿠루미의 시선은 어느새 아리아드네의 일거수일투족을 쫓고 있었다.

빈틈은 없을까. 버릇은 없을까. 펄펄 끓는 듯한 마음을 필사적으로 억누르며, 쿠루미는 아리아드네를 쳐다보았다.

그리고, 최종적으로 1000만 YP가 걸린 대승부가 펼쳐졌다.

"······쇼다운. 토키사키 쿠루미, 노 페어. ♣클로버9가 최고치."

뭐, 이런 패로는 지는 게 당연하다고 쿠루미는 생각했다.

하지만 문제는 아리아드네였다. 대체 어떤 패로 이 승부에 나선 것일까.

"아리아드네. ♣클로버2와 ♥하트2. **원 페어**. 이 승부는 아리아드네의 승리."

쿠루미는 경악을 금할 수 없었다. 2 원 페어는 노 페어를 제외하면 가장 약한 패였다. 또한, 총 일곱 장의 카드로 패를 만드는 텍사스 홀덤에서 가장 나올 확률이 큰 패이기도 했다.

적어도, 1000만이나 되는 판돈이 걸린 승부에 임할 패는 아니었다.

"와아, 다행이네~."

아리아드네는 그렇게 말하며 눈을 가늘게 뜨더니, 쿠루미를 향해 미소 지었다.

"……우연에 지나지 않을 거랍니다."

쿠루미는 가볍게 헛기침을 한 후, 다음 승부에 집중했다.

그리고 다음 승부 또한 아리아드네와 쿠루미가 일대일로 대결을 하게 됐다. 아리아드네는 주저 없이 레이즈를 선택했고, 쿠루미 또한 레이즈를 했다.

아리아드네가 세 번째 레이즈를 했을 때, 판돈은 총 800만에 이르렀다. 그리고 쿠루미가 레이즈를 하기 위해 칩을 향해 손을 뻗었을 때—

"……앗!"

히비키가 손에 들고 있던 유리잔을 놓쳤다. 유리잔은 바닥에 떨어지더니 쨍그랑 소리를 내면서 깨졌다. 그 순간, 쿠루미의 움직임이 멎었다.

"죄송해요. 제가 정리할 테니, 게임을 계속 하세요."

"……아냐. 유이들한테 치우게 할 테니까 그냥 둬."

멀찍이서 이곳을 둘러싸고 있던 양산형 유이들 중 한 명이 재빨리 빗자루와 쓰레받기를 가져와서 잔을 치웠다.

"게임을 계속하자. 토키사키 쿠루미, 어떻게 할 거야?"

"……폴드하겠어요."

"……그럼 쇼다운은 안 하겠어. 아리아드네의 승리야."

쿠루미는 순순히 500만 YP를 넘겨준 후, 히비키를 쳐다보았다. 히비키는 아무 말 없이 고개를 끄덕이더니, 가볍게 손가락으로 자신의 가슴을 두드렸다. 신호─『비정상적인 사태』.

쿠루미는 숨을 가다듬으려 했지만, 이 순간을 놓치지 않겠다는 듯이 유키시로 마야가 다음 게임을 시작했다.

이번 게임에서 쿠루미의 홀 카드는 ♥하트J와 ♣클로버Q였다. 꽤 좋은 카드가 들어왔지만, 쿠루미는 커뮤니티 카드를 보지도 않고 폴드했다.

그에 비해 히비키의 홀 카드는 좋지 않았지만, 일단 콜을 해서 시간을 벌려고 했다.

쿠루미는 이런 상황 속에서 생각했다.

뭔가를 당했다. 확실히 지금 돌이켜보니, 자신은 아까 전에 명백하게 폭주하고 있었다. 미야후지 오우카가 실패를 했을 때처럼, 레이즈만 연달아 할 생각만 했다.

……그렇다. 아까 전의 자신은 분명…….

마치 들뜬 것처럼— **마음속에 열기가 어렸다.**

확실히 자신은 걸핏하면 싸우려드는 편이다. 하지만 이런 승부에서 열을 올리지는 않는다.

쿠루미는 심호흡을 하면서 자신의 몸을 세세하게 살폈다. 가슴에 어려 있는 불꽃— 그것은 승부의 열기가 아니다. 그렇다면 대체 무엇일까. 사랑……? 아니다.

"……윽!"

쿠루미는 아리아드네 폭스롯을 무심코 쳐다볼 뻔 했지만 참았다.

자신이 그녀의 옆에 앉은 것이 단순한 우연일까? 혹은 그녀의 무명천사는 사정거리가 짧기 때문일까?

아무튼, 파악은 했다.

자신은 지금, 적에게 조종당하고 있다.

하지만 세뇌라고 할 정도로 강력한 것은 아니다. 쿠루미의 상태가 이상하다는 것을 눈치챈 히비키가 유리잔을 깨자, 그대로 열기에서 벗어났다.

하지만, 그만큼 눈치채기 어려웠다.

자, 이제 어떻게—

"쇼다운. 히고로모 히비키, 3 원 페어. 아리아드네, 9 트리플."

"……윽!"

쿠루미가 정신을 차리는 사이, 어느새 승부는 끝나고 말았다.

아리아드네에게 1500만 가량의 YP를 빼앗기고 말았다.

"아……."

망연자실한 히비키는 몇 번이나 자신의 홀 카드를 쳐다보았다.

"죄송해요오오오……."

히비키는 고개를 푹 숙였다.

"한탄에 잠기기에는 아직 일러요."

쿠루미는 히비키의 어깨를 두드려주며 그녀를 위로했다. 그렇다. 아직 이르다. 아직 가설 밖에 세우지 못했지만, 그것을 믿으며 기어 올라갈 수밖에 없다.

하지만, 그러기 위해서는 차분하게 생각할 시간이 필요하다.

결론에 도달한 쿠루미가 그것을 실행에 옮기는 데는 1초도 채 걸리지 않았다.

"……아얏."

트럼프를 향해 손을 뻗은 쿠루미가 다른 한 손으로 허둥지둥 그 손을 감싸 쥐었다.

"토키사키 쿠루미?"

유키시로 마야는 미심쩍은 목소리로 그렇게 말했다.

"아, 죄송해요. 트럼프에 손가락을 베인 것 같군요."

"피가 묻었어?"

"예. 정말 죄송하지만, 이 트럼프는 파기해주지 않겠어요?"

마야가 쿠루미에게 건넨 트럼프에는 확실히 피가 묻어 있었다.

"……알았어. 트럼프를 파기하겠어."

"쿠루미 씨, 반창고 필요하세요?"

히비키가 반창고를 꺼냈지만, 쿠루미는 고개를 저었다.

"미세한 고통도 집중을 흐트러뜨릴 수 있으니까요. 그러니 잠시 실례하겠어요. 〈자프키엘〉."

쿠루미가 갑자기 클래식한 단총을 꺼내들자, 주위에 있던 이들이 술렁거렸다. 그 총을 자신의 머리에 댔으니 그러는 것도 무리는 아니다.

"【네 번째 탄환】."
<small>달렛</small>

시간을 감아서 상처를 치유하는 네 번째 탄환이었다. 하지만 히비키는 그 모습을 보며 미간을 찌푸렸다. 〈자프키엘〉의 능력을 쓰면, 그에 걸맞은 대가를 치러야 한다. 즉, 시간을 소모하는 것이다.

그녀는 정기적으로 시간을 보급해서, 이 인계의 법칙을 뒤흔드는 듯한 능력을 발동시키고 있었다.

……그러니, 손가락에 난 상처를 치유하기 위해 【달렛】을 쓸 리가 없지만―

'아, 시간을 벌려는 거구나.'

주위를 둘러보니, 유키시로 마야조차도 처음으로 쿠루미의 힘을 본 탓에 아연한 상태였다. 그리고 그 틈에 쿠루미는 해석을 마쳤다.

쿠루미는 악마 같이 웃으며 고했다.

"그럼 계속해볼까요."

마야는 그 말을 듣고 허둥지둥 새 트럼프를 나눠주기 시작했다.

쿠루미는 뒤집혀 있는 카드를 슬며시 확인하면서 생각에 잠겼다.

물론 그녀의 생각은 어디까지나 가설에 불과하다. 하지만 확인을 할 방법이 없으니, 그 가설을 믿을 수밖에 없었다.

무엇보다, 이것 또한 싸움이다.

싸움에서는 100퍼센트 이길 테니 싸운다. 99퍼센트 질 테니 싸우지 않는다.

―그런 것은 없다.

소녀에게는, 전사에게는, 그녀들에게는…….

반드시 싸워야만 하는 순간이 존재하는 것이다.

아마 아리아드네의 능력은 심리조작 타입이 틀림없을 것이다. 하지만 세뇌는 아니다. 환각을 보여주는 것도 아니다.

쿠루미는 자신이 생각한 카드를 내놨으며, 커뮤니티 카드를 착각하지도 않았다.

자신이 실수한 것은 바로 원 페어로 승부를 하려 한 부분이다.

그때, 자신은 어떤 느낌을 받고 있었던가?

……열기. 그녀에게 질 수 없다. 지고 싶지 않다. 그런 열정이 이성을 지배했다.

갬블에 있어 가장 어리석은 짓— 그것은 **흥분한 나머지 이성을 잃는 것**이다. 노골적인 속임수나 환각보다 훨씬 유익할지도 모른다. 무엇보다 이것은 자기도 모르는 사이에 자신이 지고 있다는 것을 **이해하고 마니까 말이다.**

이해하니까, 열을 내며 흥분한다. 그리고 또 실패한다.

즉, 아리아드네의 능력은 가까운 곳에 존재하는 표적의 마음을 **뜨겁게 만든다**는 것이다. 딱히 어려운 일은 아니다. 현실세계에서 흥분물질은 뇌에서 분비되며, 그것을 의도적으로 분비되게 할 수도 있다.

아무튼, 그녀의 힘이 그런 것으로 가정하겠다. 그렇다면, 이 능력에는 유의해야 할 점이 존재한다.

아리아드네는 쿠루미의 마음이 뜨거운지 차가운지— 즉, 흥분 상태인지 아닌지도 파악할 수 있지 않을까?

이 경우, 아리아드네는 압도적으로 유리해진다. 예를 들어, 현재 쿠루미의 홀 카드는 ♥하트3과 ♣클로버3으로 원 페어다. 커뮤니티 카드에 따라서는 트리플도 가능해지는 만큼, 쿠루미의 마음은 좋든 싫든 뜨거워질 것이다.

하지만, 커뮤니티 카드로 트리플이 되지 못한다면, 그저 약해빠진 원 페어나 다름없다. 뜨거워진 마음도 식어버릴 것이다.

그것을 파악할 수 있다면, 쿠루미의 패가 강한지 약한지, 그리고 강해졌는지 약해졌는지도 알 수 있을 것이다.

그 정보만으로도 승리할 확률이 높아질 텐데, 그 열기를 조작할 수도 있다면…….

……약한 패에 식은 마음을 뜨겁게 만들어서 무리하게 승부를 벌이게 하고, 강한 패로 뜨거워진 마음을 차갑게 만들어서 위축시킨다.

물론, 그렇게 한다고 해서 100퍼센트 이길 수 있지는 않을 것이다. 하지만 그렇기 때문에 무시무시하며, 상대 또한 방심하지 않고 있는 것이다.

아리아드네 본인도 이 능력으로 상대의 수를 완벽하게 읽지는 못한다는 것을 이해하고 있으리라.

예를 들어 지금까지는 형편없는 패였지만 다섯 번째 커뮤니티 카드로 인해 엄청난 패가 만들어졌을 때— 그때까지 많은 칩을 건 상황이라면 폴드를 해도 희생이 크다.

거꾸로 처음부터 마음이 뜨거워져서, 약한 패를 쥐었는데도 서슴없이 레이즈를 하는 상황도 벌어지리라.

아무튼, 아리아드네의 능력은 승률을 8할 가량까지 올려

주지만, 완벽하다고는 할 수 없었다.

그렇기 때문에 아리아드네는 방심하지 않으며 싸우고 있었다. 그렇기 때문에 무시무시한 것이다.

커뮤니티 카드 덕분에 쿠루미의 패는 트리플이 됐다.

잘됐다고 생각한 순간, 무언가가 쿠루미의 마음을 유린했다.

'이번에는— 차가워졌군요.'

예상대로, 마음이 차가워졌다…… 패배의 예감이 온몸을 휘감고 있는 것이다. 그녀가 지닌 패는 트리플이다. 필승을 확신할 수는 없지만, 상당히 높은 확률로 이길 수 있는 패다.

하지만, 손이 떨렸다. 마치 자신이 노 페어를 쥐고 있는 것처럼 마음이 불안으로 가득 찼다.

그래도 마음을 굳게 먹으면서 레이즈로 승부를 벌이려 했다. 하지만—

"폴드하겠어."

유리 측의 세 사람이 냉큼 폴드를 했다. 히비키도 뒤를 이어 폴드했다.

트리플은 빛을 보지 못했으며, 유리 측에게 거의 피해도 주지 못하고 말았다.

'……그래요. 제 열기……'

마음이 약해져서 승부를 관두려고 할 때의 열기는 별것 아니다. 하지만 차가워진 마음에 저항하려고 한다면, 자신이 쥔 패가 강하다는 사실을 간파당하는 것이다.

산 너머 산…… 반석(盤石)이라고 해도 과언이 아니다. 게다가 완벽하지 않다는 사실에서 비롯된 필사적인 심정 또한 느껴졌다.

어떻게 대항해야 할까?

……우선, 이지적으로 승부를 한다는 수가 있다. 즉, 좋은 패가 들어오면 승부를 하고, 나쁜 패가 들어오면 폴드를 하는 것이다.

하지만, 이것은 블러프를 전부 포기한다는 것을 뜻했다. 마작이라면 그런 최선의 수만 두더라도 승산이 있겠지만, 텍사스 홀덤에는 그런 것이 없다.

게다가 자금과 플레이어의 숫자 또한 뒤지고 있는 만큼, 이대로 밀리다 지고 말 것이 자명했다.

이지, 이성, 논리, 그런 것에 의지해서는 이 포커에서 이길 수 없다.

상대는 도미니언이며, 이 인계 최강자 중 한 명이다.

싸움이든, 갬블이든— 논리를 초월한 힘과, 그 힘을 상회하는 무언가로 이겨야만 한다……!

◇

아리아드네 폭스롯은 토키사키 쿠루미의 예상대로, 타인의 온도를 조절할 수 있었다. 정신만이 아니라 육체의 온도도 조절할 수 있지만, 포커 게임에서는 그 능력이 의미가 없으니 생략하겠다.

이 게임에서 중요한 점은 바로 정신의 열기를 조작하는 능력이었다.

이것은 단순히 상대를 적극적 혹은 소극적으로 만드는 것이 아니다. 타인이 자기도 모르게 흥분하게 만들거나, 냉각시킬 수 있는 것이다.

알기 쉽게 설명하자면, 그녀의 **능력**은 불길한 예감을 들게 하거나 혹은 이길 수도 있다는 느낌을 들게 만들었다. 합리성을 능가하는, 흐름 같은 것을 느끼게 만드는 힘이다.

체스나 장기처럼 논리성만이 필요한 게임에서는 쓸모가 없지만, 갬블에서는 흐름이나 직감을 중시하는 자가 많았다. 그런 자들에게 완벽하게 먹히는 능력이었다.

그리고 아리아드네는 또 하나의 힘을 지니고 있었다.

"……레이즈."

아리아드네가 레이즈를 하자, 쿠루미에게 열기가 어렸다. 그것을 눈치챈 아리아드네는 쿠루미의 패가 무엇일지 추측했다. 다섯 장의 커뮤니티 카드는 ♣클로버가 세 장, ♥하트가 한 장, ◆다이아가 한 장이다.

숫자는 낮은 편이지만, ♣클로버가 세 장이니 플러시일 가능성도 있다.

……하지만, 아리아드네의 홀 카드는 좋지 않았고…… 그

결과, 그녀는 현재 노 페어였다. 한편 쿠루미의 패는 투 페어 혹은 트리플일 것이다.

하지만 쿠루미는 지금 플러시를 두려워하고 있었다. 평소 같으면 망설임 없이 공세를 펼치며 레이즈를 할 상황이지만, **얼음장 같은 감각에** 짓눌리고 있는 것이다.

어쩌면, 이성적으로는 알고 있을지도 모른다. 자신이 조작당하고 있다는 것을 말이다. 하지만 그로 인해 그녀의 직감은 봉쇄되고 만다.

게다가, 아리아드네의 포커페이스 또한 뛰어났다. 항상 졸린 듯한 눈매, 온화한 미소, 그리고 부드럽기 그지없는 분위기…….

그녀의 표정을 보고 패를 알아내는 것은 불가능하리라.

사가쿠레 유리가 아는 한, 아리아드네 폭스롯은 최강의 갬블러였다.

"……폴드."

열기가 식은 쿠루미가 한숨을 내쉬며 승부를 포기했다.

어쩌면 쿠루미는 아리아드네의 능력을 간파했을지도 모른다. 자신들은 상상도 못할 정도의 지옥을 헤쳐 온 그녀라면, 그 정도는 해낼 수 있을지도 모른다.

하지만, 그래봤자 의미는 없다.

대처할 방법이 없는 것이다. 능력을 사용한 속임수라면, 그것을 까발리는 것도 대항책일 것이다. 하지만 아리아드네는 카드가 아니라 감정을 조작하고 있었다.

사가쿠레 유리는 확신했다.

자신들이 틀림없이 승리할 거라고 말이다.

"……큰일이군요."

쿠루미는 한숨을 내쉬며, 등을 꼿꼿이 폈다.

쿠루미의 현재 YP는 어느새 줄고 줄어 3500만 YP가 되었다. 한편, 사가쿠레 유리와 미야후지 오우카는 5000만 YP 전후를 유지하고 있다. 그리고 아리아드네는 쿠루미의 곱절인 7000만 YP였다.

그리고 히비키는 2000만 YP 이하로 줄면서, 물러설 수 없는 상황에 처했다.

"이렇게 되면, 건곤일척의 대승부를 벌일 수밖에 없겠군요."

"그렇구나. 힘내~."

아리아드네는 그렇게 말하면서, 무명천사 〈태음태양 24절기〉를 발동시켰다. 온도를 재는 수은으로 만든 매우 가느다란 실, 그것이 바로 그녀의 무명천사였다.

'토키사키 쿠루미의 감정은 입동(立冬)…… 승부를 하겠다고 말했지만, 감정은 차가워.'

그것은 승부를 하지 않는다……는 의미이리라.

단순한 블러프다. 어쩌면 아리아드네가 능력을 사용하고 있다는 것조차 눈치채지 못한 걸지도 모른다.

하지만 홀 카드와 커뮤니티 카드의 조합을 통해 패가 강해지는 게임이 바로 텍사스 홀덤이다.

방심은 하지 말아야겠지만…….

아리아드네는 자신의 홀 카드를 쳐다보았다. ♣클로버J와 ♠스페이드J로 원 페어였다. 커뮤니티 카드에 따라 더욱 강력한 패가 될 수도 있지만―

"……토키사키 쿠루미?"

그 비정상적인 사태를 가장 먼저 눈치챈 이는 마야였다. 토키사키 쿠루미는 아까부터 미동조차 하지 않았다.

그렇다. 자신의 홀 카드를 확인하지도 않은 것이다.

"카드는 줬어. 빨리 체크를―"

"이대로도 괜찮아요."

이 자리에 있는 이들 모두가 동요했다.

"쿠, 쿠루미 씨?!"

히비키가 자리에서 벌떡 일어섰지만, 쿠루미는 당황하지 않았다.

"자리에 앉으세요. 히비키 양."

"……승부를 포기한 걸로 알면 될까?"

유리가 그렇게 묻자, 쿠루미는 고개를 저었다.

"저는, 이대로도, 전혀 문제없어요. 자, 칩을 걸어 볼까요."

쿠루미는 그렇게 말하며 칩을 걸었다.

"히비키 양. 당신도 돈을 전부 걸도록 하세요."

신호― 올인해라, 라는 지령이었다. 히비키는 두려움에 졸도할 것만 같았다.

히비키의 카드는 최악이라고 해도 과언이 아닐 정도로 안좋았다. 올인을 한다는 것은 그대로 패배한다는 의미다. 그래도 되는 건지 확인하기 위해 신호를 보냈지만, 쿠루미는 괜찮다는 답을 보냈다.

"……올인."

이 자리에 있는 이들이 술렁거렸다. 이것으로 판돈이 급격히 늘어나면서, 히비키가 건 1900만으로 게임이 시작됐다. 커뮤니티 카드는 아직 세 장만 오픈되어 있었다.

"레이즈. 600만을 더 얹겠어요."

그 후, 쿠루미는 레이즈를 하면서 2500만을 걸었다. 이대로 유리 측 전원이 폴드를 한다는 선택지도 있지만— 그럴 경우, **쿠루미의 홀 카드를 확인할 수 없다.**

아리아드네는 유리와 오우카에게 신호를 보냈다.

"폴드."

사가쿠레 유리는 폴드를 했다. 그리고, 미야후지 오우카는—

"올인."

히비키에게 맞서려는 듯이 올인을 했다. 아리아드네가 지시를 내린 것이다. 히비키의 패는 좋지 않으며, 현재는 원페어인 오우카에게도 이길 수 없다.

만약 쿠루미가 허풍을 친 것이라면 이대로 폴드를 할 수밖에 없다. 확인하지도 않은 홀 카드가 우연히 좋은 카드였다, 같은 말도 안 되는 상황에 당할 수는 없다.

아리아드네는 자신의 마음속에서 샘솟는 초조함을 억누르며, 쿠루미의 감정을 확인했다.

쿠루미의 감정은 여전히 열기가 없는 『입동』에서 변함이 없었다.

태연했다.

그리고 열기가 느껴지지 않는 감정을 품은 채, 입을 열었다.

"올인."

유리, 오우카, 마야는 눈을 치켜떴다. 말도 안 되는 짓이라고 외치고 싶었지만, 필사적으로 억눌렀다.

패가 좋다면 이해가 된다.

운 좋게 좋은 패가 들어와서 이러는 것이라면 납득이 된다.

하지만, 그녀는 홀 카드를 확인하지도 않았다.

'블러프.'

'블러프야.'

'블러프일 게 틀림없는데……'

아리아드네가 쿠루미의 마음을 알아보기 위해 쳐다본 순간― 그녀의 등골이 얼어붙었다.

쳐다보고 있다. 틀림없이, 자신을 쳐다보고 있다. 돋보기로 관찰하고, 현미경으로 분석하듯이……!

"나는……."

아리아드네의 목이 희미한 공포에 떨렸다.

콜, 콜이다. 콜이라고 말해라. 저것은, 틀림없이— 허풍이다!

하지만……

"—폴드, 할래~."

안도의 한숨은 누구의 입에서 나온 것일까. 자신일까. 쿠루미일까.

어쨌든 간에, 오우카가 올인을 했으니 쿠루미의 패를 알 수 있었다. 오우카의 패는 9 원 페어다. 히비키, 쿠루미, 오우카는 올인으로 승부를 했으니, 뒤집혀 있는 커뮤니티 카드 두 장이 추가되었다. 그리고 공개된 카드는 J와 K였다.

"……아!"

아리아드네가 폴드를 하지 않았다면, 트리플이었다.

하지만 이것으로 오우카의 패는 K와 9의 원 페어로 변했다. 승리를 확신할 수 있는 패라 해도 과언이 아니다. 히비키의 패가 원 페어가 되었지만, 신경 쓸 필요도 없었다.

그리고, 토키사키 쿠루미는……

"……카드를 줘."

"예. 여기 있어요."

쿠루미는 뒤집힌 카드를 마야에게 건넸다. 마야의 손가락이 떨리고 있었다. 덮여 있던 카드 중 한 장은 ♥하트10이었다. 이것으로 커뮤니티 카드와 조합하면 원 페어가 된다.

그리고 두 번째 카드는……

"──윽!"

카드를 본 순간, 경악할 수밖에 없었다. ♣클로버K. 즉, 쿠루미의 패는 투 페어였다.

겨우 1 차이로, 미야후지 오우카의 투 페어에게 이기며 대승을 거둔 것이다.

"……제가 이겼군요. 그럼 미야후지 양과 히비키 양은 탈락인 거죠?"

"……그렇게, 되는군요."

오우카는 분한지 입술을 깨물었다.

한편, 히비키는 불안한 표정을 지으며 쿠루미에게 자신의 칩을 넘겨줬다.

"뒷일을, 부탁드릴게요."

"예. 저만 믿으세요."

쿠루미는 태연하게 칩을 넘겨받은 후─ 그제야 감정을 드러냈다. 『입하(立夏)』처럼 따뜻한 그 감정은 안도 그 자체였다.

단순한 직감이었던 것일까.

그것만으로, 올인을 했다?

……아니다. 그럴 리가 없다. 분명 확신이 있었을 것이다. 자신의 카드가 적어도 원 페어 이상이라는 확신이 말이다. 그리고, **아리아드네의 카드가 트리플이라는 것은 알지 못했다.**

그렇지 않다면 이상했다. 그래야 앞뒤가 맞는 것이다.

트리플인 아리아드네가 올인을 했다면, 쿠루미는 졌을 것이다. 그리고 아리아드네가 폴드를 할지는, 아리아드네 본인만이—.

순간, 숨을 삼켰다.

그렇지 않다. 쿠루미는 알고 있었다. 카드를 보지 않고도 말이다. 카드와는 상관없이, 아리아드네는 압도를 당한 끝에 승부를 관둘 것이라는 사실을 파악하고 있었다.

바로 관찰을 통해서 말이다. 카드의 패가 좋은지 나쁜지는 아무래도 상관없었다. 오우카가 올인한 순간, 아리아드네는 승부를 관둔다 이외의 선택지가 존재하지 않았다.

그 편이 안전하기 때문이다.

감정의 온도에 변동이 없다는 불길함, 관찰당하고 있다는 공포, 안전지대에서 승부를 지켜볼 수 있다는 유혹…….

그것들이, 자신에게서 폴드 이외의 선택지를 앗아간 것이다……!

"……슬슬 두 번째 휴식을 가지도록 할까?"

유리의 제안에 아리아드네가 반응하기도 전에, 쿠루미가 테이블을 두드렸다.

"흐름이 저한테로 흘러오고 있군요. 휴식보다는 게임을 계속했으면 좋겠어요. 애초부터 저희는 2대 3 상황에서 불리한 승부를 했으니까요. 이 정도 제안은 해도 되지 않을까요?"

"하지만—."

유리가 뭐라 대답하려고 한 순간, 아리아드네가 이렇게 말했다.

"알았어. 좋아~. 응. 그쪽이 원한다면— 승부를, 계속 이어가자~."

"예, 그럼 사투를 이어가볼까요. 아리아드네 폭스롯."

쿠루미는 아리아드네의 이름을 입에 담은 후, 시계 모양의 눈동자로 그녀를 주시했다.

아리아드네는 졸린 듯한 눈을 치켜뜨더니, 머리카락을 쓸어 올렸다.

"오케이~. 그쪽이 원한다면, 어디 한번 갈 때까지 가보자~."

서로가 서로를 쳐다보며 웃었다.

자리에서 반쯤 일어나 있던 히비키는 주위를 두리번거리더니, 다시 자리에 앉았다. 그리고 쿠루미 쪽으로 붙어 앉으면서 말했다.

"곁에서 지켜볼게요!"

"예, 마음대로 하세요."

히비키의 말에 쿠루미는 쓴웃음을 지으며 그렇게 대답했다. 그 순간, 쿠루미의 경계심이 희미하게 누그러들었다. 그리고 아리아드네는 **이거다!** 라고 생각했다.

쿠루미가 어떤 속임수를 쓴 것인지는 알 수 없지만— 등 뒤에 있는 소녀에게까지 영향을 끼치고 있을 거라고는 생각하기 어려웠다.

아리아드네는 결전을 치르게 될 거라는 사실을 눈치챘다.
토키사키 쿠루미의 감정이 『입하』에서 『소서(小暑)』로 변한
것이다. 즉, 승부를 앞두고 여름햇살처럼 마음이 달아오르
고 있었다.

가지고 있는 YP는 아리아드네와 쿠루미가 비슷했다. 이
상황에서는 YP의 많고 적음은 크게 의미가 없다. 웬만큼
나쁜 카드가 오지 않는 한, 폴드는 하지 않을 것이다.

게다가 일류 갬블러인 아리아드네는 예감했다.

지금 자신들에게, 승부 자체를 엉망으로 만들 만한 엉터
리 카드가 올 리 없다. 그런 천운 없이, 이 인계에서 살아남
을 수는 없는 것이다.

그러니 승부는 이 자리에서 운이 바닥날 정도의 대승—
혹은 대패를 통해 갈릴 것이다.

"······재미있어졌네."

아리아드네는 사나운 미소를 지었다. 그리고 그 미소에
답하듯, 쿠루미는 키히히히히 하고 저승사자 같은 웃음을
흘렸다.

"자, 그럼— 저희의 전쟁을 시작하죠."
            데이트

쿠루미가 힘찬 목소리로 그렇게 선언하자, 아리아드네는
고개를 끄덕였다.

"오케이, 베이비. 자, 마야. 카드를 줘~!"

마야는 아리아드네, 쿠루미, 그리고 유리에게 카드를 나 눠줬다.

"……."

히비키는 걱정스런 눈길로 자신의 앞에 있는 쿠루미를 지 켜보고 있었다. 쿠루미는 뒤집힌 카드에 손을 얹더니, 사랑 스럽다는 듯이 매만졌다.

"……또, 확인하지 않을 거야?"

"아뇨, 그저 주문을 거는 거랍니다. 이번에는 카드를 확인 할 거예요."

아리아드네는 그 말을 듣고 마음속으로 쾌재를 불렀다. 히비키가 뒤편에서 카드를 보지 않을 리가 없다. 그렇다면 쿠루미의 감정을 알지 못하더라도, 히비키의 감정을 읽으면 된다.

쿠루미는 천천히 카드를 확인했다. 히비키를 경계하지는 않았다. 어쩌면 보이지 않는다고 생각하는 걸까.

긴장한 가운데, 쿠루미는 천천히 카드를 보았다.

히비키는 무의식적으로 엉덩이를 살짝 들었다.

그 행동은 보이지 않는 카드를 확인하려 하는 행위가 틀 림없다. 쿠루미는 이미 카드를 덮어뒀다. 아리아드네가 쿠루 미의 감정을 다시 확인해보니, 그녀의 감정은 다시 『입동』으 로 되돌아간 상태였다.

그럼, 히비키는 어떨까.

히비키의 감정은 『한로(寒露)』였다. 이것은 낙담의 감정이다. 즉, 히비키는 카드를 보고 크게 낙담한 것이다.

하지만, 완전히 풀이 죽지는 않았다. 홀 카드 두 장으로는 어차피 패도 제대로 짤 수 없는 것이다.

문제는 커뮤니티 카드다. 아무리 홀 카드가 나쁘더라도, 커뮤니티 카드가 무엇이냐에 따라 상황은 얼마든지 바뀔 수 있었다.

자신의 홀 카드는 ◆다이아J와 ♠스페이드7이다. 커뮤니티 카드에 따라 얼마든지 좋은 패를 구성할 수 있다. 아리아드네의 지시에 따라, 유리는 폴드를 했다. 쿠루미 측에게 정보를 주지 않기 위해서다.

"체크."

"체크."

아리아드네와 쿠루미는 우선 체크를 했다. 히비키의 감정은 불안과 흥분 때문에 격렬하게 흔들리고 있었다.

"그럼 커뮤니티 카드를 공개하겠어."

그리고 커뮤니티 카드 세 장이 펼쳐졌다.

♣클로버7, ♥하트8, ♥하트9.

원 페어가 확정됐지만, 더 좋은 패를 얻을 가능성도 충분히 있다.

그녀는 온화한 미소를 지으며, 느닷없이 고백을 시작했다.

"……이미 다 들켰겠지만 말이야~. 텍사스 홀덤으로 승부를 하자고 말한 건 바로 나야. 그러니까, 내가 지면 유리는 패배를 선언할 거야~."

"어머, 어머. 역시 그랬군요."

쿠루미는 유리를 힐끔 쳐다보았다. 아리아드네는 히비키에게 집중하고 있어서, 쿠루미의 감정을 제대로 읽지 못했다. 아무튼, 쿠루미는 즐거운 듯이 웃고 있었다.

아리아드네가 이 사실을 밝힌 건, 쿠루미가 폴드를 하지 못하게 하기 위해서였다.

"우선, 레이즈를 할래~."

"그럼 저는 콜을 하죠."

히비키의 표정이 굳어졌다. 그녀의 감정은 알기 쉬울 정도로 쉽게 변했다. 아리아드네는 레이즈를 멈춘 후, 신중하게 히비키의 감정을 파악했다.

그녀의 감정은 『계칩(啓蟄)』…… 불안을 느끼고 있지만, 희망의 불씨는 꺼지지 않았다. 그렇다면, 일단 상황을 치켜보기로 했다. 쿠루미는 여전히 태연했지만, 히비키의 감정만 이해할 수 있다면 그것으로 충분했다.

네 번째 커뮤니티 카드가 오픈됐다.

♥하트7.

히비키의 감정이 느닷없이 움직였다. 『입하』— 여름처럼 뜨겁고, 따뜻한 감정이 그녀를 지배했다. 이것으로 쿠루미의 패를 간파할 수 있었다. 트리플이다. 아리아드네도 같은 패이지만, 자신은 스페이드7을 가지고 있다. 이 경우에는 문양의 우열로 아리아드네가 이긴다.

하지만 그녀는 어떤 예감을 느끼고 있었다. 자신의 패는 마지막 커뮤니티 카드를 통해 더욱 강력해진다— 그런 확신을 느끼고 있었다.

"체크."

"……체크."

쿠루미의 체크에 응하듯, 아리아드네도 체크를 했다. 그리고 다섯 번째 커뮤니티 카드가 오픈됐다.

♠스페이드J.

'왔어……!'

아리아드네의 패는 ◆다이아J, ♠스페이드7, ♣클로버7, ♥하트7, ♠스페이드J— 즉, 트리플과 원 페어로 구성된 풀하우스가 되었다.

히비키의 감정은 여전히 『입하』였다. 물론 승부에는 절대라는 것이 존재하지 않기에 희미한 불안감이 느껴지지만,

그래도 상대가 트리플이라면 절대 지지 않을 것이다.

그렇게 믿는다.

하지만······.

"자—."

남은 문제는 쿠루미가 승부에 임하게 만드는 것이다. 트리플이라면 이길 수 있다고 생각하게 만들어야 하는 것이다.

"······그럼, 베팅을 해."

"레이즈."

아리아드네는 잠시 망설이는 듯한 반응을 보인 후, 머뭇거리며「콜」이라고 선언했다.

그러자 쿠루미는 당연한 듯이 레이즈를 선언했다. 쿠루미가 레이즈를 하자, 아리아드네는 인상을 쓰며 콜을 했다.

그리고 쿠루미의 베팅 금액이 **일정선**을 넘어선 순간, 아리아드네는 자신만만한 미소를 지으며 말했다.

"올인."

히비키의 감정이 그대로 얼어붙었다. 『하지(夏至)』처럼 따뜻하던 감정이, 갑자기 『대한(大寒)』으로 추락한 것이다.

"어······ 어, 어······?!"

"······."

히비키는 혼란에 빠졌고, 쭉 미소를 짓고 있던 쿠루미 또한 얼굴에서 표정을 지웠다.

"자, 토키사키 쿠루미 양. 어떻게 할래? 폴드할 거야? 아니면 나와 마찬가지로 올인할래?"

칩은 아리아드네가 아주 조금 더 많았다. 그런 그녀가 확신을 가지며 올인을 했으니, 상당히 강한 패를 가지고 있는 것이 틀림없었다.

하지만…….

쿠루미는 이제 물러설 수 없는 상황이다. 레이즈에 쓴 YP는 그녀가 지닌 칩의 절반 이상이었다. 만약 이대로 폴드를 했다간, 자금이 절반 이하로 줄고 만다.

인간은 그 유혹을 견딜 수 없다.

게다가 그녀는, 토키사키 쿠루미다. 예소드와 호드에서 쿠루미가 한 행동으로 유추해볼 때, 그녀는 모든 것을 자기 뜻대로 돌아가게 만들어야 직성이 풀리는 여왕님 기질을 지니고 있었다.

그렇다면, 상실에 대한 두려움 또한 매우 클 것이다.

"그럼…….'

쿠루미는 무표정한 얼굴로 자신의 칩을 전부 걸었다.

"올인. 승부를 받아주죠."

"쿠, 쿠루미 씨, 괜찮겠어요?! 쿠루미 씨~!"

히비키가 불안한 표정으로 쿠루미를 흔들어댔다. 쿠루미는 한숨을 내쉬더니, 히비키의 볼을 잡아당겼다.

"괜찮답니다. 그러니까 마음 푹 놓고, 그 무거운 엉덩이 좀 의자에 딱 붙이고 계세요."

"아, 알았어요. 참, 저의 엉덩이는 무겁지 않거든요? 저는 체중이 꽤 가벼운 편이라고요."

"우후후, 그건 누구와 비교해서 가볍다는 거죠?"

"물론 키라리 리네무 씨죠."

아리아드네는 느긋하게 담소를 나누는 쿠루미를 보고 경악했다. 그녀는 자신의 승리를 확신한 듯한 태도를 취하고 있었다.

"ㅡ풀 하우스, 맞죠?"

"……윽!"

"커뮤니티 카드를 볼 때, J와 7의 풀 하우스일 것 같군요."

아리아드네는 당혹스러워하면서도, 자신의 카드를 마야에게 건넸다. 그 카드를 확인한 마야는 고개를 끄덕였다.

"그래. 아리아드네 폭스롯은 J와 7의 풀 하우스야."

아리아드네가 물었다.

"……눈치챘던 거야……?"

"예. 뭐, 나름대로 말이죠."

"그럼, 그럼, 왜ㅡ"

왜 그렇게 여유가 있는 걸까. **등 뒤에 있는 히고로모 히비키의 얼굴은 새하얗게 질렸는데 말이다.**

쿠루미의 패배를 확신하고 있는 듯한, 그런 표정이었다.

"……쿠루미 씨…… 쿠루미 씨의…… 카드는……."

쿠루미는 히비키의 머리를 쓰다듬어준다기보다, 거칠게

흔들어대듯 만졌다.

"—예. 죄송해요, 히비키 양."

"……예?"

"공적으로는, 단순한 사고죠. 아까 제 피가 묻은 트럼프를 파기했죠? 그때, **기이하게도** 그 파편이 저의 홀 카드에 붙어 버린 것 같군요—."

쿠루미는 마야에게 카드를 건넸다.

마야는 떨리는 손으로 그 카드를 뒤집었다. 쿠루미가 말한 것처럼, 찢겨진 카드의 파편이 붙어 있었다.

그 붙은 파편을 떼어내자, 평범하던 두 장의 카드가 폭발적인 파괴력을 선보였다. 토키사키 쿠루미가 지닌 것은 ♥하트5와 ◆다이아7……이 아니라, ♥하트6이었다.

즉, 쿠루미의 패는—.

♥하트5, ♥하트6, ♥하트7, ♥하트8, ♥하트9.

스트레이트 플러시.

풀 하우스는 상대도 안 되는, 무적의 패였다.

"……윽!"

아리아드네는 자리에서 벌떡 일어나 구멍이 날 정도로 그 카드를 뚫어져라 응시했다. ♥하트6에는 피가 희미하게 묻어 있었다. 그것은 승리의 적색이었다. 졌다. 완벽하게 박살이 나고 말았다. 하지만, 아리아드네는 왠지 기분이 좋았다.

—대단하다.

아리아드네는 졌는데도 마음이 뜨거워지는 기묘한 체험을 태어나서 처음 맛봤다.

"자, 잠깐만요. 이건…… 이건 속임수예요! 그럼 저희가 이긴 게 아닌가요?"

오우카의 이의 제기에 마야는 조용히 고개를 저었다.

"……만약, 위장한 카드로 승부를 하려 했다면 속임수일 거야. 하지만 이건 위장이 아냐. 아까 토키사키 쿠루미가 말한 것처럼 단순한 사고지. 카드를 펼쳐보면 바로 들키니까 말이야."

"하지만……!"

"됐어, 오우카. ……내가 졌어~."

"그럼 남은 상대는 사가쿠레 유리 양뿐이군요."

"아~, 무리무리. 아리아드네가 못 이긴 걸로 다 끝났어. 항복! 좋아. 오케이. 네가 이겼어!"

사가쿠레 유리는 머리카락을 쥐어뜯더니 카드를 내던졌다.

"으음~, 하지만 이해가 안 되는 게 있어~. 쿠루미 양, 가르쳐 줄래?"

"어머, 뭐가 말이죠?"

"왜 감정을 읽히지 않게 된 거야?"

아리아드네가 솔직하게 물어보자, 쿠루미는 웃음을 흘렸다.

"역시, 감정을 읽혔던 거군요."

"응. 얼추 들통이 난 것 같으니까 말하는 건데 말이지? 나는 상대의 감정을 살펴보거나, 조작할 수 있어. 감정이 격앙된 애를 꾸벅꾸벅 조는 것처럼 평온하게 만들 수도 있고, 그 반대도 가능해. 그리고 상대의 감정을 파악할 수도 있거든? 하지만……."

아리아드네는 비취색 눈동자로 쿠루미를 응시했다.

"어느 순간부터, 네 감정을 읽을 수가 없었어. 마치―."

"마치, 다른 생각을 하고 있는 것…… 같던가요?"

쿠루미가 아리아드네의 말을 이어받듯 그렇게 말하자, 그녀는 고개를 끄덕였다.

히비키는 그 순간, 쿠루미가 쭉 무슨 생각을 했던 것인지 알아챘다. 그리고 어이가 없다는 듯이 어깨를 으쓱하고 싶어졌다.

"저는 마음속으로 **어떤 남성분을 생각하고 있었답니다.** 그래서 카드를 신경 쓸 여유가 없었죠."

"……어, 정말이야?"

"예, 정말이랍니다."

아리아드네는 녹초가 된 듯한 표정을 지으며 한숨을 토하더니, 포커 테이블 위로 고개를 숙였다.

그리고 다리를 앞뒤로 까딱거리면서 진심어린 어조로 소리쳤다.

"그런 한심한 짓을 하면서, 1억 YP가 오가는 카드 게임을 한 거야~? 믿기지가 않네~. 진짜 어이없는 플레이어야~!"

"물론 카드 게임에 대해 생각하기도 했답니다. 덕분에 아까 같은 함정을 만들 수 있었던 거죠."

"저기~. 쿠루미 씨, 쿠루미 씨. 혹시 저를 미끼로 쓴 건가요?"

히비키는 쿠루미의 소매를 잡아당기며 그렇게 물었다. 지금까지 들은 이야기를 종합해 보자면, 쿠루미는 자신의 등 뒤에서 지켜보고 있는 히비키를 미끼 삼아 아리아드네를 낚은 것이다.

쿠루미는 보는 이에 따라서는 황홀경에 빠져들지도 모르는 끝내주는 미소를 지으며 단언했다.

"예. 덕분에 대물을 낚았답니다."

"악마~~~~~~~! 여러분, 여기에 악마가 있어요~~~~~!"

히비키가 절규를 토했다.

"하지만 뻔히 티가 났잖아요?"

"그런 그렇지만요~!"

"이용당했는데도 화 안 내는 거야~?"

아리아드네가 그렇게 말하자, 히비키는 고개를 갸웃거렸다.

"예? 지금 엄청 화내고 있는데요?"

"히고로모 히비키, 너는 화가 안 났어. 오히려 엄청 감격했거든~? 자기가 도움이 된 게 그렇게 기쁜 거야~?"

쿠루미가 깜짝 놀란 표정으로 히비키를 쳐다보자, 그녀는 아무 말 없이 고개를 돌렸다. 그녀의 볼은 새빨갛고, 삐쳤다고 주장하듯 잔뜩 부풀어 있었다.

즉, 정곡을 찔린 것이다.

그것참, 죄송하네요. 저는 이용하기 딱 좋은 여자예요. 그래요. 자기를 **이용해 줘서**, 그리고 그 덕분에 쿠루미 씨가 승리를 해서 엄청 기뻐요. 그럼 안 되나요? 라는 것이 히비키의 심경이리라.

그래도 계속 눈을 돌리고 있을 수는 없는 건지, 히비키는 쿠루미 쪽을 힐끔 쳐다보았다.

쿠루미라면 악마 같은 미소를 지으며 쳐다보고 있을게 틀림없ー.

"어?"

히비키가 얼이 나간 듯한 반응을 보이는 것도 무리는 아니었다.

"⋯⋯⋯⋯⋯⋯."

쿠루미는 침묵에 잠긴 채, 얼굴을 붉히고 있었다. 그 표정은 토키사키 쿠루미에게 어울리지 않았다.

얼굴을 붉힌 쿠루미는 망연자실한 표정으로 히비키를 쳐다보고 있었다.

그렇게 잠시 시간이 흐른 후, 이번에는 쿠루미가 우물쭈물하면서 고개를 돌렸다.

히비키가 자신을 놀릴 거라고 생각한 것일까. 물론, 그녀에게는 그럴 여유가 없었다.

ー평생을 바쳐도 볼 수 없을 표정을 보았다.

히비키는 자신을 향해 몰려오는 감정을, 필사적으로 억눌렀다.

"……크흠. 아무튼, 이것으로 네차흐는 클리어했군요. 1억 YP로 티파레트로 이어지는 게이트를 열겠어요. 그래도 괜찮죠?"

"물론이야. 네차흐의 도미니언인 내가 책임지고 게이트를 개방하겠어. ……하지만, 지금 바로는 무리야. 코인을 게이트에 넣는데도 상당한 시간이 걸리거든."

"어, 1억 짜리 코인은 없는 건가요?"

"응. 그러니 미안하지만— 우리 집에 오지 않을래? 지금은 오전 한 시야. 네차흐는 항상 밤이지만, 그래도 지금이 새로운 하루가 시작되고 처음 맞이하는 한 시지. 즉, 다른 영역의 사람이라면 잠들었을 시간인 거야."

"……어머, 그 말을 듣고 나니 왠지 졸리는군요."

쿠루미는 작게 하품을 했다.

"아리아드네, 오우카, 마야, 너희도 우리 집에서 자고 가. 할 이야기도 있거든."

"영역회의를 하자는 건가요?"

"에이, 무슨 소리를 하는 거야. 그냥 심플하게 걸즈 토크나 하자는 거야!"

미야후지 오우카는 인상을 찡그렸다.

"……당신은 자기 여동생 이야기만 하는 걸로 아는데 말이죠."

"다른 이야기도 하거든~?!"

바로 그때, 유키시로 마야가 손을 들었다.

"내가 사가쿠레 유리와 영역회의의 틀에서 벗어나는 화제로 이야기를 나눈 건 21번, 그 중에서 20번은 여동생인 사가쿠레 유이 일급품의 컨디션, 외모, 상태, 기타 등등에 대한 이야기였어."

"저기, 남은 한 번은 어떤 이야기였어?"

마야는 아무 말 없이 자신의 어깨를 가리키며 입을 열었다.

"사가쿠레 유리, 어깨에 실밥이 붙어 있어. 어머, 고마워. 이상이야."

"그건 이야기를 나눴다고 할 수 없죠. 아무튼, 여동생 이외의 이야깃거리는 없다는 거군요."

오우카는 두통을 참듯 미간을 손으로 눌렀다.

"아, 아니거든?! 이번에는 진짜로 다른 이야기를 할 거야!"

"저기—."

바로 그때, 누군가가 도미니언들의 대화에 끼어들었다.

"유이, 왜 그래?"

사가쿠레 유이가 투명한 눈동자로 도미니언들을 응시했다.

"여동생인 제가 이런 말을 하는 것도 뻔뻔하다고 생각합니다만, 부디 언니의 부탁을 들어주시면 안 될까요? 분명 여러분도 그 이야기를 즐길 수 있을 거라고 생각합니다."

잠시 침묵이 이어진 후, 아리아드네는 지친 듯한 어조로 입을 열었다.

"……좋아~. 여동생 양에게는 신세를 꽤 졌으니까, 오늘은 유리네 집에서 잘래~."

"흠. 아리아드네가 유리의 집에서 묵는다면, 나도 그렇게 하겠어."

마야와 아리아드네의 시선이 오우카를 향하자, 그녀는 투덜거리면서 고개를 끄덕였다.

"쿠루미 양은 어때? 우리 집에 묵는 게 싫은 거야?"

"……뭐, 시간이 걸린다면 어쩔 수 없죠. 히비키 양이 같이 묵어도 괜찮다면, 그 제안을 받아들이겠어요."

"──윽!"

그 순간, 히비키의 몸이 부르르 떨렸다. 방금, **바람 같은 것**이 자신의 몸을 통과하고 지나간 듯한 느낌이 들었다. 그와 동시에, 눈앞의 광경이 비정상적인 것처럼 느껴졌다.

후일, 히비키는 그 생각이 옳았다는 사실을 알게 된다.

눈앞에 존재하는 광경 전체가, 비정상 그 자체였다는 것을── 히고로모 히비키는 알게 되는 것이다.

○초대받지 못한 손님의……

사가쿠레 유리가 평소 살고 있다는 저택에 안내된 쿠루미 일행은 얼이 나가고 말았다.

"……상자?" (아리아드네 폭스롯)

"……궤짝?" (유키시로 마야)

"……양갱?" (토키사키 쿠루미)

"……헉. 저 네모난 집을 양갱에 비유한 거가요?" (5초 후, 관자놀이에 꿀밤을 맞게 될 히고로모 히비키)

아무튼, 사가쿠레 유리의 저택은 상자라는 표현이 적절해 보이는 형태를 하고 있었다. 색깔은 진한 남색이며, 딱히 눈에 띄는 건물은 아니었다.

네차흐라고 하는 화려하기 그지없는 영역에 어울리지 않는 집이었다.

"안은 넓고 쾌적하니까 안심해. 자, 들어가자♪"

유리는 다른 소녀들의 등을 밀었다. 그녀들은 쓴웃음을 지으면서도 그 환대를 받아들였다.

건물의 문이 열렸다.

내부는 겉모습과 다르게 무기질적이지는 않았다. 하지만 기묘한 부분이 눈에 들어왔다. 예를 들자면, 천장에는 샹들리에가 달려 있는 데 비해 콘크리트로 된 벽이 훤히 드러나 있었다. 호화로운 붉은색 카펫이 깔려있는 바닥은 유리처럼

투명한 소재로 되어 있었으며, 밝은 색 라이트로 바닥이 비
춰지고 있었다.

현대 건축물을 추구한 건지, 클래식하게 꾸미려 한 건지,
혹은 도미니언인 유리의 독특한 성격이 반영된 건지…… 아
무튼, 꽤나 특이한 내부 장식이었다.

하지만 쿠루미 일행의 눈은 그런 특이한 내부 장식이 아
니라 한 소녀에게 향하고 있었다.

"……어, 어서 오십……시오."

어색한 목소리로 그렇게 말한 소녀— 사가쿠레 유이가 고
개를 숙였다.

"어머." "아." "……." "흠." "엇……."

그 모습을 본 다섯 사람이 제각각 다른 반응을 보였다. 사
가쿠레 유이는 평소의 간소하면서도 유려한 느낌의 세일러
교복 느낌의 영장, 〈은형영장(隱形靈裝) 34번〉이 아니라 메
이드복을 입고 있었다. 그것도 클래식 스타일이 아니라 메이
드 카페 느낌의 메이드복을 말이다. 스커트는 매우 짧아서
가터벨트가 언뜻 보였다.

즉, 남들에게 보여주기 위한 타입의 메이드복이었다.

섹시 방면으로 전력을 다해 직구승부를 하는 듯한 타입
으로, **이 옷을 입은 자신은 귀엽고 에로틱해**, 라고 주장하
고 있는 것만 같았다. 유이가 부끄러워하는 것도 무리는 아
니었다.

"어머, 어머. 평소에도 저택에서는 그런 옷을 입으시나요?"

"아뇨. 오늘은 특별한 날이라 이걸 입으라는 지시를……. 저는 평소 복장을 더 좋아합니다."

"무슨 소리를 하는 거야? 유이는 이 세상에서 가장 귀여운 여동생이거든?!"

유리가 가슴을 펴며 그렇게 말했다. 유이는 그 말을 듣고 몸을 더욱 웅크렸다.

"이 세상에서 가장 귀여운 건 쬐끄마한 일곱 살 쿠루미 양이에요! 아, 죄송해요! 쿠루미 씨는 항상 귀여워요. 진심으로 그렇게 생각해요."

"……토키사키 쿠루미. 자기 파트너를 총으로 겨누는 건 좀 그렇다고 생각해."

"제 마음이랍니다."

"아무튼, 오늘은 푹 쉬어. 귀엽디 귀여운 메이드 유이한테 온갖 서비스를 다 받으면서 말이야!"

"잘 부탁드립니다."

유이는 다시 한 번 고개를 숙였다.

"저기, 유리. ……미소 지으면서 직접 치마를 들춰봐라 같은 서비스를 요청해도 돼?"

아리아드네의 발언에 유이는 히익 하고 작게 비명을 질렀다. 유리는 표정을 굳히며 생각에 잠기더니, 천천히 대답했다.

"으음…… YES에 한없이 가까운…… NO이려나…….”

"YES에 한없이 가깝기는 한 거군요……."

히비키가 어이없다는 듯이 그렇게 중얼거리자, 유리는 가슴을 펴며 말했다.

"그야 우리 유이는 정말 귀엽거든!"

그 순간이었다. 히비키의 마음속에 또 기묘한 바람이 불었다.

'어라?'

미세한 위화감이랄까, 뭔가가 일그러지는 듯한 감각이 느껴졌다. 하지만 남들보다 곱절은 예민한 쿠루미조차 그것을 눈치채지 못했다.

유일하게 히비키만이 그 **비틀림**을 눈치챌 수 있었다.

하지만— 히비키는 그 위화감을 무시했다. 그것은 쿠루미와도, 그리고 히비키와도 상관없는 일이기에, 그녀에게는 그 점을 지적할 권리가 없었다.

만약 절친한 친구 사이라면 서슴없이 지적하겠지만, 그녀들은 명백한 타인인 것이다.

「뭐, 됐어」하고 중얼거린 히비키는 쿠루미의 팔을 잡았다.

"쿠루미 씨, 빨리 저희 방으로 가요!"

"그렇게 하죠. 유이 양, 안내해주시겠어요?"

"알겠습니다. 숙박을 하실 분들은 이쪽으로 오시죠."

유이가 앞장을 서기 시작했다. 중앙 계단을 올라가던 히비키는 무의식적으로 상반신을 웅크렸다.

"정말 한심하군요."

쿠루미는 어이없다는 듯이 한숨을 내쉰 후, 히비키의 눈을 가렸다.

"……?"

뒤를 돌아본 유이는 히비키의 자세가 의미하는 바를 이해하더니, 허둥지둥 손으로 치마를 눌렀다.

"쿠루미 양의 파트너는 여러 의미에서 대단하네."

하아, 하고 한숨을 내쉰 쿠루미가 히비키의 머리를 흔들었다.

"가능하면 파기하고 싶군요."

"저기, 이제 어지러워서 토할 것 같으니까 좀 봐주세요……."

위층으로 올라온 뒤…….

안내된 방도 홀과 마찬가지로 꽤나 혼돈스러운 느낌이 들었다.

침대는 일류 호텔처럼 호화롭지만, 벽은 반투명한 유리벽돌로 되어 있었다. 샹들리에는 없고, 천장 자체가 전체적으로 밝게 빛나고 있었다.

"『유이, 소등』이라고 말씀하시면, AI가 반응해서 자동적으로 불을 끕니다."

유이의 말에 조명이 꺼지면서 방이 어두컴컴해졌다.

"……죄송합니다. 방금 제가 한 말에 반응한 것 같습니다."

"한시라도 빨리 조명을 켜는 말을 가르쳐 주지 않았다간, 히비키 양이 어둠속에 숨어 있는 변태가 되어버릴 거랍니다."

"『유이, 점등』!『유이, 점등해!』"

"쿠루미 씨, 저에 대한 편견이 날이 갈수록 심각해지고 있는 것 같거든요?! 유이 씨가 믿기지 않는다는 눈길로 저를 쳐다보고 있거든요~?!"

히비키는 눈물이 날 것만 같았다.

◇

사가쿠레 유리는 침대에 누워서 천장을 올려보며 생전의 유이를 떠올렸다.

여동생과 둘이서 함께 싸우며 살아왔다. 도중에 유이는 **탈락**하고 말았지만, 유리는 그녀를 기계로 재현했다.

하지만, 그녀를 재현하면 할수록, 알게 됐다.

자신은 사가쿠레 유이라는 소녀에 대해, 전혀 알지 못했다는 것을 말이다.

마지막으로 나눈 대화는, 그야말로 최악이었다.

—언니. 나에게는 ■■■■■가 있어.

—그러니까, 이 집에 ■■■■■ 수는 ■■■■■어.

—나는, ■■■■■■■■■■!

191

그때, 두 사람은 심하게 다퉜다.

유리는 그 일을 아직도 후회하고 있다. 응어리를 남긴 채, 이별하고 말았던 것을…… 지금도 말이다.

하지만 그 후회 또한 모래사장에 적은 글자처럼 사라지고 있었다.

여동생이 죽은 후에도 네차흐에서 계속 싸워오며, 다양한 존재와 만났다. 그리고 그에 따라 기쁨이 쌓여가면서, 슬픔이 지워져 갔다.

유리는 자신이 매정하다고 생각했다.

—나는 어쩌면, 여동생을 사랑하지 않는 걸지도 모른다.

그런 생각도 들었다. 그 점에 대해 기계인형인 유이에게 물어본 적도 있지만, 그녀들은 항상 이렇게 대답했다.

"그렇지 않습니다, 유리 님."

유리가 바라는 대답을, 유리가 바라기에 해준 것이다.

역시 자신은 제정신이 아닌 걸지도…….

그때, 노크 소리가 들려왔다.

"들어와요~."

사가쿠레 유리는 느긋한 어조로 그렇게 말했다.

◇

유이가 방에서 나간 후, 히비키는 침대를 향해 돌진했다.

"피·곤·해~~~~~~~~~~~~~~~~~~~~~!"

그리고 절규를 내질렀다.

"피곤한 사람은 히비키 양이 아니라 저랍니다."

포커페이스를 유지하는 것도 힘들었다. 이기기는 했지만, 질 가능성은 항상 있었다. 몸에서 흘러나오는 땀조차 정신력으로 억제해야만 했다.

"그러고 보니, 시스터스 씨와 까르트 씨는 뭘 하고 있었나요?"

"아, 시스터스는 카지노의 카메라를 감시했고, 까르트 양은 제 주위에 이변이 일어나지 않는지 지켜보고 있었답니다. 문제가 발생하면 연락을 주기로 했지만, 결국 아무 일도 없었군요."

까르트는 의욕을 불태우며 이 임무를 맡았지만, 딱히 아무 일도 일어나지 않아 실망했다. 풀이 죽은 그녀는 현재 바에서 트럼프 넷에게 위로를 받고 있었다.

"어라? 그럼 시스터스 씨도 지금은 여기 없는 건가요?"

"자신이 할 일을 마쳤으니까요. 지금은 카지노에서 놀고 있지 않을까요?"

쿠루미가 그렇게 말하자, 히비키는 시스터스가 우아하게 카드 게임이나 슬롯을 하는 풍경을 상상했다. 솔직히 말해,

꽤 재미있을 것 같았다. 주위 사람들은 토키사키 쿠루미와 똑같이 생긴 그녀를 보고 경악할 게 틀림없다.

"하지만, 좀 부주의한 행동일지도 모르겠군요."

"그게 무슨 소리예요?"

쿠루미는 잠시 머뭇거리더니…….

"아, 그게 말이죠. 말로는 잘 설명할 수가 없군요. 뭔가가 어긋나 있는 듯한 느낌을 받았답니다. 아마 기분 탓이겠죠."

히비키는 그 말이 신경 쓰였지만, 피로 탓에 머리를 쓰고 싶지 않았다. 아무튼 좋은 결과를 손에 넣었으니 개의치 않아도 될 것이다.

"다음에 갈 곳은 바로 티파레트네요. 제가 알려드릴 수 있는 영역은 거기가 끝이에요. 제5영역 이후는 그야말로 미지의 영역이죠. 앞으로 어떻게 될지 정말 모르겠네요."

"어머. 히비키 양은 따라오지 않을 건가요?"

쿠루미가 그렇게 묻자, 히비키는 빙긋 웃었다.

"무슨 소리를 하는 거예요. 무조건 따라갈 거예요. 제5영역, 제4영역, 그리고 그 너머까지도요. ……아, 그 전에 케테르에 갈 방법을 찾아야겠지만요."

"예. 그래서 도미니언들에게 그 점에 대해 물어볼까 한답니다. 그들이라면 많은 정보를 가지고 있을 테니까요."

"아하, 그렇군요……."

"그리고 상대방도 퀸에 관한 정보를 탐내고 있을 거예요.

비나에서 퀸과 싸우며 얻었던 정보는 이미 쥬가사키 양에게 전했지만, 아직 다른 도미니언들에게 전달되지는 않은 것 같군요."

쥬가사키 레츠미. 반오인 카레하의 뒤를 이어 호드의 도미니언이 된 그녀는— 아마 할 일이 너무 많아서 아직 다른 영역과 정보 교환을 하지 못한 것 같았다.

"……그러고 보니, 쥬가사키 씨가 다른 도미니언들에게 연락을 해줬다면 카지노에서 정신력을 갉아먹지 않아도 됐을까요?"

"결국 마찬가지였을 거랍니다. 카레하 양이라면 몰라도, 새롭게 도미니언이 된 그녀를 다른 도미니언들이 바로 신용하지는 않을 테니까요."

결국 그녀들은 알고 싶었던 것이다. 토키사키 쿠루미라는 소녀, 자신들과 명백하게 다른 진정한 정령이 어떤 존재인지를 말이다.

그와 동시에, 그녀가 퀸의 적대자인지도 파악하고 싶었으리라.

"그럼 쿠루미 씨는 합격한 거네요."

"저는 폭력적으로 행동하지 않았고, 다소 협박을 하기는 했지만 그 정도는 허용범위를 벗어나지 않았겠죠. 남은 건—"

똑, 똑.

"들어오세요."

쿠루미가 대답하자, 눈을 실처럼 가늘게 뜬 아리아드네가 문을 열었다.

"아, 역시 안 자고 있었구나. 혹시 시간 괜찮아~?"

"네, 괜찮답니다."

"그럼 이야기 좀 나누지 않을래~?"

"……예, 괜찮답니다. 저도 정보가 필요하니까요."

쿠루미는 자리에서 일어났다. 히비키 또한 침대에서 몸을 일으켰지만, 아리아드네는 그녀를 향해 이렇게 말했다.

"미안한데~, 히비키는 자리를 좀 피해줘~."

"예~?!"

"오우카가 히비키와 동석하는 걸 싫어하네~. 진짜 미안해~."

미야후지 오우카― 티파레트의 도미니언. 그녀는 히비키에게는 마음의 문을 열지 않은 것 같았다.

"어쩔 수 없군요. 저 혼자 가보겠어요. ……히비키 양은 여기서 기다리고 계세요."

"으윽……."

쿠루미가 그렇게 말하자, 히비키는 그 말에 따를 수밖에 없었다.

앞장서서 걷고 있는 아리아드네가 쿠루미에게 물었다.

"히비키는 쿠루미한테 있어서 뭐야?"

"으음, 글쎄요. 그걸 설명하려면 시간이 꽤 걸릴 거랍니다."

"얼마나 걸리는데~?"

"으음…… 한나절?"

"너무 걸리네~. 그럼 됐어. 신뢰할 수 있는 거지?"

"물론이죠. 그녀를 신용하지 못한다면, 이 인계에서 믿어도 되는 건 단 하나도 존재하지 않는다고 할 수 있겠죠."

"……부담스러울 정도로 신뢰하네……. 뭐, 오늘은 그 이야기를 하려는 게 아냐. 오늘 우선적으로 이야기해야 하는 건—"

"퀸에 대해서군요."

아리아드네는 고개를 끄덕이며 문을 열었다. 문 너머에는 유키시로 마야와 미야후지 오우카가 기다리고 있었다. 사가쿠레 유리의 모습은 보이지 않았다.

"어머. 네차흐의 도미니언은 참가하지 않는 건가요?"

미야후지 오우카는 표정을 굳히며 고개를 끄덕였다.

"예. 몸이 좋지 않다더군요."

"……도미니언도 그럴 때가 있는 건가요?"

"있기도 해. 도미니언은 다른 준정령보다 이 인계에서의……『존재강도』라고 부르는 게 강하기 때문에, 웬만해서는 몸 상태가 나빠지지 않지만 말이야."

"꺼림칙한 엠프티가 되지도 않아요."

오우카는 인상을 쓰며 그렇게 말했다. 쿠루미는 호드에서 만났던 반오인 카레하를 떠올리면서 오우카를 노려보았다. 그런 쿠루미의 감정을 눈치챘는지 아리아드네가 그녀의 소매를 잡아당기며 말했다.

"……나쁜 뜻이 있는 건 아닐 거야."

"그럼 더 문제 아닌가요?"

"……얼마 전에 그녀의 영역이 퀸에게 습격당했어. 그래서 자존심에 상처가 난 거야."

자신의 영역이 침입을 당한 원인은 바로, 퀸이 엠프티를 조작했기 때문이었다.

티파레트에서는 엠프티가 숙청되면서 일단 평온을 되찾았지만, 피해는 막대했다고 한다.

"……반오인 양에 관한 이야기는 들었어요. 하지만 그녀는 도미니언이죠. 그러니 엠프티가 될 리가—."

오우카의 말에 쿠루미가 반론하기도 전에, 마야가 손을 들며 입을 열었다.

"……토키사키 쿠루미라면 그 의문에 대한 정보도 가지고 있을 거야."

마야는 투명한 눈동자로 쿠루미를 응시했다.

"예. ……아마, 그녀에 대해 누구보다 잘 알고 있는 사람은 바로 저겠죠."

"잠깐만 있어봐. 그 전에 왜 정령인 당신이—."

"그 점부터 차례차례 이야기하겠어요. 이야기하기 싫은 부분은 언급하지 않겠지만 말이죠. 그래도 괜찮죠?"

예를 들자면 **자신의 어떤 존재인가**, 그리고 히비키의 그

가슴 아픈 마음 같은 것을 말이다.

특히 히비키에 관해서는 쿠루미가 이야기해도 될 리가 없다. 건너편 세계에 가려는 동기라면, 당당하게 이야기할 수 있지만 말이다.

아리아드네는 테이블에 엎드리며 손가락으로 동그라미를 만들었다.

"……좋아~. 우리도 해줄 이야기가 잔뜩 있거든~."

"그럼— 좋아요. 출발지점인 말쿠트에서 있었던 일부터 이야기할까요."

다양한 일이 있었다. 어이없는 일도 있었는가 하면, 슬픈 일도 있었다.

그리고 무엇보다, 싸움이 있었다.

쿠루미는 스스로가 생각하기에도 신기하다는 생각이 들 정도로 많은 이야기를 했다. 하지만 그 대부분은 감정적인 부분이 아니라, 퀸의 스펙에 관한 것들이었다.

도미니언에게 있어, 퀸이란 수수께끼 같은 존재였다.

원래 비나의 도미니언이었던 까르트 아 쥬에를 쓰러뜨리고, 온갖 영역을 침략하기 시작한 정령— 아니, 준정령.

"반전체……. 그래. 그런 현상은 준정령에게서 일어나지 않지만, 그걸로 퀸이라는 존재에 대해서는 충분히 설명이 돼."

마야는 고개를 끄덕였다.

"하지만, 반전체가 된 원인은 알 수 없어. 토키사키 쿠루미가 원인일 가능성은 없어?"

"제가 원인일지도 모르고, 그렇지 않을 가능성도 있답니다. 하지만 분명한 건 저는 그녀를 없앨 생각이라는 거죠. 저는 이 인계를 여행하고 있을 뿐이지만— **그것**이 반전체라면, 결판을 내야만 해요."

마야와 오우카의 시선이 아리아드네를 향했다.

"으음…… 아마 진심일 거야. 방금 그 말에는 정열이 어려 있었어~."

"감정을 읽히는 건 내키지 않지만…… 진실의 증명에는 도움이 되는군요."

"응. ……퀸의 능력에 대해선, 더 이상 아는 게 없어?"

"그건—."

쿠루미가 말끝을 흐리자, 아리아드네는 뭔가를 눈치채고 고개를 끄덕였다.

"왜 그래?"

"……당신의 능력은 정말 성가시군요. 잘 들으세요. 이건 어디까지나 가설이에요. 확정된 사실이 아니죠. 그럼에도 불구하고, 저의 가설을 듣고 싶으신 건가요?"

"물론이야. 토키사키 쿠루미의 가설이라면 아무리 뜬금없더라도 유익할 거야."

마야가 그렇게 말하자, 오우카와 아리아드네도 고개를 끄덕였다.

"그럼 말씀드리죠. 퀸이 어떻게 엠프티들을 자기 수족으로 부리고 있는지를 말이에요. 그 답은 바로 퀸이 그들을 **사랑에 빠뜨렸기 때문이에요.**"

잠시 침묵이 이어졌다.

이윽고, 마야가 머뭇거리면서 미심쩍은 어조로 물었다.

"……사랑?"

"예. 사랑이에요. 물론 기상천외한 아이디어라는 건 인정하죠. 하지만 호드에서 일어난 일로 볼 때, 그렇게 생각할 수밖에 없답니다."

쿠루미는 반오인 카레하가 엠프티가 되어 사라져버릴 때까지의 경위를 세세하게 이야기했다.

퀸이 카레하를 사랑에 빠뜨렸다.

진정한 사랑을 빼앗기고, 가짜 사랑이 심어졌다. 고통 받고, 고뇌한 끝에, 카레하는 자기 자신의 소멸을 선택했다.

이야기를 끝내자, 세 사람의 표정은 완전히 얼어붙었다. 그중에서도 오우카의 얼굴은 새파랗게 질렸으며, 금방이라도 실신할 것만 같았다.

마야는 혐오감이 묻어나는 어조로 입을 열었다.

"……건너편 세계에는 기생충이라는 게 있어. 다른 벌레에 기생한 그 벌레는, 자신이 기생한 벌레의 원래 생존목적을 바꿔서 자살하게 만들기도 해. 그녀가 하는 짓은 바로 그런 거야."

아리아드네는 슬픔에 젖으며 눈을 내리깔았다.

"······빼앗겼구나. 그건······ 참 슬프네."

"저기, 그러니까······ 엠프티를 추방한 것만으로는 의미가 없다는 건가요?"

쿠루미를 대신해 마야가 대답했다.

"의미는 있을 거야. 토키사키 쿠루미의 이야기를 진실이라고 가정하고, 거기에 가정을 더해서 내린 추론이지만 말이야. 준정령이 엠프티가 되어서 퀸의 노예가 되는 것에는 여러 단계를 거쳐야 해. 준정령에게 『사랑』이라는 감정을 심는다, 그것이 성장할 때까지 기다린다, 엠프티화시켜서 여왕의 수족이 된다. 1단계와 2단계의 징후를 조심하면, 억제할 수 있을 거야."

"······뭐, 그건 도미니언들이 생각할 일이죠. 자, 이제 저에게 정보를 제공해주세요. 제가 원하는 건 케테르에 갈 방법이랍니다."

"······."

가장 먼저 입을 연 이는 오우카였다.

"티파레트에는 단서가 없어요. 하지만 제 영역은 인계의 중추라 할 수 있죠. 모든 정보는 가장 먼저 저에게 들어오도록 되어 있어요. 그런데도 아무런 정보가 없다는 건—"

"단서가 전무하다는 건가요?"

"······내 호크마에도 정보는 없어. 뭐, 내 영역에는 도서탑

말고는 아무것도 없다고 해도 과언이 아니지만 말이야."

마야가 그렇게 말하자, 쿠루미는 고개를 갸웃거렸다.

"도서탑?"

"내 영역에 존재하는 유일한 건물이야. 인계에서 모은 책이 그곳에 옮겨져 있어."

"……케테르에 관한 자료도 있나요?"

"없어. 나는 거기 있는 책을 전부 읽어 봤으니까, 틀림없어."

마야의 대답에 쿠루미는 탄식을 터뜨렸다.

"단서가 없다는 거군요."

"……딱 하나 있어~."

아리아드네가 손을 들며 그렇게 말하자, 이 자리에 있는 모든 이들이 긴장감에 사로잡혔다. 그녀는 그 분위기를 망치려는 듯이 웃으면서 이렇게 말했다.

"퀸— 그 녀석도 케테르로 향하고 있잖아~? 그렇다면~, 그 녀석을 캐다보면 필연적으로 케테르에 대한 단서를 손에 넣을 수 있지 않을까~?"

"어머, 어머. 마치 저와 퀸이 싸우기를 바라는 듯한 발언이군요. 아리아드네 양, 맞나요?"

"딩동댕~."

소녀는 순진무구한 미소를 지으며 그렇게 말했다.

"……아까 말했다시피, 퀸과 결판을 내기는 해야겠죠. 하지만 솔직히 말하자면, 결정타가 될 만한 것이 없답니다. 상대방은 부하도 많죠. 여러분, 협력해주시지 않겠어요? 뭐, 거부권은 없지만 말이에요."

"물론 그러겠어요."

오우카가 고개를 끄덕였다.

"……어쩔 수 없지. 하지만, 나는 딱히 도움이 되지 않을 거야. 나는 전투에 적합한 정령이 아냐. 폭력적인 수단을 사용할 거라면, 이 두 사람이 크게 도움이 될 거야."

마야는 오우카와 아리아드네를 번갈아 쳐다보았다.

"두 분은 어떤 식으로 싸우는 준정령이시죠?"

두 사람은 그 물음에 침묵했다. 아무래도 아군으로 여기기는 하지만, 완전히 신용하는 것 같지는 않았다.

"좋아요. 그럼 질문을 바꾸죠. 아까 퀸에 관한 정보와 함께, 그녀를 따르는 세 명의 체스말^{피스}에 대해 이야기했죠? 저는 그중에서 룩하고만 싸워봤지만― 제가 알려드린 그녀의 스펙에 비춰볼 때, 이길 수 있다고 단언할 수 있나요?"

"이길 수 있어요." (오우카)

"이길 거야~." (아리아드네)

"대등하게 싸울 수는 있겠지." (마야)

"그렇다면 문제는 없겠군요. 제가 가장 우려하는 것은 퀸과 제가 싸울 때, 수적 열세에 처하는 거랍니다. 엠프티들이라면 혼자서도 어찌할 수 있지만, 룩과 그녀에게 필적하는 기량을 지닌 자들 셋까지 한꺼번에 상대하는 건 좀……"

룩 한 명을 상대할 때도 상당히 고전했다. 그리고 퀸은 그녀들의 정점에 선 존재다. 아마 회유책도 통하지 않을 것이고, 배신도 하지 않을 것이며, 굴복 또한 하지 않으리라.

가장 신뢰하는 존재인 히고로모 히비키는 그들의 상대가 되지 못할 것이다. 시스터스와 까르트 아 쥬라면 팽팽하게 싸울 수 있겠지만, 그래도 한 명이 모자랐다.

적어도 도미니언급의 준정령이 쿠루미의 편에 서주지 않는다면, 불리할 것이다.

오우카는 가슴을 펴며 당당한 어조로 말했다.

"맡겨만 주세요. 저희뿐만 아니라, 모든 도미니언들이 퀸을 타도하기 위해서라면 협력을 아끼지 않을 테죠."

"그럴까~? 예소드는 비전투형 준정령이 많으니까 도움이 안 될걸? 호드는 아직 혼란에 빠져 있어. 네차흐 또한 유이는 몰라도 유리는 전투 타입이 아니고……."

"창, 그리고 카가리케 하라카. 그 두 사람이 있습니다."

"창은 비나에서 쳐들어 오는 엠프티들을 제5영역에서 막느라 바빠~. 카가리케는 말쿠트에서 도미니언이 되기 위해 사투에 참가 중이지 않아~?"

"어머. 카가리케 하라카라는 분은 말쿠트에 가신 건가요?"

"그 영역이 혼란에 빠져 있으면, 다른 영역에도 악영향을 끼쳐. 말쿠트의 준정령은 거칠 뿐만 아니라, 사투를 통해 인생의 충실감을 느끼려 하는 녀석들이 다른 영역에 들어갔다간 치안이 흐트러지거든. 게다가 혼란을 틈타 퀸이 그 영역을 지배하기라도 했다간 큰일이잖아."

마야는 담담한 어조로 상황을 설명했다.

"즉~, 우리 셋이서 어떻게 해야 한다는 거네~. ……뭐…… 괜찮……아……."

아리아드네의 목소리가 점점 작아졌다. 아무래도 더는 졸음을 참을 수가 없는 것 같았다.

"그럼 슬슬 이야기를 마치도록 할까요. 아, 참. 토키사키 양."

자리에서 일어난 오우카가 손을 내밀었다.

"협력 감사합니다. 잘 부탁드려요."

쿠루미는 잠시 망설인 후, 오우카가 내민 손을 잡았다.

오우카는 우아하게 인사를 한 후, 조용히 방에서 나갔다.

"—그럼 나도 실례하겠어. 아리아드네 폭스롯. 너도 내일은 귀환할 거지?"

"그래~. 중간까지는 같이 갈까~?"

"……그러지."

마야도 방에서 나갔다. 남겨진 이는 쿠루미와 아리아드네 뿐이었다. 아까까지만 해도 격전을 벌였던 두 사람인 것이다.

"의외로 일이 쉽게 풀렸군요."

"그렇지도 않아~. 다들 딴 생각이 있는 것 같은 느낌이 들거든."

"어머, 혹시 당신도 마찬가지인가요? 아리아드네 양."

아리아드네는 옅은 미소를 지을 뿐, 그 말에 답하지는 않았다.

아무튼, 도미니언들과 쿠루미의 대화는 우호적으로 진행됐으며, 내일은 퀸을 막기 위한 포위망이 형성될 거라고 여겨졌다.

유키시로 마야, 아리아드네 폭스롯, 미야후지 오우카―.

그녀들이 나서고, 토키사키 쿠루미가 가담한다면 퀸도 고전을 면치 못할 것이다.

하지만, 다음날…….

"꺄…… 꺄앗!"

그 움직임 전체를 망치는 일이, 급작스레 일어났다.

사가쿠레 유리가, **살해당한** 것이다.

○누가 범인인가

●토키사키 쿠루미의 증언

그게 말이죠. 도미니언들과의 회의가 끝난 후, 저는 방으로 돌아갔어요. 히비키 양 말고도 사가쿠레 유이 양이 있었는데, 저의 얼굴을 보더니 인사를 하면서 방에서 나가더군요. 꽤 피곤했기 때문에, 히비키 양과 별다른 이야기도 하지 않고 바로 잠들었답니다.

꿈은…… 꾸지 않았죠.

눈을 감고 좀 있다 보니, 어느새 아침이 되었더군요. 참, 아침이라는 발언은 적절하지 않군요. 네차흐는 항상 밤이니까요.

그리고 히비키 양이 저를 흔들어대기에, 반사적으로 세모조르기를, 아니, 우아하게 잠에서 깨어났답니다.

유리 양에게 인사를 하고 네차흐를 나설 생각으로 유이 양을 부른 후, 그녀의 방으로 안내해달라고 부탁했죠.

그리고— 그 시체를 발견한 거랍니다.

●히고로모 히비키의 증언

으음, 쿠루미 씨가 이야기를 나누러 간 후로 딱히 할 일이 없어서, 일단 유이 씨와 수다를 떨었어요. 유이 씨는 치맛자

락을 당겨서 다리를 가리려고 했지만, 그 모습이 오히려 에로티시즘을 자극한다는 말을 했죠.

……크흠, 아무튼 말이죠. 그렇게 수다를 나누다 보니, 쿠루미 씨가 돌아오셨어요. 그리고 유이 씨가 바로 방에서 나갔죠.

쿠루미 씨가 피곤해 보여서, 저도 바로 잠을 자기로 했어요. 그리고 먼저 일어난 제가 쿠루미 씨를 깨우려고 몸을 흔들었더니, 그대로 저한테 세모조르기를 걸지 뭐예요. 진짜 너무하다니까요.

뭐, 어찌어찌 쿠루미 씨를 깨워서 커피를 마신 후, 저희 둘은 유리 씨에게 인사를 하려고 유이 씨를 불렀어요. 예. 어젯밤에 이야기를 나눴던 일급품 유이 씨 말이에요.

유이 씨가 유리 씨의 방에 노크를 했는데, 대답이 없었죠.

유이 씨는 고개를 갸웃거리면서 방에 있는 유리 씨에게 말을 걸었어요. 또 대답이 없었죠.

순간, 유이 씨가 허공을 쳐다보며 입을 뻐끔뻐끔했어요. 그리고 「이상해」 하고 중얼거린 다음 방문을 열었죠.

잠겨 있지 않았냐고요? 으음…… 문은 열려 있었어요. 적어도 유이 씨는 자연스레 안으로 들어가는 것 같았어요. 그리고 문을 열자, 사가쿠레 유리 씨가…… 싸늘한 주검이 되어 있었어요.

●사가쿠레 유이의 증언

……예. 말씀하신 것처럼, 저는 히고로모 히비키 씨와 이야기를 나누고 있었습니다. 히비키 씨와 나눈 이야기는 대부분 잡담이었습니다. 토키사키 쿠루미 씨에 대한 이야기가 대부분이었던 것으로 기억하고 있습니다. 언니…… 유리 님에 대한 이야기도 조금 나눴습니다만, 제가 대답할 수 없는 질문이 대부분이었습니다.

밤늦은 시간에 쿠루미 씨가 돌아오셨기에, 저는 방을 나오기로 했습니다. 쿠루미 씨도 피곤해 보이셨으니, 바로 잠드실 거라고 생각했습니다.

그 후, 혹시나 싶어 유리 님의 방에 가봤습니다. 노크를 하자 대답을 하셨고, 저는 대기 모드에 들어가겠다고 전한 후에 제 방으로 향했습니다.

기상 예정 시각보다 조금 이른 시간대에, 히비키 씨가 저를 부르셨습니다. 유리 님에게 인사를 하고 싶다고 하셔서, 그 명령을 승낙했죠.

유리 님의 방으로 향한 후, 평소와 마찬가지로 노크를 했습니다.

하지만 대답이 없었고, 실내에서도 기척이 느껴지지 않았습니다. 전날 밤의 일을 생각하면 아직 쉬고 계실지도 모른다는 생각이 들었지만, 혹시나 싶어 이 저택에 존재하는 양산형 사가쿠레 유이 전원에게 유리 님의 행적에 대해 물었습니다.

어제 이후로 방에서 한 번도 나온 기록이 없다는 것을 알고 불길한 예감을 느낀 저는 문을 열어봤습니다.

……예. 그때는 생각이 미치지 않았습니다만, 원래라면 잠겨 있어야 합니다. 잠겨 있었다 해도 억지로라도 열었을 테니, 결과는 변함없겠지만 말이죠.

그리고 사가쿠레 유리…… 언니의 시체를 발견했습니다.

시체는 침대에서 잠든 것처럼 뉘어져 있었습니다만, **방 전체가 피범벅이었기에** 중상 혹은 사망한 것이 틀림없다고 여겨지는 단계였습니다.

쿠루미 씨가 반사적으로 복도의 천장을 향해 총을 쐈습니다. 다른 도미니언들에게 비상사태가 일어났다는 사실을 알리기 위해 그러신 거겠죠.

아니나 다를까, 곧 오우카 씨와 마야 씨가 달려왔습니다. 아리아드네 씨도 졸린 표정으로 마지막에 나타나셨죠. 하지만 세 사람 다 거의 비슷한 타이밍에 오셨습니다. 차이가 나봤자 5분 전후였을 겁니다.

그리고 여섯 명이 한 자리에 모인 후, 다시 시체를 확인했습니다.

……그리고 그 직후, 시체는 **사라져 버렸죠.**

●미야후지 오우카의 증언

증언할 것도 없어요. 저희는 토키사키 쿠루미와 이야기를
마친 후, 바로 잠들었습니다. 그리고 총소리를 듣고 무슨 일
인가 싶어 그 소리가 난 곳으로 달려갔죠. 저의 뒤를 이어
마야가, 그리고 잠시 후에 아리아드네가 달려왔습니다.

그리고 방 안의 참상을 목격했습니다. 시체도 확인했어요.

그 후의 소멸 또한······.

토키사키 쿠루미는 정당하게 행동했어요. 그녀 덕분에 사
가쿠레 유리가 소멸하는 순간을 확인했으니까요.

그것 말고 할 이야기는······ 딱히 없군요.

●유키시로 마야의 증언

미야후지 오우카와 거의 동일해.

······일단 내 소견을 이야기하자면, 사가쿠레 유리는 오후
7시 32분에 소멸했어. 준정령이 살해당하고 소멸하는 데까
지는 지금까지의 데이터로 볼 때 약 10초에서 10분 사이의
시간차가 존재해.

즉, 길어봤자 10분밖에 안 돼. 그렇다면, 우리는 전부 『자
고 있었다』라는 알리바이밖에 없으며, 전원이 결백하다고
할 수는 없어.

그러니 『누가 사가쿠레 유리를 죽였는가?』라는 물음에는 다들 이렇게 대답할 수밖에 없겠지.

『자고 있었다』— 라고 말이야.

신경 쓰이는 건…… 그래. 범행이 일어난 현장이 너무 처참하다는 게 신경이 쓰였어. 그리고 막 잠에서 깨어난 상태였다고 해도, 전투가 벌어졌다면 소리가 들려야 할 텐데…….

방 내부가 방음인지 아닌지, 우선 그것부터 조사해봐야겠지.

●아리아드네 폭스롯의 증언

나도 딱히 할 말은 없어~.

하지만, 자살을 했을 가능성도 있지 않을까? 동기는 알 수 없지만, 누구나 죽고 싶어질 때가 있잖아?

그리고 어제 퀸에 대해 이야기를 나눌 때, 참가하지 않은 것도 좀 아리송해. 몸이 좀 안 좋더라도, 참가해야 정상이잖아.

정말 뭐가 어떻게 된 건지 하나도 모르겠다니깐.

어떻게 하지?

홀에 모인 쿠루미 일행의 표정은 딱딱했다.

그도 그럴 것이, 사가쿠레 유리가 죽었다. 사체는 소멸됐고, 피의 흔적도 순식간에 사라졌다. 그래도 사가쿠레 유리가 죽었다는 사실에는 변함이 없었다.

게다가, 그녀는 명백하게 살해당했다.

"자, 이러고 있어봤자 아무 소용없죠. 여러분은 어떻게 하실 거죠?"

쿠루미가 입을 열었다. 오우카는 복잡한 표정을 지으며 그녀를 쳐다보았다.

"……이러고 있을 수는 없죠. 범인을 찾아야 해요."

"저기, 유이 양."

유이는 딱딱하게 굳어 있었지만, 쿠루미가 이름을 부르자 등을 펴며 고개를 끄덕였다.

"예."

"이 저택은 외부 침입자에 대비해 어떤 식으로 경비를 하고 있죠?"

"……양산형인 저를 비롯해, 정기 패트롤 및 동체 반응 센서 등을 이용하고 있습니다. 그리고 준정령의 체중을 바닥으로 측정해 본 결과, 변화가 없다는 것도 확인했습니다. 어젯밤부터 오늘 아침까지, 이 저택에 침입한 자는 단 한 사람도 존재하지 않습니다."

유이는 그렇게 말하면서 허공에 데이터를 표시시켰다.

침입 흔적— 없음.

센서의 비정상적인 에러 및 노이즈— 없음.

유이는 날카로운 눈길로 쿠루미와 히비키, 그리고 도미니 언들을 쳐다보았다.

"즉, 사가쿠레 유리를 살해한 자는 이곳에 있는 누군가라고 추정됩니다."

다들 그 말에 아연실색했다.

그 말에 반박한 이는 미야후지 오우카였다.

"잠깐만요. 그렇게 단정 지을 수는 없어요. 당신들 중 누군가가 고장이 난 바람에 주인을 살해한다는 사고를 저질렀을 가능성은 없나요?"

"……**저희는 사가쿠레 유리에게 거역할 수 없습니다.** 언니는 기계인 저희를 세심한 주의를 기울이며 관리했습니다."

"하지만—."

"미야후지 오우카. 잠깐만 있어봐. 설령 그런 사고가 벌어졌더라도, 그녀들이라면 그걸 털어놓았을 거야. 그러지 않았다는 것을 보면, 누가 범인이든 간에 **악의를 가지고** 이런 일을 저질렀다고 봐야해."

유키시로 마야가 한 걸음 앞으로 나섰다.

"그럼 누가 범인일까~?"

"그걸 조사해야 하는 거야. 현재 이 저택에는 비정상적인 존재가 너무 많아."

마야는 쿠루미를 쳐다보았다. 그 시선 안에 담긴 무언가를 느낀 쿠루미는 미소를 지으며 그녀를 마주 노려보았다.

"어머, 어머. 마치 제가 범인이라는 듯한 소리군요."

"당신, 혹은 **당신들**이 범인이라는 거야."

"어? 저도 포함되나요?!"

히비키가 펄쩍 뛰면서 자기 자신을 손가락으로 가리켰다.

"……맞아요. 당신의 〈킹 킬링〉을 이용해 사가쿠레 유이로 변한다면, 저 방에 들어가도 의심을 사지는 않을 텐데요?"

오우카가 그렇게 말하자, 히비키는 고개를 저었다.

"무리예요! 완전 무리! 저기 말이죠? 제 〈킹 킬링〉은 타인의 얼굴을 빼앗는 거예요! 그러려면 빼앗을 상대가 필요하다고요!"

"─저기, 드릴 말씀이 있습니다."

사가쿠레 유이가 히비키를 노려보았다.

"무, 무슨 일이죠?"

"방금 확인된 바에 따르면, **양산형인 저 중 한 명이 행방불명이 됐습니다.** 현재 수색 중이죠."

"어……."

다들 동요한 표정으로 히비키를 쳐다보았다. 쿠루미도 얼굴에서 미소를 지우고 현관 쪽을 바라보았다.

"으음~. 즉, 이렇게 된 거야? 히비키 양이 양산형 유이의 얼굴을 훔쳐서~, 유리의 방에 들어간 다음, 틈을 봐서 살해……."

"무리, 무리예요! 저는 이래 봬도 가련하고 연약한 소녀예요! 도미니언과 싸우는 건 무리라고요!"

217

"……저기, 실은 유리 님의 전투 능력은 비전투형 준정령과 비슷한 수준입니다. 영장도 잠들기 직전에 해제하시니, 방어 수단이 전무하다 해도 과언이 아닙니다."

사가쿠레 유이의 설명에 딱딱한 미소를 짓고 있던 히비키도 사태의 심각성을 깨달았다. 다들 알리바이라고 할 만한 것은 없었다. 그리고, 가장 범행을 저질렀을 가능성이 큰 인물이 바로 자신인 것이다.

"자, 잠깐만 기다려 주세요……."

"움직이지 마, 히고로모 히비키."

마야가 한 걸음 앞으로 내디뎠다.

"히비키 양. 이쪽으로 오세요."

쿠루미가 히비키를 불렀다. 아리아드네는 움직이지 않았고, 오우카는 마야와 나란히 섰다. 긴장감이 주위를 가득 채워 갔다. 서로가 더는 대화가 필요 없다는 듯한 표정을 짓고 있었다.

바로 그때, 아리아드네가 끼어들었다.

"뭐, 너무 성급하게 굴지 마~. 가능성만이라면 나나 마야도 있잖아~. 오우카는…… 으음~, 숨기고 있는 능력이 있다면 가능할걸~? 게다가―."

아리아드네는 쿠루미를 도발하듯 힐끔 쳐다보았다.

"쿠루미가 범인일 가능성도 충분히 있거든~?"

"네차흐를 떠날 예정인 저한테 유리 양을 살해할 동기가 있지는 않을 텐데요?"

"바로 그거야~."

아리아드네는 범인을 지적하듯, 쿠루미를 손가락으로 가리켰다.

"예를 들어 오늘 아침에 유리가 느닷없이 약속을 없었던 일로 하려 한다면, 살해할 동기로는 충분하지 않을까~?"

"무의미한 추측이군요. 저는 그런 말을 들은 적이 없답니다."

히비키는 상황을 파악했다. 이미 다들, **방아쇠에 손가락을 걸었다.** 이렇게 되면, 전투를 통해 서로의 목숨을 앗을 수밖에 없는 것이다.

하지만 히비키는 이 자리에 있는 전원이 망각하고 있는 점을 지적하기로 했다.

"저기, 더 수상한 사람이 있다고 생각하는데요."

히비키의 그 발언은 이 자리에 있는 이들 전원의 전투욕구를 억누를 정도의 파괴력을 발휘했다. 전원의 시선이 히비키에게 몰렸다.

"**여왕** 말이에요. 퀸. 그 사람은 어디든 잠입할 수 있다면서요? 도미니언을 몰래 죽일 수 있는 존재는 퀸뿐이 아닐까요?"

"……하지만 그렇게 본다면 사가쿠레 유리만 죽일 이유가 없어. 우리를 해치지 않은 이유가―."

"있어요. **제가 이 자리에 있다는 거죠.** 흠. 내부 분열을 유도했다, 라는 동기는 확실히 존재하는군요. 저도 무사하지는 못할 테고, 그쪽도 두 명은 죽을 걸요?"

"자기가 이길 거라는 전제로 이야기하는군요. 제 힘이 어떤 건지도 모르면서—."

"몰라도 이길 수 있어요."

쿠루미는 가슴을 펴며 당당한 어조로 그렇게 말했다. 그에 오우카도 압도당한 건지 입을 다물었다. 아무튼, 히비키의 발언 덕분에 이 자리에 있는 이들이 즉시 전투를 벌인다는 사태는 방지됐다.

"확실히 여기서 우리가 싸울 경우, 기뻐할 사람은 분명 **퀸**이야. 하지만, 그녀의 짓이라고 단정 지을 수는 없어."

"그게 무슨 소리죠?"

"……그녀는 남을 사랑에 빠지게 할 수 있지? 그렇다면, **사랑에 빠진 누군가가 죽였을 가능성**이 훨씬 커."

"아—."

히비키는 손으로 입을 가렸다.

마야가 방금 말했다시피, 그 편이 훨씬 안전할 것이다.

"그리고…… 다들 내 추측에 납득했다면, 제안을 하나 하고 싶어."

"제안?"

"**토키사키 쿠루미에게 조사를 의뢰하겠어.** 사가쿠레 유리를 죽인 게 대체 누구인지, 그녀에게 조사해달라고 하는 게 어때?"

마야의 제안에 오우카와 아리아드네는 뜻밖인지 눈을 깜빡거렸다.

"……저를 신용할 수 있나요?"

"퀸의 능력을 밝힌 건 너야. 논리적으로 생각해볼 때, 네가 여왕과 한패라면 그 능력을 밝히는 데 의미가 없어. 그리고 너는 지금까지 퀸이 암약을 한 원인에 대해, 가장 타당성이 있는 추리를 제시했어."

"으음~, 부정을 못하겠네~."

아리아드네는 낮은 목소리로 중얼거렸다.

"잠깐만요. 저는 그런 탐정 같은 짓을 할 생각은—."

쿠루미가 그 제안을 거부하려던 바로 그때였다.

『그 의견에 찬성합니다.』

이 자리에 있는 누군가의 목소리는 아니지만, 그래도 귀에 익은 목소리가 천장에서 흘러나왔다.

"이 목소리는……?!"

『저는 네차흐 도미니언, 긴급 상황 대리 AI=유리. 사가쿠레 유리의 사망 후, 자동적으로 작동되는 이 저택의 시스템입니다.』

"유리…… 님……?"

『사망 후 전원의 대화를 청취. 긴급 상황이 이어질 것으로 판단되므로, 이 저택을 폐쇄함. 양산형 사가쿠레 유이의 작동 권한을 유리에게 이행. 사태 해결을 위해, 토키사키 쿠루미를 제1급 시스템 관리관으로 임명. 사가쿠레 유리 사망의 수수께끼를 풀 것.』

"……유이 씨?"

유이는 아연한 표정을 지으며 고개를 저었다.

"모, 모릅니다……. 유리 님은 저에게 이런 시스템이 있다고는…… 한 번도……. 양산형 유이의 작동 권한을…… 이행……?"

입구 쪽을 돌아본 히비키가 히이익 하고 비명을 질렀다.

양산형 사가쿠레 유이들이 현관문 앞에 모이더니, 무기질적인 눈동자로 그녀들을 쳐다보고 있었다.

"유리 씨, 질문을 하고 싶군요. 제가 탐정 역할을 거절하고 강행돌파를 하려고 한다면, 어떻게 할 거죠?"

『양산형 유이의 에너지원은 영정폭약(靈晶爆藥). 양산형 유이는 현재 103대가 활동 중이며, 일제히 폭파시킨다면 토키사키 쿠루미는 몰라도 히고로모 히비키는 99퍼센트 폭사(爆死).』

"꺄아~! 완전 날벼락!"

"……."

『—저는 준정령과 다르게 거짓말을 하지 않습니다. 토키사키 쿠루미가 도망치려 한다면, 주저 없이 그녀들을 폭파시키겠습니다.』

"이 AI, 진심인 것 같군요……."

쿠루미는 잠시 생각에 잠겼다. 사가쿠레 유리의 죽음을 아무래도 상관없다고 생각하는 건 아니다. 그리고 유키시로 마야가 말한 것처럼 퀸이 개입했을 가능성이 큰 만큼, 그냥 방관할 수는 없었다.

"예, 알았답니다. 이 사건은 제가 해결하도록 하죠."

『감사합니다. 그럼 관련자 전원은 이대로 이 저택에 체류하십시오. 충분한 편의를 제공해드리겠습니다.』

유리는 그 말을 끝으로 침묵에 잠겼다.

"저기, 이런 말을 하고 싶지는 않지만 말이죠. 당신의 언니는 유쾌한 <ruby>사고방식<rt>완전 제정신이 아니네요</rt></ruby>을 지니신 분 같네요."

히비키의 말에 유이는 자신이 어떤 표정을 지으면 좋을지 알 수 없었다.

"그럼 여러분. 불만은 없으신 거죠? 제가 이 사건을 해결하겠어요. 조사하고, 청취해서, 범인을 찾아낸 후, 단호하게 **매달아 버리겠어요**."

"……우리도 용의자인가."

"납득은 안 되지만~, 어쩔 수 없네~."

"―두 사람 다 그만하세요. 유리의 말이 옳아요. 일단 쿠루미 양이 범인을 찾는 게 좋을 것 같아요."

세 사람은 각각 다른 반응을 보였다. 히비키는 두려움에 떨면서도, 쿠루미와 대치하듯 서 있는 세 명의 도미니언을 관찰했다.

유키시로 마야— 불만이 있는 것 같지만, 납득은 한 것 같다. 자신이 용의자가 된 것에 질색하고 있지만 적의는 느껴지지 않았다.

아리아드네 폭스롯— 명백하게 불쾌감을 드러내고 있다. 하지만 이 상황을 비웃고 있는 듯한 느낌도 든다. 적인지 아군인지, 그것조차 확실하지 않다.

미야후지 오우카— 말은 아까처럼 했지만, 창피함을 느끼고 있는 것 같다.

한편, 옆에 있는 일급품 사가쿠레 유이는 당혹감과 비애를 느끼고 있었다.

비애…… 그것은 납득할 수 있다. 사가쿠레 유리가 죽었으니, 기계일지라도 슬픔을 느낄 것이다. 당혹감은 급변하는 상황에 따라가지 못하고 있기 때문일까.

뭐, 그것은 히비키도 마찬가지지만 말이다.

유리가 죽었다고 생각했더니, AI 유리가 불쑥 튀어나와서 수수께끼를 풀지 않으면 폭발을 일으키겠다고 협박을 했다. 진짜 말도 안 된다.

"……그냥 착실하게 돈을 벌 걸 그랬네……."

히비키는 풀이 죽은 목소리로 그렇게 중얼거렸다.

"그랬다간 비참함을 맛봤을지도 모르죠. 이 사건에 퀸이 연관되어 있다면, 저희는 결국 얽혔을 거랍니다. 자, 그럼— 우선, 유이 양."

"아, 네!"

"사건 현장을 확인하러 가죠. 그 후에는 청취를 할 거예요. 그리고 마지막으로 감시 카메라의 영상을 체크하고 싶군요. 그리고 유키시로 양."

"응?"

"그런 멍한 표정 짓지 마시고, 예의 속임수를 쓰지 못하게 하는 당신의 무명천사를 써주세요."

"……그게 무슨 소리야?"

"저희가 부정행위를 못하도록 감시할 뿐만 아니라, 당신이 저희에게 불상사를 일으키지 않겠다고 맹세해주세요. 부탁을 들어주실 거죠?"

마야는 잠시 생각에 잠긴 후, 고개를 끄덕였다.

◇

"개봉— 제4의 서, 〈라이트 로우 어파슬즈〉. 나는 사가쿠레 유리 살인사건의 수사를 방해하는 행동을 취하지 않겠다고 선언한다. 이 선언을 어기면, 내 볼이 찢겨 나갈 것이다."

황금색을 띤 천칭과 두 개의 사슬이 마야를 서약으로 옭

아팼다.

《—선서를 수령합니다. 수사를 방해하는 행동을 취할 경우, 볼이 찢겨 나갑니다.》

"……그럼 수사를 시작해줬으면 해……. 그런데, 그 전에 할 말이 있어."

마야는 미심쩍은 표정을 지으며 쿠루미를 손가락으로 가리켰다.

"그 옷차림은 뭐야?"

어느새 쿠루미의 영장이 바뀌어 있었다. 평소의 검은색 〈엘로힘〉도, 바니걸 복장도 아닌, 사냥모자에 인버네스 코트 차림이었다. 이 세상에서 가장 유명한 탐정, 셜록 홈즈를 코스프레한 것이다.

"분위기에 맞춰 봤을 뿐이에요."

"저도 갈아입고 싶지만, 왓슨 선생님을 코스프레하려면 뭘 입으면 좋을지 몰라서요. 그냥 허드슨 부인이 나으려나요~."

"히비키 양, 얼룩끈이 되는 건 어때요?"

"그건 인간이 아니거든요?!"

"……진짜로 이 사람들에게 맡겨도 되는 걸까……."

아무튼, 수사가 시작됐다.

"그럼 지금 바로 방을 탐색할까 하는데…… 으음……."

"여기에는 아무것도 없네요~."

사가쿠레 유리의 방은 침대와 테이블(의자 하나) 말고는 아무것도 없었다. 쿠루미와 히비키가 묵은 방보다 더 심플한 그 방을 본 두 사람은 얼이 나갔다. 피 또한 이미 소멸되었으며, 그녀가 이곳에 있었다는 증거는 단 하나도 남아 있지 않았다.

"유리 님은…… 이곳에서 주무시기만 했으니까요."

"하지만, 이곳에서 사망한 건 분명하죠. 그게 환영이 아니라면 말이에요. ……히비키 양, 그때 광경을 기억하고 있나요?"

"아, 예. 물론이죠. 분명 이 근처…… 그래요. 여기에 누워 있었어요."

히비키는 그렇게 말하면서 이부자리에 드러누웠다.

"여기서…… 이렇게…… 피칠갑을 한 채……."

"피범벅이었죠. 여기서 죽은 걸까요. 아니면 다른 장소에서 살해당한 후, 이곳에 피를 뿌린 걸까요. 흠, 수수께끼군요."

"다른 장소에서 사망했다면, 거기서 소멸해야 하지 않나요?"

"사망 직후에 이 방으로 전송됐을 가능성도 있죠. 뭐, 문제는 그런 짓을 한 이유지만 말이에요."

쿠루미는 침대 위에 있던 베개를 손으로 쥐었다.

"그럼, 【유드】."

그림자 탄환이 베개와 쿠루미의 머리를 꿰뚫었다. 전에 본 적이 있기 때문인지, 마야도 눈썹 하나 까딱하지 않으며 그 광경을 지켜보았다.

쿠루미의 눈앞에서, 이 베개에 어려 있는 기억이 재생됐다.

아날로그 필름처럼 그 기억이 쿠루미의 뇌리에 새겨졌다.

물론 과거의 기억은 대부분 무의미하기 때문에 건너뛰었다. 유이가 말한 것처럼, 유리는 이곳에서 잠만 잔 것 같았다. 그리고 마지막, 즉 어젯밤의 기억에 초점을 맞췄다.

하지만—.

갑자기 오한이 밀려왔다. 베개를 쳐다보는 그림자. 거대한 안구. 엄청난 속도로 움직이는 물체. 호러 영화의 괴물 같은 무언가가, 지그시, 이쪽을…….

"——윽! 【달렛】!"

다음 순간, 쿠루미는 자신을 향해 그림자 탄환을 쐈다. 이부자리에 드러누웠던 히비키, 그리고 마야가 허둥지둥 쿠루미를 향해 뛰어왔다.

"쿠루미 씨?!"

"……침입오염을 당할 뻔 했군요."

"그게 무슨 소리예요?"

쿠루미는 베개를 노려보며 말했다.

"이 베개의 기억을 제가 읽을 거라고 추측한 범인이 함정이 파둔 것 같아요. 저의 정신을 부수려고 한 것 같군요."

"즉……."

"이 범인은 **저의 능력에 대해 꽤 상세하게 알고 있어요.**"

살인범을 찾으려 할 때, 가장 적절한 〈자프키엘〉의 능력은 【유드】다. 만약 범행에 쓰인 흉기가 남겨져 있다면, 그것에 탄환을 쏴서 기억을 읽기만 하면 된다. 아니, 범행 현장의 잔류물을 이용해도 충분할 것이다.

"······[유드]를 또 쓸 건가요?"

쿠루미는 잠시 망설인 후, 고개를 저었다.

"관두는 편이 좋을 것 같군요. 방금도 아슬아슬했어요. 다음에는 당할지도 몰라요. 다른 방법으로 범인을 찾도록 하죠."

"그런데, 뭐가 보였나요?"

"말로 형용하기 어려운 무언가, 였답니다. 형태보다 움직임이 문제군요. 히비키 양이 봤다면 온몸의 액체를 입으로 다 토하며 죽었을 거예요."

"그런 식으로 죽고 싶지는 않네요······."

"―그럼, 다음에는 어떻게 할 거지?"

"물론, 탐문 수사를 할 거랍니다. 히비키 양, 저와 히비키 양을 포함한 전원의 청취를 하죠. 뭐―."

쿠루미는 한숨을 내쉰 뒤, 아무것도 없는 방을 쳐다보며 중얼거렸다.

"이 범인이 **논리적으로 쓰러뜨릴 수 있는 존재라면 좋겠는 데 말이죠.** 아무래도 큰 기대는 하지 않는 편이 좋겠군요."

―그리고, 모든 청취가 끝났다.

히비키는 기록된 전원의 증언을 보면서 머리를 긁적였다.

"으음…… 누구든 간에, 무명천사를 쓰지 않는 한 범행은 무리겠네요."

"그럴 것 같군요."

쿠루미도 어깨너머로 메모를 보면서 그 말에 동의했다. 일반적으로 준정령은 사망해서 소멸하는 데까지 걸리는 시간이 매우 짧다. 사망 직후에 바로 소멸되기도 하며, 그 시간은 길어봤자 10분에 불과하다. 사가쿠레 유리의 생존이 확인된 것은 일곱 시간 전이었다.

문제는 바로 감시 카메라의 영상이었다.

"일곱 시간 전부터 이 방에 들어간 사람은 한 명도 없군요. 마지막으로 들어간 사람이 바로 저와 쿠루미 씨니까―."

"그로부터 10분 전에 누군가가 무명천사로 그녀를 죽인 뒤, 비밀리에 이 방에서 나섰다, 라……."

"추론으로서는 타당하겠네요. 가능성 여부만 본다면 충분히 가능하긴 할 거예요. 그렇긴 한데……."

"예. 이해가 안 되는군요. 하나같이 이해가 안 된답니다. 대체 왜 이 상황에서 살인을 저지른 걸까요? 내부분열을 노린 거라고 하기에는 위험부담이 너무 커요."

"싸움이 일어날 뻔하기는 했지만, 그렇게 되지 않았을 가능성도 크니까요."

이야기를 나누다 보니 분위기가 그런 쪽으로 흘러갔지만,

상황에 따라서는 일치단결해서 퀸 타도를 목표로 삼았을 가능성도 충분히 있다.

"마야 양, 질문이 있어요. 그때 이야기를 나누면서, 의도적인 흐름을 느꼈나요?"

쿠루미의 질문에 마야는 딱 잘라 부정했다.

"느끼지 못했어. 이걸 봐."

마야는 살해가 발각된 시점의 대화를 쿠루미와 히비키도 볼 수 있도록 허공에 표시했다.

"너도, 아리아드네도, 나도, 오우카도, 대부분 이성과 감정에 따라 말을 하고 있어. 부자연스럽게 유도가 된 것은 딱 한 번, 히고로모 히비키가 마지막으로 말을 했을 때뿐이야. 그리고 그것은 우리의 감정을 진정시키기 위해 한 말이니 제외하겠어."

쿠루미도 이렇게 문자로 상황을 살펴보니 이해할 수 있었다. 대화를 주고받는 것과 대화를 유도하는 것은 명백하게 다르다. 대화는 흐름이며, 의도적인 대화는 감정과 표정에 인공적인 무언가가 섞인다.

당시 쿠루미는 그 자리에 있는 이들 전원의 얼굴을 신중하게 살폈다. 인공적인 무언가는 느껴지지 않았으며, 그저 자연스러운 흐름만이 그곳을 지배하고 있었다.

"……흐음, 확실히……."

"그렇다면, 역시 무명천사의 능력을 쓴 걸까요? 마야 씨의 능력 중에는 이런 짓이 가능한 게 있나요?"

"있더라도 가르쳐 줄 리가— 아차, 수사를 방해하는 게 되니 가르쳐 줄 수밖에 없구나. ……내 책은 총 열 권이야. 숫자로 각 영역의 기초가 되는 영속(베이스)에 대응하고 있어."

"제9의 책이라면 소리에 관한 능력인 건가요?"

마야는 기계적으로 고개를 끄덕였다.

"응, 맞아. 모든 영역의 모든 준정령이 지닌 기술을 올라운드로 밸런스 좋게 쓸 수 있는 거야."

"즉, 하나같이 어중간하다는 걸로 알면 될까요?"

"……밸런스 좋게 쓸 수 있는 거야……."

"쿠, 쿠루미 씨! 마야 씨가 완전히 풀이 죽었어요! 그런 본심을 겉으로 드러내면 안 된다고요!"

"히비키 양, 당신의 그 말이 결정타예요."

마야는 「나는 올라운드……」 하고 한동안 계속 중얼거렸다.

◇

"그럼 오우카 양. 당신의 무명천사는 어떤 능력을 지녔죠?"

"싫어요, 말 안 할 거예요, 사양하겠어요, 묵비권을 행사하겠어요!"

미야후지 오우카는 위협적인 어조로 그렇게 말했다. 하지만 쿠루미는 오우카의 그런 모습이 귀엽게 느껴졌다.

"뭐, 그렇게 나올 줄 알았어요~."

히비키는 어깨를 으쓱하며 그렇게 말했다.

"그럼 질문을 바꾸죠. 당신의 능력으로 사가쿠레 유리를 몰래 살해하는 게 가능한가요?"

"그, 건—."

오우카는 대답을 하려다 말끝을 흐렸다. 그리고 거북한 표정을 짓자, 쿠루미는 바로 간파했다.

"가능하군요."

"……하기 나름, 이에요. 그리고 만약 제가 범행을 저질렀다면…… 시체가 딴판으로 변했을 거예요……."

"변했을 거라고요?"

쿠루미의 물음에 오우카는 우물쭈물 말했다.

"저기, 그러니까…… 더욱 그로테스크했을 거라고나 할까요……."

"흠. 가능하기는 하지만, 시체의 형태가 다를 거라는 거군요. 대답해주셔서 감사해요, 미야후지 양."

"제 말을 믿나요?"

"예. 물론이죠."

쿠루미는 미야후지 오우카가 거짓말을 잘 못하는 타입이라는 사실을 간파했다. 단정은 할 수 없지만, 그녀가 범인이라고 여기는 것은 어려울지도 모른다.

◇

"아리아드네 양, 당신은—."

"으음…… 가능은 할 걸~?"

쿠루미가 말을 끝까지 잇기도 전에 아리아드네가 기선을 제압했다. 그녀야말로 최고로 유력한 용의자라고 해도 과언이 아니다.

"……가능한가요?"

"그냥 죽이기만 하는 거라면 말이야. 벽 너머에서도 체온 조작이 가능하거든~."

"흠. 일반적으로는 체온이 50도를 넘으면 인간은 죽는다고 하죠. 준정령도 인간과 마찬가지예요. 영장을 장비하지 않은 상태에서는 평범한 인간과 별반 차이가 없죠."

수천 도를 견뎌내는 영장이 있더라도, 그것을 입지 않는다면 체온이 50도가 되기만 해도 죽을 것이다.

"맞아. 뭐, 34도 정도로만 만들어도 의식 불명이 돼~."

"즉, 아리아드네 양이 범인인 건가요?"

"으음…… 쿠루미는 어떻게 생각해?"

"할 수 있다와 했다는 엄연히 다르고, 한 가지 문제가 있어요. 아무리 그래도 공격을 받고 저항하지 않을 이유가 없다는 거죠. 도미니언들끼리는 서로의 능력을 파악하고 있죠?"

"뭐, 그렇지. 만약 내가 능력으로 유리를 죽이려 한다면 아마 저항을 할 거야. 유리의 영장은 내구성이 꽤 뛰어나니까, 5초는 걸릴 테고(입고 있다는 가정 하에), 5초 정도면 대책을 강구할 수 있을걸~?"

1초 만에 공격을 눈치채고, 2초에는 누구의 공격인지 파악하며, 3초에 대책을 짜고, 남은 2초 동안 여유롭게 대항한다. 아리아드네는 그렇게 말했다.

"게다가 벽 너머에서는 컨트롤이 힘들거든. 가능하기는 하지만, 아마 힘들 거야~."

"오우카 양도 비슷하겠죠. 가능하기는 하지만, 하자가 있다. 참고로 저는 불가능하답니다. **그림자로 구멍을 만들더라도 벽을 통과할 수는 없으니까요.**"

쿠루미는 천연덕스럽게 거짓말을 했다. 실은 그림자를 통해 벽을 통과할 수 있다. 하지만 토키사키 쿠루미는 이 상황에서 살해가 가능하다는 것을 발표할 정도로 어리석지 않았다. 히비키가 할 말이 있어 보였지만, 윙크를 보내 입을 다물게 했다.

"다들 수상하고, 다들 살해 가능한 수단이 있으며, 다들 **하자**가 있군요. 아, 저는 예외지만요."

"〈킹 킬링〉으로 능력을 빼앗는다면 가능하지 않나요?"

"쿠루미 씨는 진짜 심술궂네요. 아까도 제가 말했잖아요. 능력을 완전히 빼앗으면, 저는 제가 아니게 돼요. **빼앗은 상대가 되어 버린다고요.**"

"되돌아갈 수 없는 거야~?"

"기적이 두 번 일어날지 장담을 못하겠네요~."

과거에 말쿠트에서 그런 기적이 일어났다. 하지만, 그것은 서로가 동의를 했기 때문이다. 한 사람은 포기를 하며 빼앗은 것을 순순히 돌려줬고, 다른 한 사람은 포기를 관두며 돌려준 것을 받았다.

결국, 필요한 것은 상호이해였다.

그것이 없는 한, 히고로모 히비키는 그저 무력하고 약해빠진 준정령에 불과하다.

"히비키 양은 약해빠지지 않았어요. 오히려 듬직하다고 해도 과언이 아니죠. 예를 들자면—."

"고릴라 같다는 소리를 하고 싶은 거죠?!"

"……오랑우탄이에요."

"고릴라라고 말하려다 기선 제압당해서 대충 둘러댄 거죠?!"

"아뇨~, 아뇨~. 그런 게 아니랍니다~."

쿠루미가 대충 대답한 바람에 히비키가 더욱 흥분하자, 아리아드네는 재미있다는 듯이 두 사람을 응시했다.

그 따뜻한 눈길을 느낀 쿠루미는 크흠 하고 헛기침을 했다.

"아무튼 고마워요, 아리아드네 양. 이걸로 세 사람만 남았군요."

"세 사람? 한 사람은 사가쿠레 유이지? 다른 두 사람은 누구야?"

"양산형 사가쿠레 유이 양과— 유리 양. 이 두 사람도 중요하죠."

일급품 사가쿠레 유이는 눈을 깜빡였다.

사가쿠레 유이는 사가쿠레 유리가 만든 기계인형이다.

그리고 일급품인 그녀에게는 놀랍게도 감정이 있다. 그뿐만 아니라 금기도 없다. 준정령에게 거역하면 안 된다, 주인의 명령을 준수한다 같은 룰조차도 없는 것이다.

"자유롭게 살아. 그러면 돼."

그것이 유이가 처음 눈을 뜬 직후, 유리에게서 들은 말이었다.

하지만 기계인형에게 자유롭게 살라고 하는 것은 말도 안 되는 소리다. 그래서 보통은 함께 존재하는 다른 일급품 사가쿠레 유이에게 어쩌면 좋을지 물어봤고, 그때마다 대답을 들었다.

자신들의 역할은 이러이러하다는 식으로 말이다.

그리고 유이는 그 대답을 듣고 납득했다. 자신들은 네차흐에 있어 중요한 재산이자 무기였다.

그리고 네차흐가 살아남기 위해, 정보수집을 해야만 한다.

혐오는 없고, 피로도 없으며, 녹초가 되지도 않는다.

죽는 순간, 미세한 공포를 느끼는 정도였다. 하지만 그 감정 또한 『동기화』를 할 때마다 옅어졌다.

유리는 유이를 좋아한다고 말했다.

양산형도, 일급품도, 평등하게 사랑한다고 말했다.

주위에 있는 준정령은 그런 그녀를 약간 정신이 나간 시스콤이라고 여겼지만, 유이의 생각은 달랐다.

약간이 아니라, 완전히 파탄이 나 있는 것이다.

유이를 한 명만 만들었다면 그나마 납득이 될 것이다. 잃어버린 여동생을 그린 나머지, 기계로 여동생과 똑같이 생긴 인형을 만들었다, 라고.

그렇다면 윤리적으로는 올바르지 않을지도 모르지만, 논리적으로는 올바르다. 슬프니까, 그 슬픔을 메우려 했을 뿐이다.

하지만, 그녀는 사가쿠레 유이를 **양산**했다.

일급품과 양산형으로 분리하고, 그녀들에게 역할을 맡겼다. 그리고, **소비**했다. 이것은 아무리 생각해도, 논리적으로 파탄이 나 있었다.

여동생을 잃었는데, 그 여동생의 대역이라 할 수 있는 존재 또한 죽어나가고 있다.

일급품도 수십 명이나 제작됐고, 그 대부분이 활동 중에 사망했다. 퀸의 부하에게 살해당한 자도 있으며, 말쿠트의 사투에 참가했다가 숨진 자도 있다.

양산형은 온갖 트러블 때문에 죽었다. 파괴됐다. 준정령 간의 싸움을 말리려다 휘말린 자도 있고, 단순한 사고로 숨진 자도 있다.

죽음, 죽음, 죽음— 여동생인 사가쿠레 유이는 몇 번이나 죽음을 맞이했다.

그래서, 사가쿠레 유이는 이상하다고 생각했다. 하지만 그런 생각에 이른 것은 자신뿐인 것 같았다. 다른 사가쿠레 유이들은『언니란 그런 존재』라고 인식하고 있는 것 같았다.

─자신은, 그들과 어디가 다른 것일까.

저 시체를 봤을 때조차, 충격을 받기는 했어도 슬픔은 느끼지 않았다. 그것은 자신이 기계인형이기 때문일까.

울고 싶었다.

울 수 있다고 생각했다. 하지만 눈물은 한 방울도 나지 않았으며, 증언 또한 흐트러짐이 없었다. 범인을 잡아야 한다고 생각한 것도 의무감에 지나지 않았다.

─자신은 언니가 죽어도 슬퍼하지 않는, 그런 매정한 존재다.

사가쿠레 유이는 멍하니 그런 생각을 했다. 양산형 사가쿠레 유이조차도 슬픔을 느끼고 있는데, 자신은 그럴 수가 없었다.

오히려, 그 사실에 안도마저 하고 있었다.

◇

비숍은 성가시게 되었다고 생각했다.

협력 관계에 금이 가게 하거나, 혹은 암살한다. 그런 계획이 존재하기는 했다.

하지만, 토키사키 쿠루미에 대한 조사에 집중하고 싶었다. 그녀의 약점을 파악하고 싶었고, 그녀의 강점을 알아두고 싶었다.

……퀸이 오랜만에 『교대』를 하면서, 그들의 전략 또한 방침이 전환됐다. 적극적으로 침략을 추진하는 것이 아니라, 침투를 이념으로 한다**던가.**

원래 그녀는 퀸에 관해 이야기를 나누기 위해 네차흐에 왔다.

토키사키 쿠루미의 다음 행선지는 네차흐가 틀림없다고 생각했기 때문이다.

아니나 다를까, 그녀는 이 카지노에 왔다. ……하지만, 예상대로 그녀는 극도로 경계하고 있었다.

항상 그림자 속에 또 한 명의 자신을 배치해둔 그녀는 온갖 기습에 대비하고 있었다.

게다가 이 네차흐에는 자신의 병사들을 데려올 수 없었다.

그래서 어디까지나 온건한 방향으로 접촉할 생각이었다.

그럴 예정이었는데…….

"대체, 무슨 일이 일어난 거지……?"

누군가가 사가쿠레 유리를 살해했다.

그 탓에 도미니언들과 토키사키 쿠루미는 대립했다. 그리고 토키사키 쿠루미가 탐정으로서 전원을 조사하는 상황이 벌어졌다.

자신은 범인이 아니지만, 퀸을 모시는 자다.

조사를 당했다간 그 사실이 발각될지도 모른다. 위장을 간파 당할지도 모른다.

퀸의 사자(使者), 긍지 높은 삼기사 중 한 명— 비숍이라는 사실을 말이다.

토키사키 쿠루미는 퀸조차도 죽이지 못했다.

지금의 자신이 혼자서, 게다가 다른 도미니언들도 참전할 것이 확실한 상황에서, 싸워서 이길 수 있는 상대가 아니었다.

그렇다고 꼴사납게 도망칠 수도 없었다. 그랬다간 사가쿠레 유리 살인범이라는 누명을 쓰게 될 것이며, 결국 그 과정에서 자신이 비숍이라는 사실이 들통 날지도 모른다.

현재, 퀸의 군대는 신출귀몰하게 나타나고 있었다. 그에 도미니언들은 휘둘리고 있었으며, 계부라의 절반도 퀸의 지배하에 들어갔다.

그것은 전부 **자신이 가져다 준 정보** 덕분이며, 또한 자신이 곳곳에 게이트를 만든 탓이기도 했다.

죽음은 두렵지 않다.

죽음이 두렵다면 퀸의 부하가 될 수 없다.

그것은 룩과 나이트도 마찬가지다.

죽음은 두렵지 않다. 자신을 대신할 존재는 얼마든지 있다.

그저— 퀸의 사자인 삼기사는 알고 있었다. 그 대신할 존재 중에는 아무 짝에도 쓸모없는 녀석도 있다는 것을 말이다.

도움이 되려 하지만, 아무것도 해내지 못했다.

싸우고, 그저 졌다. 상대에게 한 방 먹여주지도 못한 채, 무의미한 죽음을 맞이했다.

……그래서, 무섭다.

퀸은 도움이 된 체스말을 기억한다. 하지만, 도움이 되지 않은— 아무 짝에도 쓸모가 없었던 말까지 퀸은 기억하지는 않는다. 그것이 당연했다. 아무것도 해내지 못한 자를 기억해봤자 아무 소용없으니 말이다.

도움이 되고 싶다.

도움이 되어야만 한다.

하지만— 그러려면 어떻게 해야—.

아아, 머릿속이 혼란스럽다. 생각을 정리할 수가 없다. 비숍으로서 여왕을 모시는 기쁨이 떠오른 바람에, 머릿속이 뒤죽박죽이 됐다. 어떻게 하면 좋을까. 어떻게 하면…….

『—당신이, **여왕의 수하였군요.**』

천장에서 목소리가 들려왔다.

"……윽!"

무기를 거머쥐며 천장을 노려보았다.

『진정하세요, 여왕의 수하. **저는 적이 아닙니다.**』

―지금, 이 녀석이 뭐라고 했지?

『적대할 생각이었다면, 토키사키 쿠루미에게 당신의 정체를 알렸을 겁니다. 하지만 그녀는 아직 한창 수사 중이죠. 정 의심이 된다면 밖으로 나가 보시는 게 어떻겠습니까?』

적이, 아닌 건가……?

비숍은 혼란에 빠졌다. 퀸이 자신들 몰래 일을 추진하는 경우도 있다. 하지만―.

『저는 AI로서, 사가쿠레 유리의 유지를 잇습니다. 그러기 위해서는 당신과 손을 잡는 것이 최선이라고 생각합니다.』

사가쿠레 유리의, 유지? 비숍은 미간을 찌푸리며 의문에 사로잡혔다.

『그러기 위해 필요한 게 하나 있습니다. 토키사키 쿠루미를―.』

말살해줬으면 한다고, 그녀는 말했다.

비숍은 그 자리에서 딱딱하게 굳었다. 그녀가 지금 무슨 소리를 하는 거지? 토키사키 쿠루미를, 이 상황에서, 살해하라고?

『물론 저도 협력하겠습니다. 저는 이 저택의 제어 시스템

이기도 합니다. 그러니 계획을 짜죠. 저와 당신은, 이제부터 공범이 되는 겁니다.』

그 말은 설득력이 있었다. 분명 다른 속셈이 있겠지만, 그래도 토키사키 쿠루미에게 기습을 할 수 있다는 것은 거부하기 힘든 유혹이었다.

그리고 무엇보다, 비숍에게는 선택지가 없었다.

이미 협박을 당하고 있는 것이다. 그녀가 자신의 정체를 까발린다면, 토키사키 쿠루미 혹은 다른 도미니언이 자신을 조사할 것이다. 그리고 자신이 이 사건의 범인이든 아니든 간에 비숍이라는 사실이 노출되고, 전부 끝나고 만다. 아무 짝에도 도움이 되지 못한 자신은 퀸의 기억에 남지 못하리라……!

『어떻게 하겠어요? 저는 아무래도 상관없습니다. 당신이 이 제안을 받아들이든, 받아들이지 않든…….』

받아들이겠다.

비숍은 굴욕을 느끼면서도 그 제안을 받아들였다.

◇

사가쿠레 유리가 살해당했다. 그 사실 자체는 단순하지만, 다양한 측면에서 복잡한 사안이기도 했다. 그녀가 도미니언이라는 점, 그녀의 저택이 엄중하게 감시되고 있다는 점, 다른 도미니언들이 이 저택에 머물고 있었다는 점, 그리고 무엇보다—.

"제가 이곳에 있다는 점, 이겠군요."

"……저희의 존재가 이 상황을 복잡하게 만든 원인 중 하나인가요?"

"예. 그리고—."

쿠루미는 갑자기 입을 다물더니, 히비키의 팔을 잡고 다짜고짜 그림자에 밀어 넣었다.

"우갓?!"

히비키가 비명을 지른 순간, 쿠루미는 그림자의 밑바닥에 우아하게 착지했다.

"하나 더 있어요. 유리라는 저 AI가 문제죠."

"……그 AI에게서 숨기 위해 그림자 안에 들어온 건가요?"

"예. 천장에서 목소리가 들린다는 건, 이 저택의 어디라도 그녀가 목소리를 전할 수 있다는 거겠죠? 감시 카메라의 숫자를 고려해 볼 때, 모든 방이 도촬 및 도청을 당하고 있다고 여겨야겠죠."

"하지만, 그림자 안에 숨었다간 의심을 살지도……."

"무방비하게 저희의 이야기를 들려주는 것보다는 낫다고 생각한답니다. 그리고 이상하지 않은 게 없을 정도니까요."

"세 사람 다 수상하다는 건가요?"

"수상한 걸로 치면 저희도 비슷하죠. 제가 이상하게 여기는 건, AI가 범인을 지목하지 않는다는 거예요."

"그건—."

그건, 사가쿠레 유리가 죽은 후에 가동되었기 때문이다.

"그녀가 죽은 후에 가동되었다는 것 자체가 이상하지 않나요? 그 AI는 무엇을 위해 존재하는 걸까요?"

"그, 그걸 어떻게 아냐고요!"

"……도미니언 세 사람은 확실히 수상해요. 하지만, 가장 수상한 건 바로 사가쿠레 유리랍니다. 저는 그녀가 죽었다는 것 자체가 미심쩍어요."

"위장자살, 이라는 거예요……?"

히비키는 그 말을 듣고 마음속으로 납득했다. 그 점이 가장 미심쩍기는 하니 말이다.

"유리 양은 어떤 목적이 있어서 자살한 척을 했다. 그리고 우리를 목격자로 만들었다. ……아침에 인사를 하러 갔다가 시체를 발견한다는 것 자체가 이 인계에서는 우연히 일어나기 힘든 일이라고 생각하지 않나요?"

"듣고 보니 그러네요. 그럼 **우연**이 아니라, 일부러 그렇게 되도록 꾸몄다는 건가요?"

"저는 그렇게 생각한답니다."

쿠루미는 그렇게 말한 후, 다시 상황을 정리했다. ……쿠루미와 히비키가 네차흐를 떠나기 전에 인사를 하러 올 것이라는 것 정도는 유리도 충분히 예측할 수 있을 것이다. 하지만, **언제 인사를 하러 올 것인가**는 예측하기 어려우리라.

아침 식사(네차흐에서는 저녁 식사지만)를 한 후에 인사를 하러 올지도 모르며, 유리의 방 안에 들어가지 않고 복도에서 그녀가 나올 때까지 기다릴지도 모른다.

하지만 그녀는 쿠루미와 히비키, 그리고 유이가 죽음을 증언할 수 있는 타이밍에 사망했다.

타이밍이 너무 절묘한 것이다.

"……그렇다면, 유리 양은 위장자살을 하고 AI인 유리가 된 거군요."

"하지만, 그렇게 생각하기에도 미심쩍은 점이 있어요. 저희를 탐정으로 뽑은 이유죠."

"그건 그래요. 일부러 저희를 가둬두고 이 살인사건을 해결해라, 같은 소리를 한다는 건 앞뒤가 안 맞네요."

쿠루미와 히비키가 진실에 도달할 리가 없다고 확신하고 있는 것일까.

아니, 그럴 거면 애초부터 탐정으로 임명하지 않으면 된다.

"……어, 다람쥐 쳇바퀴 돌듯 같은 곳만 빙빙 돌고 있네요. 쿠루미 씨, 어떻게 하죠?"

무언가를 『진실』로 삼은 순간, 그 『진실』에 대항하는 『사실』이 생겨난다.

누군가가 범인이라면, 방의 벽을 통과했다는 사실이……

누군가가 범인이 아니라면, 쿠루미와 히비키를 탐정으로 삼았다는 사실이……

"할 일은 하나예요. 『사실』을 파고 또 파는 거죠. 그러기 위해선—."

쿠루미는 히비키를 힐끔 쳐다보았다.

히비키는 주먹을 말아 쥐며 의욕을 불태웠지만…… 이번만큼은 도움이 되지 않는다.

그녀도 조수로 등록된 이상 놓칠 수 없다. 그렇다면, 다른 한 명의 도움이 필요하다. 상대방과 매우 가까운 인물이지만…….

"그녀를 믿을지 말지, 그게 문제군요. ……좋아요. 이야기를 나눠 보죠."

◇

테이블을 사이에 두고 마주앉자, 사가쿠레 유이는 피부가 따끔거리는 듯한 느낌을 받았다. 무언가를 경계하고 있다—혹은, 적의를 품고 있는 걸까.

"……저기…… 으음……."

유이는 머뭇거리면서 시선을 피했다.

"유이 양, 부탁이 있어요. 제 수사에 협력해주지 않겠어요?"

"예. 물론 협력하죠."

"유이 양은 기계인형이죠?"

"……예, 맞습니다."

"그렇다면 평범한 준정령과는 다른 건가요? 저는 그게 잘 이해가 되지 않는군요."

"다릅니다. 피는 유사혈액이며, 통각도 느끼지 않죠. 그리고 저희는 양산형 및 일급품과 동기화가 가능합니다."

"동기화?"

"저의 동형기가 얻은 경험 및 기억을 공유하는 거죠."

"아, 그렇군요. 그래서 감정이 풍부한 거군요."

"……예."

자신은 진짜로 감정이 풍부한 것일까. 그것은 유이 본인도 알지 못했다. 좀 뜬금없는 질문이겠지만, 토키사키 쿠루미에게「저는 감정이 풍부한가요?」라고 되묻고 싶었다.

"질문이 있습니다. 당신에게는 언니인 유리 양을 살해할 방법과 동기가 있나요?"

"없습니다. 저의 무명천사〈칠보행자(七寶行者)〉는 상대의 오감을 일시적으로 봉인합니다. 유리 님을 순식간에 죽이는 건 불가능해요."

"양산형 유이 양도 같은 능력을 지녔나요?"

"아뇨. 그녀들의 무기에는 저의 무명천사 같은 능력은 없습니다."

"그녀들……. 당신에게 있어서는 자기 자신과 양산형 유이 양은 다른 존재인가요?"

시간이 멎는 듯한 느낌이 들었다.

그 질문은, 유이가 항상 짊어지고 있는 무거운 짐 같은 것이었다.

"저는……."

"아, 대답하기 힘들다면 하지 않아도 된답니다. 당신은 그녀들에 대해 **고뇌**하고 있다. 그것을 알았으니, 충분해요."

"예……?"

유이가 영문을 모르겠는지 그렇게 되물었지만, 쿠루미는 그 말을 묵살했다. 그리고 상대의 눈을 똑바로 쳐다보았다. 그리고 두 사람은 서로를 응시했다.

시계로 된 눈동자가 째깍째깍 소리를 내고 있는 것 같다고 유이는 생각했다.

"그럼 마지막으로 하나만 더 묻죠. 당신은 진실을 알고 싶나요?"

"……예. 설령 그것이 제아무리 잔혹한 것일지라도 말입니다."

그 순간, 쿠루미는 빙긋 웃으면서 손가락을 튕겼다.

"어?"

누군가에게 발목을 잡힌 듯한 느낌이 들었다. 화들짝 놀란 유이는 비명을 지르거나 무기를 거머쥘 틈도 없이, 그대로 그림자 안으로 끌려 들어갔다.

"누구냐?!"

"지, 진정해요! 유이 씨! 저예요! 히고로모 히비키예요!"

유이가 무기를 거머쥐자, 히비키는 두 손을 치켜들며 비명을 질렀다.

"히비키 씨……?"

"아, 놀래서 죄송해요. 항상 이런 짓을 당하기만 했더니, 가끔은 저도 해보고 싶더라고요."

"그렇다고 연약한 여자애를 깜짝 놀라게 해선 안 된다고 생각한답니다. 그리고 히비키 양은 딱히 연약하지 않으니까 문제될 게 없죠."

"되게 신랄하네요~! ……그런데, 유이 씨는 괜찮은 건가요?"

"예. 유이 양, 당신에게 부탁드릴 일이 있답니다."

"부탁……?"

"실은————."

쿠루미는 여전히 당혹스러워하고 있는 유이에게 몰래 귓속말을 했다. 유이는 그녀의 부탁을 듣고 눈을 치켜떴다.

"그건—."

그것은 언니를 배신하는 행동이 아닐까.

"배신이라고 생각하나요?"

"……예."

유이는 망설인 끝에 그렇게 대답했다. 어찌되었든 간에, 유리는 네차흐의 도미니언으로서 자신의 소임을 다해 왔다. 그런 그녀가 배신을 했을 리가 없다.

하지만, 쿠루미의 고찰 또한 설득력이 있었다. 확실히 다른 도미니언이 범인이라는 가설도 어딘지 앞뒤가 맞지 않는 듯한 느낌이 들었다. 그리고 유리가 뭔가를 숨기고 있는 것처럼 느껴졌다.

"배신이 아니랍니다. 신뢰를 하기 위해선, 우선 확인이 필요한 법이니까요."

그 말을 듣고 마음을 굳혔다.

사가쿠레 유이는 사가쿠레 유리, 그리고 AI인 유리를 믿고 싶다. 그러니, 이것은 배신이 아니다. 유이는 마음속으로 그렇게 결론을 내렸다.

"—알겠습니다. **두 사람**을 맞이하러 가겠습니다."

유이가 모습을 감춘 후, 히비키는 쿠루미에게 물었다.

"유이 씨…… 괜찮을까요?"

"저분은 기계인형치고는 감정이 참 풍부하군요. 그러니 이 상황에 납득하지 않았을 거라고 생각했지만…… 그래요, 예상 이상이에요."

"그게 무슨 소리예요?"

"토키사키 쿠루미라는 『저』에게는 어떤 목적이 있답니다. 저는 그 목적을 위해서라면 죽음도 두려워하지 않죠. 하지만 그녀들— 즉, 양산형 유이 양들에게는 목적의식조차 없을 거예요. ……자신과 똑같은 얼굴을 가진 로봇이 존재한다. 히비키 양이 그런 상황에 처한다면, 어떤 생각이 들 것 같나요?"

"저기…… 으음……. 솔직히 말하자면, 기분이 나쁠 것 같아요."

분신은 괜찮다. 시스터스처럼, 쿠루미와 똑같은 얼굴을 지녔더라도 다른 사상과 인격을 지닌 자라면 아무렇지도 않을 것이다. 다른 히비키와 함께 쿠루미의 매력에 대해 밤새도록 이야기하는 것도 좋을 것이다. 하지만 그 분신이 대량생산된 로봇이라면 이야기가 다르다.

그것은— 무서웠다.

"양산형 유이 양은 꽤 험하게 쓰이고 있죠. 여동생의 모습을 한 기계인형에게 그런 짓을 할 수 있다는 것 자체가 저는 의문이에요. 그리고 방금 이야기를 나누면서, 일급품 사가쿠레 유이 양도 같은 의문을 가지고 있다는 것을 알았죠."

"아~, 그렇군요. 그래서 괜찮다고 생각한 거네요."

"물론 도박이지만 말이에요. 네차흐다운 생각이니 그냥 넘어가기로 하죠."

쿠루미는 후후후 하고 웃었다.

히비키는 어이없다는 듯이 한숨을 내쉰 후, 오한을 느끼며 몸을 부르르 떨었다.

이 저택을 방문한 후로, 항상 오한을 느꼈다.

○이리하여 저택은 붕괴된다

기회다. 기회를 기다려라.

유리는 그렇게 말했고, 비숍은 기회를 기다렸다. 토키사키 쿠루미는 빈틈이 적다. 하지만, 적을 뿐이지 없는 건 아니다.

무의식적으로 생긴 공백, 여유에서 비롯된 방심, 분명 그런 것이 존재한다.

그 다음으로 중요한 것은 어떤 선제공격을 할 것이냐, 이다.

자신의 무명천사 〈빙벽돌검(氷碧突劍)〉으로 전력을 다해 공격한다면, 반드시 죽일 수 있을 것이다.

—하지만, 그 기회라는 것은 대체 언제 오는 것일까.

AI인 유리는 침묵을 지키고 있다. 비숍은 쿠루미의 뒤를 쫓으면서 초조함을 억눌렀다.

"쿠루미 씨~, 이제 어떻게 할 건가요?"

히고로모 히비키의 물음에 쿠루미는 어깨를 으쓱하며 대답했다.

"……글쎄요. 상대는 퀸의 부하일 가능성이 큰 만큼, 기다리는 것보다는 저희 쪽에서 적극적으로 나서는 편이 좋을 것 같지만……."

쿠루미와 히비키는 대화를 나누고 있었다. 이쪽을 주의하고 있지는 않았다. 히비키의 능력은 알고 있다. 쿠루미의 능력 또한 대부분 알고 있다. 그러니 괜찮다고 생각하며 마음속으로 안도의 한숨을 내쉬었다.

두 사람의 대화가 이어졌다.

"그런데 인계에서 살인사건이 벌어지면 보통 어떤 식으로 수사가 이뤄지죠?"

"으음~. 말쿠트에서는 수사를 안 해요. 예소드와 호드에서는 반오인 씨가 사병으로 수사를 하겠죠……."

"……이 인계는 용케도 질서를 유지하고 있군요."

"그게 말이죠, 말쿠트에서 티파레트까지 여행을 해본 저로서는 꽤나 아슬아슬하다고 생각해요. 항상 줄타기를 하는 것 같은 상황이랄까요?"

마치 꿈속을 거닐고 있는 것처럼, 불가사의하게도 머릿속이 맑았다.

아아, 죽이고 싶다. 가능한 한 빨리, 격렬하게, 처참하게 해치우고 싶다. 그녀를 죽일 수만 있다면, 다른 것은 아무것도 필요 없다.

쿠루미를 죽인 직후에 살해당해도 상관없다.

그때, 쿠루미가 돌아서더니— 비숍과 시선을 마주했다. 눈치를 챈 것 같지는 않았다. 자신만만한 미소를 짓고 있지만, 적의는 느껴지지 않았다. 비숍은 몸을 긴장시키지 않으며, 자연스럽게 그 시선을 흘려 넘겼다.

"미야후지 양도 저와 같은 생각이죠?"

미야후지[비숍] 오우카는 우아하게 고개를 끄덕였다.

"물론이죠. 단숨에 승부를 봐야 한다고 생각해요."

"히비키 양은 유이 양, 아리아드네 양과 함께 행동하세요. 저는 미야후지 양과 함께 행동하겠어요."

"어~, 따로 다니자는 건가요?! 저 따위는 아리아드네 씨가 순식간에 작살낼 수 있을 텐데요?!"

"그렇게 되면 제가 복수를 해줄 테니 걱정하지 마세요."

히고로모 히비키는 노골적으로 질색을 했다. 아무래도 쿠루미 일행은 아리아드네를 유력 용의자로 의심하는 것 같았다. **히고로모 히비키를 미끼로 쓰려는 것이리라.**

"그럼 미야후지 양. 저와 함께 해주시겠어요?"

치명적인 문제점을 눈치채지 못한 오우카는 미소를 지으며 고개를 끄덕였다.

"예, 물론이죠."

◇

—지금이다. 하고 비숍은 판단했다.

토키사키 쿠루미와 단둘이 있는 데다, 그녀는 완전히 방심한 상태다. 무방비하게 자신의 등을 비숍에게 내보이며 걷고 있다는 것이 가장 큰 증거였다.

『토키사키 쿠루미, 유리입니다. 저택 전체를 스캔해보니,

미심쩍은 세피라 파편의 반응이 확인되었습니다. 침입자로 추정됩니다.』

유리도 같은 생각인 것 같았다. 그녀를 아무도 없는 방으로 유도하려는 것이다. 계획대로다. 쿠루미를 히비키나 다른 도미니언과 떼어내고, 기습이 가능한 장소로 이동시킨다.

그리고 방으로 들어간 순간, 유리가 문을 벽으로 변형시킬 것이다.

세피라의 파편은 유리가 미리 준비해뒀다. 쿠루미가 그것을 조사하기 위해 다가간 순간, 함정이 발동할 것이다.

섬광으로 그녀의 시각을 빼앗고, 머릿속이 새하얗게 되어서 아무 생각도 못하는 순간에— 강력한 일격으로 그녀를 죽인다.

"이 방인가요? 여기는…… 창고인가요?"

『예. 아무래도 창고의 짐 사이에 숨어 있는 것 같군요. 위장이 특기인지, 찾는 데 오래 걸렸습니다.』

"미야후지 양, 조심하는 편이 좋을 것 같군요."

"예. 제가 쿠루미 양의 배후를 지키겠어요."

"어머, 든든하군요. 그럼 잘 부탁드리겠어요."

쿠루미는 문을 열었다. 총을 꺼내들지도 않고 위풍당당하게 앞장서서 걸었다. 그녀가 방심하고 있다고 생각한 오우카는 득의만만한 미소를 흘렸다.

무명천사를 현현시켰다. 쿠루미는 오우카가 자신을 지켜

줄 거라 믿고 있다. 그래서 이 기척을 느끼고도 전혀 반응을 보이지 않았다.

쿠루미는 등을 훤히 드러낸 채, 세피라 파편을 향해 다가가고 있었다.

"그러고 보니……."

바로 그때, 쿠루미가 갑자기 멈춰서며 오우카를 돌아보았다. 무명천사를 현현시킨 오우카는 그 자리에서 얼어붙었지만, 쿠루미에게서 살의는 느껴지지 않았다.

"미야후지 양을 비롯한 도미니언들은 퀸과 만난 적이 있다고 하셨죠?"

"아, 예. 있습니다만……."

영역회의 때, 그녀는 도미니언 전원에게 선전포고를 했다. 왜 그런 짓을 했냐면, 물론 비숍을 위해서였다.

그녀가 도미니언의 자리를 완전히 차지했음을 알리고, 동시에 그녀가 받을지도 모르는 의심을 풀어주기 위한 행동인 것이다.

현재의 침투 전략을 추진하기 위해서라도, 미야후지 오우카는 도미니언의 자리를 계속 지켜야만 한다.

하지만…….

기회다. 그야말로 절호의 기회다. 퀸의 유일무이한 철천지원수라 할 수 있는 토키사키 쿠루미를 없앤다면—.

자신이란 존재는, 퀸의 기억에 영원히 남을 것이다.

비숍은 여왕에게 사랑받게 된다는 유혹에 지고 말았다.

"미야후지 양은 그녀의 압력에 굴하지 않고, 기백 넘치는 발언으로 그녀를 물러나게 했다죠?"

"그, 그건 과장이에요. 저는 딱히 아무것도 하지 않았어요."

말투에 미세한 짜증이 담겼다.

그건 연극이었다. 퀸이 자신 같은 준정령의 압력에 굴할 리가 없다. 단순한 연극, 단순한 장난, 단순한—.

생각을 떨쳐냈다.

"미야후지 양, 왜 그러시죠?"

쿠루미는 영문을 모르겠다는 표정으로 오우카를 쳐다보았다. 그 순간, 오한이 엄습했다.

알고 있는 건 아닐까?

들통 난 건 아닐까?

그렇다면, 이 자리에서 기습을 해봤자 의미가 없을지도 모른다.

아니…… 그렇지 않다. 이미 들통이 났다면, 이런 상황 자체가 만들어질 리가 없다.

그녀는 무방비했다. 무기조차 꺼내들지 않았다.

즉, 자신이 의심받고 있을 뿐일까? ……그렇다면, 이것은 기회다.

『미야후지 오우카, 왜 그러죠?』

그 순간, 천장에서 들려오는 유리의 목소리에 마음을 진정시켰다.

"아뇨, 아무것도 아니에요. 그저 당신이 퀸과 너무 닮아서, 놀랐을 뿐이에요."

반전체, 라는 현상에 대해 쿠루미는 일전에 설명했다. 오우카는 그것을 거짓말이라고 생각했다.

그 말은 퀸이 토키사키 쿠루미의 **모조품**이라는 뜻이었다.

퀸의 삼기사 중 하나인 비숍으로서, 그것은 절대 인정할 수 없었다.

하지만…….

토키사키 쿠루미는 슬퍼하듯 눈썹을 찌푸리더니, 믿기지 않는 폭언을 입에 담았다.

"예. 그 점은 정말 죄송하군요. 그런 『모조품』이 생겨난 건 저희의 실수랍니다. 마치 잔반이 테이블에 남겨져 있는 것 같은 느낌이군요. 정말 꼴불견이에요. 부끄럽기 그지없어요."

한순간, 뇌가 상대방이 한 말을 이해하는 것을 거부했다. 하지만 이내 그 말의 의미를 이해하고, 온몸에서 분노가 들끓어 올랐다.

"당신, 은—."

쿠루미가 그런 오우카 앞에서 뒤돌아서며 말을 이었다.

"자, 그런 것보다 빨리 조사부터 하도록 하죠. 지금 가장 중요한 것은 수수께끼를 푸는 거니까요."

"……맞, 아요."

아아, 그렇다. 그 말이 옳다.

용서 못한다. 용서할 수 없다. 절대 인정할 수 없다.

너의 모든 것을 부정하고, 거부하겠다. 그러기 위해서라도, 반드시 이 자리에서 너를 죽여 버리겠다.

"당신이 말한 것처럼—"

전심전력을 다해 무명천사를 사용한다. 가는 검—〈골드 크루엘〉. 베인 표적에게 육체적, 정신적으로 중력을 가하는 비숍의 조커.

이 검에 닿은 순간, 500G의 중력이 발동되면서 온몸이 으스러지리라.

고통에 몸부림치기도 전에 즉사한다는 점이 마음에 들지 않지만, 퀸께서 기뻐하실 거라 생각하니 그 짜증도 사라졌다.

그렇다.

지금 바로, 이 자리에서, 죽어—— 죽어!

검을 휘두른 바로 그때였다. 1초 후면, 토키사키 쿠루미는 무참한 죽음을 맞이할 것이다.

"아아, 운이 좋았군요. 처음부터 잭팟이니 말이에요. 제 평소 행실이 좋았던 걸까요?"

소녀는 습격자에게 등을 보인 채, 뒤를 돌아보지도 않으며 그렇게 말했다.

바로 그때, 오우카는 쿠루미의 옆구리에 존재하는 총구를 보았다.

"아……."

그리고 미야후지 오우카— 비숍은 진심으로 경악했다.

—맙소사. 이쪽을 쳐다보지도 않을 줄이야.

"【두 번째 탄환】."

토키사키 쿠루미는 퀸과 대척점에 위치하는 자다.

하지만, 퀸과 정반대라고 해서 그녀가 천사처럼 달콤하고 상냥한 존재인 것은 아니다.

"으, 큭……?!"

오히려 악마 이상으로, 천재적일 만큼 악랄하다고 해도 과언이 아니었다.

"원래라면 【일곱 번째 탄환】으로 시간을 정지시킨 후, 박살을 내줬겠죠. 아아, 하지만—."

쿠루미는 옅은 미소를 머금더니, 검을 치켜든 미야후지 오우카의 볼을 쓰다듬었다.

천천히, 느긋하게, 마치 바다 속에서 헤엄치는 해파리처럼, 시간이 천천히 흘렀다.

솜이 목을 옥죄고 있는 듯한 공포가 밀려왔다.

"저는, 퀸의 동료라면 **그 어떤 사정이 있더라도** 봐주지 않기로 결심했답니다."

쿠루미는 그렇게 말하면서 오우카의 오른쪽 무릎을 향해

총을 쐈다.

"으, 큭……?!"

쿠루미가 옆으로 물러서자, 오우카는 꼴사납게 넘어졌다. 그리고 다시 몸을 일으키려던 순간, 그녀의 머리에 총구가 닿았다.

"……**고마워요, 유리 양.** 완벽한 타이밍이었어요."

"뭐……."

오우카는 천장을 올려다보았다.

"배…… 배신을……?"

『아뇨. 그렇지 않습니다. 저는 사가쿠레 유리의 AI로서 사건 해결에 전력을 다하도록 설정이 되어 있습니다. 그리고 토키사키 쿠루미의 요청에 따라, 용의자인 도미니언 세 사람에게 **당신이 여왕의 수하라고 지적한 후에 아군으로 회유하려 했습니다.** 그 결과, 제안에 응한 이는 미야후지 오우카, 당신뿐이었죠.』

"……그런…… 단순한……."

얼굴이 새빨갛게 달아오를 정도로 부끄러웠다. 전원이 유력한 용의자라면, 전원의 속마음을 떠보면 된다. AI라면 **인간이 모르는 무언가를 알 것**이라고 생각하며 반사적으로 고백을 한 순간, 자신의 죽음은 확정된 것이다.

"이런 계략에는 익숙하지 않나 보군요. 괜히 머리 쓰지 말고, 그냥 저희를 죽이려고 하는 편이 훨씬 위기적 상황이었을 거랍니다. 그런데 **당신은 체스말 중 뭐죠?**"

"……."

침묵. 대답할 이유는 없었다. 그것보다, 건곤일척의 기회를 노린다. 상대가 빈틈을 보이지는 않을까. 퀸에게 도움이 될 방법은 없을까.

"뭐, 대답하지 않아도 된답니다. 어차피 당신은 졸개에 불과하니까요. 빈껍데기에 불과했지만, 여왕에 의해 사랑에 **빠지고 만 가련한 엑스트라.** 동정은 하지만, 딱히 분노가 샘솟지는 않는군요."

"헛……소리…… 하지, 마세요……! 저는…… 저는 여왕의 자랑스러운 삼기사 중 한 명, 비숍……! 기억하세요! 제 이름을 기억하란 말이에요……!"

달그락, 하는 소리가 들렸다. 쿠루미는 의자에 다리를 꼬고 앉아 경멸에 찬 눈길로 그녀를 쳐다보며 차가운 어조로 말했다.

"제가 알 바가 아니랍니다. 당신은 저의 적, 당신은 저의 적이 부리는 수하, 당신은 강하기 때문에, 저는 함정으로 제압했죠. 기억하는 건 그 정도로 충분해요. 어차피 대단한 능력을 가지고 있지도 않을 테니까요. ……하지만, 용케도 그 본성을 숨기고 도미니언이 되었군요."

쿠루미는 어이없다는 듯이 한숨을 내쉬었다.

하지만, 그 모습은 빈틈투성이처럼 보였다. 이미 그녀가 쏜 탄환의 능력이 풀리려 하고 있었다. 앞으로 5초 후, 그녀가 빈틈을 보인다면 자신의 무명천사로 해치울 수 있다……!

4초, 3초, 2초, 1초—.

"저는—."

오우카는 말을 끝까지 잇지도 않고 그대로 무명천사를 휘둘렀다. 쿠루미는 희미하게 미간을 찌푸리더니, 마치 예상하고 있었던 것처럼 그 공격을 간단히 피했다.

하지만…….

오우카의 〈콜드 크루엘〉이 쿠루미의 부츠를 희미하게 스쳤다.

—잡았다!

"……윽?!"

"변성, 가중!"

오우카는 주저 없이 중력을 500G로 설정했다. 그녀의 발은 마치 종잇장처럼 얇아질 것이다. 그리고 당황한 상대의 몸에 이 검을 꽂아 넣으면 그대로 전부 끝난다.

오우카가 도미니언으로서 남들을 압도할 수 있었던 것은 리더십을 지녔을 뿐만 아니라, 이 대인전에서 엄청난 힘을 발휘하는 무명천사 〈콜드 크루엘〉을 지녔기 때문이다.

이 검으로 벤 상대의 중력을 조작해, 으스러뜨리는 것이다.

하지만…….

"—어?"

하지만, 말이다.

닿기만 해도 이길 수 있는 무기를 지녔어도, 명중시키지 못한다면 이길 수 없다.

"어머, 어머. 미야후지 양, 왜 그러시죠? 혹시 당신의 무명 천사가 제 몸에 닿는 꿈이라도 꾸신 건가요?"

"이, 힘은⋯⋯!"

뒤를 돌아본 미야후지 오우카는 아연실색했다. 아리아드 네가 낙담한 표정으로 오우카를 쳐다보고 있었다.

그녀만이 아니라, 유키시로 마야와 히고로모 히비키도 있었다. 평소 철가면을 쓴 것 같던 마야가 슬퍼하듯 눈썹을 희미하게 찡그리고 있는 모습이, 오우카에게는 인상적으로 보였다.

"—아리아드네 양의 짓이군요."

"⋯⋯맞아~."

아리아드네는 슬픔이 묻어나는 목소리로, 오우카를 손가 락으로 가리켰다.

"나는 말이지~? 실은 감정만이 아니라 오감을 조작할 수 있어~."

"비기(秘技), 인가요."

아리아드네는 고개를 끄덕였다. 그녀의 능력은 시각마저 조작할 수 있는 것이다.

"남들의 신용을 잃을 수도 있으니까 가능하면 쓰고 싶지 않았어."

오우카는 그 말을 듣고 납득했다. 외부와의 접속을 위해 필요한 기관 전부를 조작할 수 있다면, 현실과 꿈의 구별이 애매모호해지는 것이다.

눈앞에 있는 자가 누구인지도 단언할 수 없게 된다.

그런 짓을 할 수 있는 준정령은, 누구도 신용하지 못하리라.

"하지만 쿠루미를 죽게 내버려둘 수도 없거든~. 무엇보다, 먼저 속인 사람은 너잖아. 오우카— 아니, 비숍."

오우카는 아아, 하고 신음을 흘리며 납득했다.

자신이 〈콜드 크루엘〉로 공격한 것은 현실이지만—.

시각이, 거리감이 어긋나 있었던 것이다.

"……꼴사납, 군요……."

"예, 동감이랍니다. 하지만 지금 이 순간만 꼴사나운 게 아니죠. 도미니언이면서 퀸의 밑에 들어간 순간, 당신은 꼴사납기 그지없는 존재가 된 거랍니다."

"후, 후후, 후후후후후! 이상한 건, 당신들이에요. 이 인계는 완전히 미쳤고, 비틀릴 대로 비틀려 있으며, 흉흉하기 그지없는 세계죠. 저야말로 당신들에게 묻고 싶군요."

죽음을 각오한 듯한 그녀는 처절한 미소를 지으며 물었다.

"이 인계는 잘못되었어요. 존재해선 안 되죠. 저희는 단 한 명도 존재해선 안 되며— 무언가를 해도 될, 리가 없죠."

"……그게 무슨 소리죠……?"

히비키가 묻자, 비숍은 비웃으며 말했다.

"왜냐하면, 저희는 전부— **죽었으니까요.** 현실에서 죽었기에, 이 인계에 있는 거예요. 저희에게 존재하는 것은 영혼뿐이며, 이 감옥에서 영원히 살아갈 수밖에 없죠. 그것은 지옥이나 다름없지 않나요?"

"……윽!"

"그래요. 저희는 영원히 기어 다니기만 할 뿐인 보잘 것 없는 벌레예요. 정말 어이없는 인생이죠. 그렇다면, 그분에게 도움이 되는 편이 낫지 않을까요? 그분의 사랑을 성취시켜드리는 편이—."

훨씬, 보람찬 인생이다.

그녀가 그렇게 단언하자, 다들 침묵했다. 그것은 토키사키 쿠루미마저도 마음속 깊은 곳에 담아두고 있던 응어리 같은 것이었다.

이 인계는, 대체 무엇일까.

이 세계는, 진짜로 현실인 걸까.

자신들은 이미 죽었으며, 이곳에서 그저 꿈을 꾸고 있을 뿐이다.

미래도 없고, 과거도 없다.

그저 냉혹한 현실만이, 펼쳐져 있을 뿐—.

"아뇨, 그렇지 않아요."

하지만 그때, 의연하게 그 말에 맞서려 하는 목소리가 들렸다.

"어쨌든, 저희는 이 세계에서 살아가고 있어요. 건너편 세계에서 죽었다고 해서, 이곳에서도 죽어야만 한다니…… 그럴 리가 없다고, 저는 생각해요."

히고로모 히비키는 이 자리에 있는 이들 전원을 깨우쳐 주려는 듯이 그렇게 단언했다.

"……그리고 다들 당신이 방금 한 말에 대해 한두 번 정도는 생각해 본 적이 있을 테죠. 그렇잖아요? 이런 꿈같은 세계는 존재할 리가 없으니까요. 현실 세계를 안다면, 당연히 그렇게 생각하겠죠."

아리아드네도, 마야도, 그 말을 듣고 입을 다물었다.

도미니언인 그녀들조차도 두려워했다. 이 세계가 불확실하다는 진실을 말이다.

"그리고, 생각해봤자 의미가 없다고 저는 여겨요. 이곳이 꿈의 세계라면, 꿈꾸듯 살아도 괜찮다. 그렇게 말해준 사람이 있어요."

―쿠루미는 조용히 한숨을 내쉬었다.

그것은 쿠루미의 생각이 아니다. 쿠루미는 이 세계가 현실과 다른 장소라고 인식하고 있지만, **그와 동시에 자신이 살아있다고 확신하고 있다.** 그렇기 때문에, 건너편 세계로 향하고 있는 것이다.

그러니 그 생각은, 히고로모 히비키가 과거에 진심으로 사랑했던 그녀의 생각이리라.

그녀의 이름은—.

"히류 유에 양, 이었던가요."

쿠루미가 그렇게 중얼거리자, 히비키의 표정이 환해졌다.

"아, 기억하고 있었군요~! 예, 그 애가 한 말이에요. 덕분에 저는 오늘도 힘차게 살 수 있어요!"

오호라, 그거 참 다행이다. 왠지 마음에 들지 않지만, 아무튼 방금 그 말 덕분에 이 자리의 분위기가 달라졌다.

심각한 분위기가 이완된 것이다.

만약, 비숍— 미야후지 오우카가 냉철하게 상황을 살피고 있었다면, 이 틈을 이용해 역습을 했을지도 모른다.

하지만 그녀는 자신의 한 말에 완벽한 반론을 들은 바람에 얼이 나간 것 같았다.

원래 엠프티였던 히고로모 히비키가 한 말을 듣고— 말문이 막히고 만 것이다.

"미야후지 오우카."

유키시로 마야가 오우카에게 다가갔다. 배신자인 미야후지 오우카를 차가운 눈길로 노려보며, 자신의 무명천사를 현현시켰다.

"언제부터, 그쪽이었지?"

"……."

"도미니언이 되었을 때 이미 퀸의 수하였던 거야? 아니면, 진짜 미야후지 오우카와 도중에 바꿔치기를 한 건가? 어느 쪽이지?"

마야의 뒤편에 거대한 책장이 현현됐다.

"개봉— 제5의 서 〈불꽃저택 살인사건〉."

_{파이어 하우스 미스터리}

마야는 서점에서 흔히 볼 수 있는, 얇고 길쭉한 미스터리 소설책을 펼쳤다. 그 순간, 페이지에서 상자 모양을 한 불꽃이 출현했다.

"……미리 말해두겠어. 이 불꽃은 너를 태울 뿐만 아니라, 주위의 산소를 연소시켜서 질식사시킬 거야. 불꽃이니까, 네가 중력으로 으깨려고 해봤자 결과는 달라지지 않아."

"뭐, 중력을 쓰려고 한다면…… 내 무명천사로 위아래의 개념을 역전시키겠지만 말이야~."

아리아드네가 덧붙이듯 그렇게 말했다. 쿠루미는 어깨를 으쓱하며 한 걸음 물러서 도미니언들의 행동을 지켜보았다.

그녀는 **따로 생각해야만 할 일이 있는 것이다.**

"……."

"대답을 하지 않는다면, 이대로 처리하겠어."

마야의 말에 오우카는 빙긋 웃었다.

"어찌 되었든 간에, 저는 이 세계에서 사라지겠죠."

"그렇다면—."

"뭐, 됐어요. 좋아요. 어쩔 수 없죠. 다 털어놓겠어요. 여러분의 말이 맞아요. 바로 저, 미야후지 오우카는 비숍이었죠. 언제부터…… 으음, 언제부터였을까요. 머나먼 옛날부터 그랬던 것 같군요. 그래요…… 그럴 거예요……."

"그럴 리가 없어. 너는 누구보다 솔선해서 전선에 나섰어. 남들이 상처 입을 바에야 자기가 상처 입겠다면서 앞장섰을 때, 너는 이미 비숍이었던 거야? 그런 말도 안 되는 소리를 믿을 것 같아?"

불꽃이, 마야의 격렬한 감정에 호응하듯 흔들렸다.

그것은 분노라기보다는 슬픔에 가깝다고 쿠루미는 생각했다. 그렇다. 아마 아리아드네도 마찬가지일 것이다. 그녀가 비숍이었기에 슬퍼하리라. 뭔가 잘못된 것일지도 모른다고 생각하고 싶어 할 것이다.

하지만, 오우카는 자신이 비숍이라는 것을 자백했다.

그러나, 방금 그 자백은—.

미야후지 오우카는 씨익 웃었다. 입가가 초승달 모양으로 일그러졌다. 경고를 들었는데도 불구하고, 그녀는 검을 손에 쥐고 있었다.

"……한 번 더, 경고하겠어."

마야가 그렇게 말했지만, 오우카는 침묵을 지켰다.

하지만 다음 순간—.

"컥……!"

수리검이 오우카의 세피라 파편을 도려냈다.

"이건—."

마야가 경악한 순간, AI인 유리가 입을 열었다.

『죄송합니다. 위기적 상황이기 때문에, 저의 독단에 따라 미야후지 오우카의 말살을 허가했습니다.』

방구석에 한 소녀가 서 있었다. 히비키, 아리아드네, 마야, 그리고 쿠루미조차도 눈치채지 못했던 소녀가 말이다.

"양산형…… 사가쿠레 유이……?"

『예. 긴급 상황이라 어쩔 수 없었습니다.』

미야후지 오우카는 자신의 가슴에 생긴 구멍을 멍하니 쳐다보았다.

"어…… 어라……? 유키시로 양, 아리아드네 양……."

양산형 유이는 오우카가 말을 할 틈을 주지 않으려는 듯이 공격을 펼쳤다. 수리검에 찔린 미야후지 오우카는 가루조차 남기지 못하며 소멸됐다.

이 자리에는 세피라 파편만이 남았다. 하지만, 원래라면 푸른색으로 빛나고 있을 그것은 표백이 된 것처럼 새하얀 색을 띄고 있었다.

"……오우카…… 어째서……."

마야는 슬픔에 젖은 것처럼 고개를 숙였고, 아리아드네는 퉁명한 표정을 지으며 고개를 돌렸다. 그리고 쿠루미는 천장을 지그시 올려다보았다.

"—자, 미야후지 오우카 양이 비숍이었다는 사실은 밝혀졌군요. 그렇다면, 사가쿠레 유리 양을 살해한 것 또한 미야후지 오우카 양이라고 생각하면 될까요?"

쿠루미가 그렇게 말하자, 마야는 불쾌하다는 듯이 그녀를 노려보았다. 아리아드네는 미간을 찌푸리며 고개를 갸웃거렸다.

"……그렇게…… 봐야 할까~?"

"—아뇨."

그 말을 부정한 이는 다름 아닌 쿠루미였다.

"그렇지 않답니다. 왜냐하면, 미야후지 양은 사가쿠레 유리를 죽이지 않았어요. 미야후지 양은 비숍이지만, **범인은 아니죠.**"

"어……?"

"쿠, 쿠루미 씨, 그게 무슨 소리예요?!"

쿠루미는 손가락 두 개를 꼽았다.

"여러분은 착각에 빠져 있어요. 미야후지 양은 비숍이었죠. 그건 좋아요. 선천적이었던 건지, 후천적이었던 건지는 알 수 없지만— 아무튼, 그녀는 방금 자백을 했죠. 하지만 그녀가 비숍일지라도, 역시 사가쿠레 유리를 죽일 기회와 동기는 없어요."

마야와 아리아드네는 그 말을 듣고 쿠루미를 응시했다. 그 시선에는 불신, 그리고 불신 이상의 경탄이 어려 있었다.

"그럼 어떻게 된 걸까요? 사가쿠레 유리를 죽인 건 역시, 이 자리에 있는 누군가일까요? 아뇨, 그렇지 않아요. 일련의 사태는 **사가쿠레 유리 살해 혐의를 미야후지 오우카에게 뒤집어씌우기 위한 일**이라고 생각하는 게 타당하지 않을까요?"

마야는 한 걸음 앞으로 나서 쿠루미의 말에 반론했다.

"……잠깐만 있어봐. 그녀는 자기가 비숍이라고 자백했어. 그리고 당신을 죽이려 했지. 그러니 그녀를 범인이라 생각할 수밖에 없어. 무엇보다……."

"자기가 범인이 아니라면, 아리아드네 양이 범인이라 여길 수밖에 없다. 같은 편에게 또 배신당하는 건 괴롭다는 소리라도 하려는 건가요?"

"……."

마야는 고개를 숙였다.

아리아드네가 눈을 동그랗게 뜨고 당황한 듯한 태도로 말했다.

"잠깐만~. 나, 범인이 아니거든~?"

"예. 유키시로 양, 안심하세요. 아리아드네 양도, 마야 양도, 그리고 물론 저도, 히비키 양도, 유이 양도, **오우카 양도**, 범인이 아니랍니다."

쿠루미의 말에 이 자리에 있는 전원이 눈을 동그랗게 떴다.

"유리 양. 하나만 물어봐도 될까요?"

『예. 그러시죠.』

"방금 오우카 양에게 날린 공격은 정말 대단했어요. 저도 의표를 찔렸죠."

『감사합니다.』

"하지만 처음 공격은 그렇다 쳐도, 두 번째 공격은 할 필요가 없지 않았을까요? 오우카 양과 영원히 이별하게 된 두 도미니언이 작별인사를 나눌 시간 정도는 있었을 테니까요."

『적대 행동을 취할 우려가 있었습니다.』

"한심하기 그지없는 변명이군요. 당신이 두려워한 건 세피라 파편이 도려내진 미야후지 오우카가 **진실을 실토하는 것**이었죠?"

『무슨 말씀을 하시는 건지 저는 이해할 수 없습니다. 그녀가 반격을 하려고 했기 때문에―.』

"어머나! AI답지 않게 얼버무리는 게 너무 어설프군요."

"저, 저기, 쿠루미 씨. 쿠루미 씨, 좀 기다려보세요! 저희는 뭐가 어떻게 되고 있는 건지 전혀 이해가 안 되거든요?!"

"왓슨 히비키 양, 적절한 타이밍에 질문을 해줘서 고마워요. 제가 일전에 말했죠? 퀸은 준정령을 사랑에 빠뜨려서 충실한 **종복**으로 만든다고요."

"……아……."

마야와 아리아드네는 동시에 눈치챘다. 그리고 경악한 표정으로 쿠루미를 쳐다보더니― 이어서 천장을 올려다보았다.

"그 형질이 부하에게 계승될 가능성이 없다고는 단언할

수 없지 않을까요?"

"물론 그건 여왕의 **능력**보다 뒤떨어지겠지. 하지만―."

"하지만~, 예를 들어, 이런 능력일 수도 있지 않을까~?『기생』. 타인에게 자신의 기억을 이식한다, 같은 거 말이야~."

『무슨 말씀을 하시는 건지, 유리는 모르겠습니다만……?』

"……뭐, 여러 의문점 중에서 가장 이해가 되지 않았던 것은 말이죠, 사가쿠레 유리 양이 저와 히비키 양, 그리고 도미니언들을 자신의 저택으로 초대한 거랍니다."

그렇다. 그때부터 뭔가 이상했다.

"저와 아리아드네 양은 카드 게임을 끝낸 직후에 서로의 우정을 확인하는 사이가 아니었답니다. 그렇죠?"

"물론이야~. 져서 분했거든~."

사투를 펼친 두 사람은 서로를 이해하고 기분 좋게 악수를 나눈다. 그런 왕도적 전개는 벌어지지 않았으며, 또한 그 자리에서 바로 서로를 죽이려 들지도 않았다. 그저『다음에는/다음에도』이기겠다는 듯한, 그런 경쟁심을 느끼고 있었다.

"그 분위기는 유리 양에게도 전해졌을 테죠. 하지만, 그 자리에 있던 전원을 자신의 저택으로 초대했어요. 거기서부터 뭔가가 이상했답니다. 네차흐를 곧 떠날 저희는 유리 양의 요청을 승낙할 수밖에 없어요. 또한―."

"……우리는 토키사키 쿠루미와 여왕에 대해 이야기를 나눌 필요가 있었어. 하지만, 그렇다고 해도 전원을 한 곳에 머물게 한다는 건 확실히 이상해. 대화가 끝난 후, 원래 숙박지로 돌려보내면 되잖아. 우리는 토키사키 쿠루미가 근처에 있다는 것만으로도 솔직히 불안했어. 그녀는 시간을 정지시킬 수 있고, 그림자를 조종하지. ……암살을 시도할 가능성도 없지는 않아. 게다가 토키사키 쿠루미는 말쿠트의 도미니언인 『인형사(돌마스터)』를 쓰러뜨렸어."

쿠루미는 어깨를 으쓱했다.

"피치 못할 사정이 있어서 그랬던 거랍니다. 아무튼, 그 일은 일단 제쳐두죠. 그 다음으로 이상했던 것은 사가쿠레 유리 양이 죽은 후에 가동됐다는 AI 유리, 바로 당신이에요."

『—제, 어디가 이상했던 거죠?』

"**전부 다예요**. 기묘한 점 투성이였죠. 왜 저를 탐정으로 임명한 거죠? 보통은 유키시로 양을 선택해야 정상이죠. 아니, 외부에 있는 누군가에게 맡겨야 할 것이에요. 내부에서 범행이 벌어진 것이 틀림없는데도 내부인에게 탐정 역할을 맡긴다는 게 말이 되나요? 저는 셜록 홈즈처럼 공적 기관에서 『완전한 제삼자』로 지정된 자도 아닌데 말이에요. 그런 의미에서 본다면, 이 사건에서 탐정 역할을 맡는 건 그 누구라도 어렵죠. 이해관계가 복잡하게 얽혀 있으니까 말이에요."

히비키는 진실이 어렴풋이 보이기 시작했다.

토키사키 쿠루미가 하려는 말을, 그리고 그 말을 한다는 것이 꽤나 위험한 행위라는 것도 눈치챘다. 그렇기에 이곳은 바닥을 알 수 없는 긴장감에 휩싸이고 있는 것이다.

"솔직하게 말하죠. 저는 유리, 당신의 의도가 뭔지 알고 싶었어요. 하지만 미야후지 양의 죽음 덕분에 겨우 이해했어요. 그녀는 스케이프고트(scapegoat), 희생양에 불과해요. 아마, 비숍이 **된 것**도 극히 최근의 일이겠죠. 아마 어젯밤 즈음이었으려나요?"

『토키사키 님이 무슨 말씀을 하시는 건지 모르겠습니다.』

"저는 호드에서 준정령이 엠프티화되면서 점점 퀸의 수하가 되어 가는 것을 봤어요. 그것도 도미니언이었던 소녀가 말이죠. 그렇다면 미야후지 오우카도 예외는 아닐 테죠. 그녀는…… 이곳에서 범인으로 꾸며진 후, 살해당하고 만 것이에요."

티파레트의 도미니언, 미야후지 오우카.

그녀 정도 되는 존재가 비숍이었으며, 정보를 흘렸다는 사실을 안다면 다른 도미니언들은 실망을 하면서도 마음 한편으로 납득할 것이다.

"티파레트가 허브 영역이라는 점을 고려하면, 각 영역의 분단도 노릴 수 있겠죠? 머리가 좋군요. 유키시로 양. 미야후지 양은 영역회의에서 도미니언의 리더 격이었다고 들었는데…… 만약 그녀가 도미니언이 되기 전부터 퀸의 수하였다고 판명된다면, 어떻게 될까요?"

마야는 잠시 생각에 잠긴 후, 불길한 망상을 떨쳐버리려는 듯이 고개를 저었다.

"이 인계에 도미니언 체제가 확립된 후로 가장 큰 소동이 일어나겠지. 서로가 서로를 의심하며, 준정령 중 누가 적이고 아군인지 분간이 안 될 거야."

"그럼 미야후지 오우카가 우연히 이곳에서 비숍과 교전한 후, 사망했다고 처리하면 어떨까요?"

마야는 그 말을 듣고 또다시 생각에 잠겼다가 결론을 내렸다.

"……대미지는 있겠지. 하지만…… 극복할 수 있는 수준일 거라고 생각해."

전직 도미니언인 까르트 아 쥐에를 포함하면, 도미니언이라 불리는 존재는 총 여덟 명이다. 그녀들은 카리스마, 혹은 순수한 힘을 통해 준정령들에게 숭배 받고 있었다.

아무리 퀸이라도, 그녀들과 격돌하면 큰 희생을 치러야 할 것이다.

아니, 그녀 본인은 도미니언 정도는 아무것도 아니라고 여길지도 모른다. 하지만 부하인 삼기사는 다르게 생각했다.

그녀들은 퀸을 위해 싸우고, 죽이고, 또한 죽기 위해 태어났다.

그래서 그녀들은 작전을 짰다.

계략을 펼쳐서, 내부에서부터 도미니언을 흔들어놓으려한 것이다.

그러기 위해선, 미야후지 오우카가 평범하게 죽기만 해선 안 된다. 도미니언들의 리더인 그녀마저도, 같은 편을 배신했다고 꾸며야 것이다.

그렇게 알려져야만 했다.

그것이 동기이며, 범행 방법은 간단했다. 오우카는 이미 퀸과 접촉했다. 그리고 자신의 영역에 침입한 그녀의 힘을 두려워하고 있었다.

그 공포를 통해, 퀸은 사랑이라는 감정을 만들어 냈다.

◇

퀸이 이끄는 세 체스말— 룩, 나이트, 그리고 비숍. 이 세 간부는 퀸이 존재하는 한, 사실상 죽지 않는다.

"그럼 비숍. 이 탄환이 박히면, 그녀는 **당신이 될 거예요.**"

여왕에게서 연분홍색으로 빛나는 탄환(생김새 자체는 벌레에 가깝지만)을 받은 비숍이 그것을 꼭 끌어안았다.

"감사합니다, 퀸."

룩과 나이트는 몇 번이나 죽었지만, 엠프티에게 【전갈의 탄환】를 쏴서 몇 번이나 부활시켰다. 그리고 비숍은 【아크라 브】이외에도, 기생을 통해서 제2, 제3의 비숍을 만들어낼 수 있었다.

룩과 나이트와 다른 점은 바로 누구라도 상관없다는 것이다. 엠프티가 아니라도, 살아갈 목적을 지닌 준정령이라도, 악랄하고 흉포한 비숍이라는 씨앗에 침식을 당한다. 그래서 룩과 나이트와 달리, 비숍의 인격은 천차만별이었다.

"그건 그렇고, 저를 위해 죽는 엠프티는 드물지 않지만 당신은 한층 더 특이하군요. 마음이 아프지는 않나요?"

"—예. 전혀 아프지 않습니다."

비숍은 태연한 어조로 그렇게 대답했다.

여동생을 만들고, 그 여동생을 버려온 그녀는, 친구를 배신하는 것도, 친구를 죽이는 것도, 친구에게 죄를 뒤집어씌우는 것도, 거리낌이 없었다.

미야후지 오우카는 비숍에 의해, 비숍이 되었다. 그리고 곧 단죄를 당해 목숨을 잃으리라.

물론 강력한 준정령인 미야후지 오우카를 계속 부린다는 선택지도 있다. 하지만 그랬다간 들통이 나고 말 것이다. 유키시로 마야, 아리아드네 폭스롯, 카가리케 하라카, 키라리 리네무— 지혜와 직감이 뛰어난 그녀들에게 간파당하고, 그녀들이 대항책을 강구한다는 사태로 이어질 가능성이 크다.

도미니언들에게 가장 큰 대미지를 안겨주는 방법은 바로, 미야후지 오우카가 비숍을 자처하며, **같은 편을 해치운 후에** 바로 죽는다는 것이다.

비숍이 비숍을 죽이는 상황이 벌어지지만, 그래도 상관없었다.

애초부터, 그녀는 자기 자신의 파멸을 전제로 삼으며 행동하고 있다.

두 명의 도미니언, 두 명의 비숍이 죽은 대가로, 인계에 혼란의 소용돌이를 만들어 낸다. 비숍의 계획은 난잡하지만, 막을 방법이 없었다.

"그리고 의문이 하나 더 있어."

"……뭐죠?"

마치 순진무구한 여자아이 같은 표정을 지으며(방금까지의 퀸이라면 절대 짓지 않을 표정이다), 퀸이 물었다.

"너는 왜 제정신인 거야? 나의 사랑스러운 엠프티들처럼, 나를 사랑해주지 않을 거야?"

호흡과 심장이, 동시에 멈췄다.

대답을 잘못하면 살해당할 것이 틀림없는 이 질문에, 뭐라고 대답했던가.

비숍은 그것을 기억하지 못했다.

◇

쿠루미는 천장을 올려다보면서 옅은 미소를 지었다.

"당신은 그렇게 되기를 바라지 않았어요. 그런 전개를 피하고 싶었죠. 그래서 그렇게 되지 않도록 유도를 했고, 또한 자신이라는 존재를 숨긴 거죠. 안 그래요? **사가쿠레 유리 양.**"

─침묵의 시간은 의외로 짧았다.

『그래. 전부 간파했나 보네.』

그 말을 들은 순간, 마야와 아리아드네의 낯빛이 바뀌었다.

"그, 그럼…… 역시 유리 씨는 자살을……?"

히비키의 말에 쿠루미는 고개를 끄덕였다.

"예. 사가쿠레 유리 양…… 아니, 비숍. 당신은 저희 앞에서 죽은 척한 후에 살아있거나, 혹은 다른 무언가로 변했겠죠. 어쨌든, 당신은 저희가 믿게 만들고 싶었어요. 미야후지 오우카가 범인이라고 말이죠."

"그럼, 그 시체는…… 가짜?"

"양산형 유이를 자신으로 위장시킨 후에 죽인 걸지도 모르겠군요. 그렇다면 이 저택을 전부 뒤지다 보면 찾을 수 있을 거랍니다. 혹은─."

바로 그때, 방이 뒤흔들렸다.

『유감이지만 틀렸어. 나는 이미 사가쿠레 유리가 아니라 AI인 유리야. 이 저택을 관할하는 AI지. 그 점은 달라지지 않아.』

"다른 무언가로 변했을 거라고는 추측했는데…… 그래요. 그렇게 된 거군요."

아까까지만 해도 미동조차 하지 않던 양산형 유이가 고개를 돌려서 쿠루미를 쳐다보았다. 로봇 특유의 그 기세 넘치는 움직임을 본 다른 이들이 몸을 긴장시켰다.

양산형 유이가 입을 열자, 유리의 목소리가 흘러나왔다.

"원래라면 이 자리에서 너희를 죽이지는 않을 예정이었어. 가능하면, 나는 얌전히 숨어 있고 싶었지. 하지만 이런 사태가 벌어질 가능성도 충분히 있다고 생각했거든."

"아하. 무슨 말을 할지 알겠군요. 정말, 정말 알기 쉬워요."

"……윽! 쿠루미 씨!"

양산형 유이가 비정상적인 도약력을 발휘하며 달려들었다. 쿠루미는 총을 꺼내들고 힘찬 목소리로 외쳤다.

"―〈자프키엘〉!"

총성이 울려 퍼졌다. 그리고 정적이 흐른 뒤, 잡동사니가 바닥에 떨어지는 소리가 들렸다.

『전부, 죽여 버려.』

"죽여 드리죠."

그리고 무수한 양산형 유이들이 방으로 난입하면서, 광기에 찬 하룻밤이 시작됐다.

○영원한 유대

사가쿠레 유리가 비숍이 된 것은 도미니언이 되기 전의 일이었다.

그때까지만 해도 그녀는 극히 평범한 준정령이었으며, 네차흐에서 하루하루를 멍하니 살아가고 있었다. 하지만, 그녀에게는 목적이 있었다.

여동생인 유이를, 행복하게 해주는 것.

건너편 세계에서의 기억은 없다. 기억하는 건, 여동생과 그네를 타면서 함께 본 저녁노을이 너무나도 아름답고, 또한 너무나도 슬퍼보였다는 것이다.

네차흐는 항상 밤이라서, 저녁노을을 볼 수 없는 것이 유감이었다.

인계에서의 생활은 힘들고, 괴로우며, 평범했다. 그런 시간은 어제도, 내일도 똑같았다.

―어느 날, 여동생인 유이가 죽었다.

이 인계에서는, 망자를 삶의 목적으로 삼을 수 없다.

"유이를 위해 살아왔어."

그렇다면, 유이가 없어졌으니 자신의 존재가치도 사라진다.

바로 그때였다.

순백의 영장을 입은 소녀가, 온화하면서도 느긋한 목소리로 입을 열었다.

"어머, 어머. 당신, 이대로 있다간 사라지고 말 거예요."

그래도 상관없다고 유리는 대답했다. 하지만 소녀는 그 말에 귀를 기울이지 않고 손을 내밀었다.

"잡으세요."

"……잡아? 왜? 어째서?"

"당신의 재능이 아깝기 때문이랍니다. 당신의 잔인함이 아깝다고 생각하기 때문이랍니다. 안 그래요? 자기가 살기 위해, 자신을 떠나려 하는 여동생을 **죽여서 영원히 자신의 곁에 두려한** 그 탐욕은, 칭찬받아 마땅하답니다."

그녀는 유리를 보자마자 그 진실을 간파했다.

—언니. 나에게는 나만의 삶이 있어.

—나는 싸우고 싶어. 싸워서 존재를 증명하고 싶어. 안 그러면, 사라지고 말아.

—그러니까, 이 집에 영원히 머물 수는 없어.

—나는, 언니의 인형이 아냐!

"당신은 떠나려 하는 새의 다리를 부러뜨린 걸로 모자라—."

그 생명을, 빼앗고 말았다.

그것은 탐욕 그 자체였다. 자신이 한 짓을 간파당한 유리에게, 여왕이 손을 내밀었다.

"제 손을 잡으세요. 그리고 바치는 거예요."

"바쳐? 뭘?"

"당신의 모든 것. 목숨까지도 말이에요."

거만한 발언, 거만한 행동, 하지만―.

"그 모든 것에, 이 세계도 들어가 있나요?"

유리는 그렇게 말하며 그 손을 잡았다. 퀸은 동요하지 않으며 단언했다.

"예. 이 세계를 박살낼 생각이랍니다. 왕^킹을 맞이하기 전에, 모든 해충을 제거해야 하니까요."

왕이란, 대체 누구일까.

맞잡은 손을 통해 압도적인 정보가, 영력이 흘러들어왔다.

그리고 보았다.

왕은 누구인가. 어떤 존재인가. 어떤 인생을 살아왔고, 어떻게 살아가고 있는지를…….

―눈부시다.

그것이 가장 처음 받은 인상이었다. 자신의 얄팍하고 추잡한 모든 것을 정화해 주는 듯한 청렴함이 느껴졌다.

"왕은 바로 이분이랍니다. 하지만 이 인계에는 어중이떠중이가 너무 많잖아요?"

침식되고 있다.

여동생을 향하던 소망이, 남김없이 『그』를 향하고 있었다.

아아, 그렇다. 이것이 **바로 그것인가.** 자신은 평생 인연이 없을 거라며 체념했지만, 이것이야말로―.

"그러니, 이 인계를 파괴하죠. 준정령을 남김없이 없애서, 깨끗하게 정리하는 거예요."

"알겠습니다. 여왕이시여. 당신이야말로, 왕의 옆에 서기에 걸맞은 존재예요."

"고마워요. 자, 오늘부터 당신이 나의 승정(僧正)이에요. 죽는 그 순간까지, 저에게 도움이 되도록 하세요."

"영광입니다."

사가쿠레 유리는 딱 한 번, 퀸에게 거짓말을 했다.

◇

사가쿠레 유리의 저택은 전장으로 변했다.

양산형 사가쿠레 유이가 쉴 새 없이 몰려들었다. 죽음을 두려워하지 않는다는 점만 보면 퀸의 휘하에 있는 엠프티와 동일하지만, 그녀들은 무턱대고 돌격만 하는 것이 아니라, 쿠루미 일행을 죽이기 위해 매우 효율적으로 행동하고 있었다.

하나같이 일정 수준 이상의 전투력을 지녔으며, 열 명이 한 팀을 이뤄서 군대를 연상케 하는 공격방법을 취하고 있었다.

하지만, 가장 성가신 점은 바로 그 숫자였다.

"대체 몇 명이나 있는 거죠~?!"

히비키가 비명을 지르는 것도 무리는 아니었다. 현재, 쿠루미의 주위에는 백 명 가량의 사가쿠레 유이가 몰려 있었다. 토키사키 쿠루미, 히고로모 히비키, 유키시로 마야, 아리아드네 폭스롯. 이 네 사람을 향해 무수한 사가쿠레 유이가 쇄도하고 있었다.

"……윽. 〈자프키엘〉— 【베트】!"

몰려드는 유이들의 움직임을 〈자프키엘〉의 힘으로 잠시 동안 느리게 만든 후, 그 틈에 장총으로 쏴서 해치웠다. 그러는데도 완전히 제압할 수가 없었다.

"계속 밀려와~!"

아리아드네에게 접근한 양산형 유이는 엉뚱한 방향을 향해 공격하고 있었다. 그녀는 상대의 시각을 엉터리로 만들어서 공격을 피하고 있는 것이다. 그리고 접근한 유이의 귀에 입김을 불어서 순식간에 해치웠다.

마야는 제5의 서를 다시 개봉해 주위에 불꽃을 흩뿌려 견제했다. 가장 위기에 처한 이는 당연히 히고로모 히비키였다.

"꺄아~! 나~죽~네~!"

"……히비키 양!"

쿠루미는 히비키의 발을 걸어차 넘어뜨려서 공격을 피하게 한 후, 천장을 향해 총을 연달아 쐈다. 그러자 공중에서 달려들던 유이들이 박살났다.

"몸을 웅크리고 있어요!"

"아, 예!"

쿠루미는 혀를 쳤다. 뭔가 수를 준비해 뒀을 거라고 생각하기는 했지만, **이렇게까지 할 것**이라고는 생각도 못했다. 아마 이 영역에 있는 모든 사가쿠레 유이가 이곳으로 모여들고 있으리라. 그 정도로 압도적인 숫자였다. 말쿠트에서 싸웠던 인형과는 수적으로도, 질적으로도 차원이 달랐다.

쿠루미를 포함한 네 사람이 쓰러뜨린 사가쿠레 유이의 숫자가 백 명이 넘었다.

즉— 처음 이 저택에 있던 백 명은 섬멸한 것이다. 하지만 상황은 전혀 달라지지 않았다. 게다가 쿠루미는 방금 본 광경에 경악했다.

저택의 벽에서 사가쿠레 유이가 나타난 것이다. 그것은 사가쿠레 유이가 무한정으로 공급될 수 있다는 것을 뜻했다.

"확 먹어버릴까~?"

아리아드네는 유이의 세피라 파편을 손에 쥐며 그렇게 중얼거렸다. 준정령 중에는 사투를 벌인 후, 해치운 상대의 세피라 파편을 흡수하는 자도 있다. 특히 말쿠트에서는 일상다반사로 그런 일이 벌어졌지만, 도미니언인 그녀들은 그런 행위에 혐오감을 가지고 있어서 그런 행동을 하지 않았다.

하지만 아까부터 저택이 세피라 파편을 삼키더니, 새로운 사가쿠레 유이를 탄생시키고 있었다. 그렇다면 이쪽에서 파편을 흡수하면—.

마야는 아리아드네의 제안을 거부했다.

"관두는 편이 좋을 거야. 이 세피라 파편을 흡수하는 건, 좋지 않을 것 같은 느낌이 들어."

"저도 유키시로 양의 의견에 찬성이랍니다. 새하얗게 표백이 된 것만 봐도 수상하니까요. 흡수하려다 도리어 흡수를 당하고 말 것 같군요."

"……그래~. 그럴지도 몰라~."

아리아드네는 탄식을 터뜨린 후 무명천사를 더욱 가속시켰다. 그녀의 무명천사는 자유자재로 늘어나거나 줄어들 수 있는 수은으로 된 실이었다. 손잡이는 없으며, 끝부분은 아리아드네이 손가락 끝과 결합되어 있었다.

손가락 하나하나에 가느다란 수은 실이 달려 있으며, 그 숫자는 총 열 가닥이었다. 그녀는 그 실을 통해 타인의 감정을 조작하거나, 육체를 폭주시켰다.

그리고 묶어서 채찍으로 만들면, 흉악한 물리적 공격수단이 되었다.

"영차~."

바람을 가르는 소리가 들린 후, 사라구레 유이가 잘려나갔다. 하지만 그중 한 명이 이빨로 실을 깨물자, 또 다른 한 명이 그 틈을 노리며 몸을 날렸다.

"……에잇!"

아리아드네는 다른 손의 실로 그 유이의 요격하는 데 성

공했다.

　—하지만 그 순간, 다른 한 손으로 견제하고 있던 사가쿠레 유이들이 쇄도했다.

　열여섯 개의 수리검이 아리아드네를 덮쳤다.

　"【첫 번째 탄환】^{알레프}……!"

　쿠루미는 등 뒤를 돌아보지도 않은 채, 아리아드네를 향해 탄환을 쐈다.

　"오오~!"

　아리아드네가 팔을 휘두르는 속도가 곱절로 빨라졌다. 열여섯 개의 수리검을 막아내기만 하는 게 아니라, 수리검 다섯 개의 손잡이 부분을 수은으로 움켜쥐어서 다른 열한 개의 수리검을 쳐낸 후, 그것들을 던져서 다섯 명의 사가쿠레 유이를 즉사시켰다.

　"방금 그거 좋네~! 진짜 좋아~! 더 쏴줘~!"

　"그럴 수는 없어요. 시간을 낭비하면 몸에 좋지 않으니까요!"

　쿠루미는 아까부터 시선이 신경 쓰였다. 무기질적인 눈동자, 눈동자, 눈동자……. 그 안에— 정열적인 눈동자를 지닌 적이 있었다.

　그것이 비숍이리라.

　그러니 자신의 능력을 전부 드러낼 수는 없었다.

　"아앗!"

　히비키가 또 위기에 처하자— 쿠루미는 그녀를 천장 쪽으로 걸어찼다.

"너무해요~?!"

"죄송하지만, 히비키 양은 천장 쪽에서 얌전히 있으세요!"

"토키사키 쿠루미, 제안 하나 하지. 이대로는 끝이 안 나. 숫자로 밀어붙이는 상대에게 이길 방법은 하나뿐이야."

마야의 말에 쿠루미는 고개를 끄덕였다.

"직접 본체를 공격하는 거군요. 아니, 본체가 아니라 본대(本隊)일까요. 아무튼, 비숍을 쓰러뜨리지 않는 한, 적의 숫자는 무한하겠죠."

"길은 나와 아리아드네가 만들겠어. 그러니 그녀를— 말살해줬으면 해. 그렇게 해준다면, 나도 당신을 믿겠어!"

마야가 평소와 다르게 정열적인 어조로 그렇게 말하자, 아리아드네는 눈을 동그랗게 떴다.

"……하지만, 그 본체가 어디에 있는지 알 수가 없군요."

쿠루미는 총을 쏘면서 대답했다. 그에 마야가 들고 있던 책을 덮더니, 등 뒤에 있는 책장에서 다른 책(꽤 두꺼운 문고서적이었다)을 꺼냈다.

"개봉— 제9의 서 〈그 혼의 편린이여〉."

마야는 책의 페이지를 서슴없이 찢었다. 그리고 대충 접어서 나비 모양으로 만들더니, 아리아드네에게 건넸다.

"하나만 줘."

"오케이~."

새끼손가락의 수은 실이 그 페이지에 휘감겼다. 그러자 페이지가 나비처럼 날기 시작했다.

"이 페이지는 세피라 파편을 추적해. 사가쿠레 유리를 추적하도록 세팅해뒀지. 이 실을 따라가!"

"그렇게 하죠."

쿠루미는 자신만만한 미소를 지은 후, 천장에 있는 히비키에게 말했다.

"히비키 양, 가죠!"

"옛썰~!"

히비키는 매달려 있던 샹들리에를 놓으며 착지했다. 그리고 쿠루미의 등 뒤에 바싹 붙었다.

"목표는 저 나비예요. 놓치면 안 되니, 당신이 시선으로 계속 쫓으세요. 저는 몰려드는 유이 양들을 상대하죠."

그리고 두 사람은 달렸다. 그 모습을 본 아리아드네가 중얼거렸다.

"저런 걸 두고, 호흡이 척척 맞는 콤비라고 하는 걸까~?"

"나도 잘 모르겠지만, 일단 믿어보는 수밖에 없어. 이대로 있다간 밀리고 말 거야."

쿠루미 일행이 달려가자, 수많은 사가쿠레 유이가 그녀들을 쫓았다.

"일단 길을 만들자. —아리아드네."

"오케이~. 무명천사 〈태음태양 24절기〉— 일도(一刀), 석

화성상(石火星霜)! 영차~!"

합장을 한 아리아드네는 수은 실을 뭉쳐 채찍으로 만들더니 그대로 힘차게 휘둘렀다.

소리의 벽이 찢겨져 나가며 음속의 충격파가 쿠루미 일행의 바로 옆을 가르고 지나갔다. 그러자 그녀들의 앞을 막아서고 있던 양산형 유이들이 그 충격파에 의해 박살이 났다.

"귀, 아파요……."

"나중에 두고 봐요……!"

쿠루미와 히비키는 아리아드네를 향해 원망 어린 어조로 그렇게 말한 뒤, 복도를 따라 내달렸다.

"나중에 두고 보자, 라……. 뭐, 살아만 있다면 또 만날지도 모르겠네~."

"정 위험해지면, 나 한 사람만이라도 구해줬으면 해."

"이럴 때는『너만이라도 살아』라고 말해야 하는 거 아냐~?"

"나한테는 의무가 있어. 그 의무를 다할 때까지 죽을 수는 없어. 그러니 여차하면 너를 방패 삼아서라도 도망칠 거야."

아리아드네는 마야가 농담을 하는 타입이 아니라는 사실을 알기에 쓴웃음을 지었다.

"좋아~. 그럼 죽지 않도록 노력 좀 해볼까~. 한 방 거하게 날릴게~. 비기, 요예(搖曳) 신내월(神来月)!"

맑은 수은으로 된 실과 실과 실.

그 실은 사가쿠레 유이들을 관통하더니 몸에 침투해서 동력원인 세피라 파편에 박혔다.

"하나, 둘, 셋……!"

수은에 꿰뚫린 사가쿠레 유이가 반대 방향으로 고개를 돌렸다. 그리고 방금까지 연계를 취하고 있던 아군을 공격했다.

"놀랐어. 이런 짓도 할 수 있구나."

"큰 기술이라서 가능하면 보여주고 싶지 않았어~. 뭐, 어쩔 수 없지~."

다섯 개의 손가락×2, 총 열 명의 사가쿠레 유이가 아군이 됐다. 그녀들은 기계적인 정밀한 움직임을 취하며 『적』을 공격했다.

옆에서 그 모습을 보던 마야는 아리아드네가 땀을 흘리고 있다는 사실을 눈치챘다. 큰 기술이라고 자기가 말한 만큼, 영력의 낭비와 집중력이 어마어마하게 소모되는 것 같았다.

……마야는 작게 한숨을 토했다.

그녀 또한 어쩔 수 없다고 생각했다. 이제 도미니언들끼리 비장의 카드를 숨기고 있을 때가 아니었다.

"개봉— 제1의 서 〈빛이여 생겨라, 하고 그녀는 말했다〉."

한순간, 아리아드네의 집중이 흐트러질 정도로 눈부신 빛이 뻗어나갔다.

그 형상은 폭이 넓은 검을 연상케 했다. 하지만 그것은 **종이**를 겹쳐서 만든 검이었다.

"이것으로 인계에서, 귀중한 서적이 세 권이나 사라졌어. 정말 아쉬워."

마야는 투덜거리면서도 그 검을 아무렇게나 휘둘렀다. 그러자 주위에 있던 여러 사가쿠레 유이가 소실됐다.

"와아~."

"공격 이외의 용도가 없다는 점에서 보면, 다른 서적들에 비해 뒤떨어져. 하지만 이걸로 한동안은 버틸 수 있을 거야. 내 계산으로는 30분 정도네."

"응. 나도 그 즈음이면 한계일 것 같아~."

비장의 카드를 꺼내든 마야와 아리아드네는 씨익 웃었다.

"좋아, 해보자. 토키사키 쿠루미를 믿고, 끝까지 싸워보는 거야……!"

◇

쿠루미와 히비키는 하늘거리며 날고 있는 나비를 쫓으며 내달렸다. 그런 두 사람을 막아선 양산형 사가쿠레 유이의 숫자는 어느새 200명으로 늘어났다. 머릿속으로 판단해본 결과, 절대 이길 수 없다는 결론이 나왔다. 양산형 사가쿠레 유이는 질적으로도 평범한 준정령을 상회하며, 수적으로도 압도하고 있었다.

살아남을 수는 있지만, **결과적으로 히비키를 버려야만 한다.**

그리고 쿠루미는 그 선택지를 무의식적으로 머릿속에서 제거했다.

게다가 문제가 있었다. 쿠루미가 히비키를 감싸고 있다는 것을 유이들도 학습하고 있다는 것이었다.

"쿠루미 씨! 저는 괜찮아요!"

물론 히비키도 그것을 깨달았다. 이 상황에서는 자신이 쿠루미의 발목을 잡고 있다. 하지만 이미 늦었다. 쿠루미에게서 떨어지는 순간, 유이들은 히비키를 죽이려 들 것이다.

상대는 그런 식으로 움직이고 있었다.

그리고 사가쿠레 유리도 그 점을 눈치챘다.

『쿠루미 양은 히비키 양을 감싸고 있구나.』

쿠루미는 그 질문에 침묵과 총성으로 답했다. 이야기를 나눌 여유는 없다. 앞으로 5분은 버틸 수 있을지도 의문이었다. 그녀는 〈자프키엘〉로 탄환을 퍼부었다.

덤벼드는 유이를 쏘고, 날아오는 수리검을 쏘며, 상처를 입으면서도 앞으로만 나아갔다.

하지만 히비키에게 공격이 집중되자, 쿠루미는 한 걸음도 나아갈 수 없었다.

"이게……!"

접근전은 그야말로 압박이나 다름없었다. 사가쿠레 유이들이 주위를 가득 채운 탓에, 움직일 공간 자체가 거의 없었다. 도약을 하는 것도, 회피를 하는 것도 어려웠다. 총을 아무리 쏴도 상대는 움츠러들지 않았으며, 같은 편을 공격하는 것 또한 주저하지 않았다.

기계적이며, 효율과 개개인의 생명을 도외시한 싸움이었다. 쿠루미는 히비키를 그림자에 밀어 넣으려 했지만— 그것도 저지당했다.

지휘관인 사가쿠레 유리는 쿠루미의 능력을 숙지하고 있었다.

말쿠트에서 『돌마스터』와 싸웠던 때와는 그 점이 달랐다. 토키사키 쿠루미는 이 인계에서 가장 경계해야 할 존재로 여겨지고 있는 것이다.

호흡이 거칠어졌다.

"……【알레프】!"

몸통박치기로 양산형 유이의 몸을 공중으로 띄웠다. 그리고 그 틈에 한 걸음 내디디며 〈자프키엘〉을 쐈다. 그리고 낙하하는 유이를 걷어차서 날려버렸다.

이중으로 시간을 소비하고 있었다. 〈시간을 먹는 성〉으로 시간을 회복하려 하면, 순간적으로 공격이 쿠루미에게 집중됐다. 게다가 곁에 있는 히비키까지 휘말릴 수도 있었다.

게다가 히비키를 대피시킬 수 있는 상황도 아니었다. 아리아드네와 마야도 방어에 급급했다.

"……윽!"

수리검이 쿠루미의 팔에 꽂혔다. 하지만 쿠루미는 입에서 터져 나오려 하는 신음을 억지로 참았다.

『더는 방법이 없네.』

"……닥치세요."

쿠루미가 짜증을 내듯 혀를 찼다. 유리는 그 반응을 즐기듯 유쾌하게 웃었다.

『포기해, 토키사키 양. 어차피 너는 퀸에게 이길 수 없어. 퀸이라면 이 상황을 간단히 뒤집을 수 있지만, 너는 그럴 수 없어. 왜냐하면 불순하거든. 히고로모 히비키를 지키면서 나한테 이기려는 거야? 진짜 물러 터졌네.』

"닥치라고 했을 텐데요?"

땀 때문에 앞이 잘 보이지 않았다. 짜증 때문인지 조준도 흐트러졌다.

수리검 정도는 쿠루미의 영장 〈엘로힘〉으로 막아낼 수 있지만, 대미지가 누적되는 것까지 막을 수는 없었다.

지금 쿠루미는 겨우 1에 불과한 대미지를 1000번 맞고 있는 것이다.

『좋아. 100명 추가. 이걸로 끝이겠지?』

"맙, 소사……."

히비키는 경악했다. 새로운 사가쿠레 유이들이 벽과 천장에서 기어 나온 것이다. 이곳은 사가쿠레 유리의 뱃속이자, 결계 안이었다. 토키사키 쿠루미라도 소화될 수밖에 없을지도 모른다.

—이를 악문다.

—물러서지 않겠다는 의지를 품으며, 그저 나아간다.

—또한, 히고로모 히비키마저 지켜낸다.

호흡이 거칠어졌다. 술에 취한 것처럼 시야가 흔들렸다. 수리검에 베인 팔이 아팠다. 하지만, 쿠루미는 미소를 지었다.

"자, 가겠어요."

쿠루미는 그렇게 말한 뒤, 자신을 향해 총구를 들었다.

"【알레프】."

가속— 유이 무리가 그런 쿠루미를 쫓아왔다. 상공에서 날아온 수리검이 비처럼 쿠루미를 향해 쏟아졌다.

"【베트】."

쿠루미는 그 수리검을 향해 감속의 탄환을 쐈다.

시간의 가속과 감속. 그 두 종류의 힘을 절묘하게 사용하며, 쿠루미는 더욱 빠르게 움직였다.

하지만 그 힘을 100퍼센트 활용하지는 못했다. 그녀는 자신의 능력 중 3할을 히비키를 지키는 데 할애하고 있었다. 그리고 쿠루미는 그것을 당연한 일로 여기고 있었다.

"저기, 쿠루미 씨! 저는 제가 스스로 지킬 테니까……!"

히비키가 안타까워하며 그런 제안을 했지만, 쿠루미는 묵살하며 나비를 계속 쫓아갔다. 달리면 달릴수록, 몸에서 흘러내리는 피가 늘어만 갔다. 이제 5분도 버티지 못할 것이다. 아니, 5분 동안 버티는 것도 어려우리라.

하지만…….

"쿠루미 씨!"

하지만, 아직 싸울 수 있다. 잠시 동안은 더 싸울 수 있다. 그러면 분명 활로가 생길 것이다.

5분을 버틴다. 계속 버틴다. 쿠루미는 피범벅이 되었지만, 히비키는 멀쩡했다. 히비키가 백 번은 죽었을 법한 공격을, 쿠루미가 전부 막아냈다.

히비키는 자신이 쿠루미의 짐이 되고 있다는 것을 알고 있었다.

그러니 자신을 버려달라고 울면서 애원하는 것을— 단호하게 거절했다. 그 탓에, 히비키를 노리면 우위에 설 수 있다는 것을 안 상대가 그녀를 더욱 공격했다.

사가쿠레 유이들의 공격은 믿기지 않을 만큼 집요하고, 교활하며, 또한 잔혹했다.

쿠루미의 마음이 서서히 삐걱거리며 일그러졌다. 부러지면, 한 걸음 물러서면, 그대로 패배하고 말 것이다—.

그 순간, **그것**이 찾아왔다.

검은 기둥이, 1층 바닥은 물론이고 2층 바닥까지 꿰뚫으며 현현됐다.

『……컴파일……?!』

그것은 정령이 보유한 건너편 세계의 기록이었다. 느닷없이 생겨난 그 불가사의한 물질을 본 사가쿠레 유이가 혼란에 빠지며 움직임을 멈췄다.

"쿠루미 씨!"

히비키는 주저 없이 쿠루미의 등을 밀었다.

그러자 쿠루미는 반사적으로 그 기둥을 향해 손을 뻗었고—.

『아…… 안 돼, 안 돼, 안 돼!』

사가쿠레 유리의 비명이 들렸다. 상식적으로 생각할 때, 전투 중에 해도 되는 행동이 아니었다. 저 검은 기둥에 닿으면, 동요하거나 혹은 얼이 나갈지도 모른다.

하지만…….

만약 이 기둥에 담긴 현실 세계의 기록이 『그』에 관한 것이라면…….

그 어떤 상황에서도, 토키사키 쿠루미는 그 기둥을 향해 손을 뻗을 것이다.

◇

아무래도 이것은 버그 같은 기록 같았다.

쿠루미는 모자이크로 범벅이 된 풍경을 쳐다보며 그렇게 생각했다. 곳곳의 표면이 벗겨져 있고, 각 장면도 제대로 연

결되지 않았다.

등장인물과 상황도 제각각이었다. 하지만, 쿠루미는 곧 이해했다.

"정령―."

그곳에는 쿠루미 이외의 정령이 있었다. 제1의 정령, 제2의 정령, 제4의 정령, 제5의 정령, 제6의 정령, 제7의 정령, 제8의 정령, 제9의 정령, 제10의 정령……

그들이 모여서 수다를 떨고 있는 풍경.

혹은 용감하게 싸우는 풍경.

목숨을 걸고 싸우거나, 목숨을 걸고 누군가를 구하려 한다. 지키려 하는 자는 처음 보는 누군가이기도, 친구가 된 정령이기도, 혹은― 혹은『그』이기도 했다.

선명한 기억이 이어졌지만, 그 안에 토키사키 쿠루미는 없었다.

마치, **너 따위는 없어도 그는 잘 살 수 있다**는 듯이 비웃는 것 같았다.

"……맞는 말이랍니다."

한숨을 내쉬었다. 복잡한 마음이 전부 그 한숨에 담겨 있었다.

그런 것은 예전부터 각오하고 있었다.

시간이 정지됐다. 정령들이 사라지고, 풍경이 사라지고, 이윽고 단 한 사람만이 남았다.

"■■ 씨——."

이름을, 읊조렸다. 하지만 이름을 인식할 수 없었다.

다양한 기억이 있었다. 하지만 추억을 기록할 수 없었다.

뇌의 내부에, 정육면체 모양의 허무(공백)가 있었다. 그리고 그것이 자신의 소중한 무언가를 **빼앗아가는** 것 같았다. 그리고, 그 공백은 날이 갈수록 커져가고 있었다.

그리고 마지막에는, 빈껍데기(엠프티)가 되고 말리라.

그러니, 눈에 새겨라.

양손으로 떠올린 물을, 한 방울도 흘리지 마라.

내달려라.

원초로 되돌아가라.

남은(히비키) 신경 쓰지 마라.

"하지만——."

아니다. 그렇지 않다.

지키려고 하는 것이 문제다. 어긋나고 마는 것이다. 잊지 마라.

토키사키 쿠루미는 **제멋대로다**. 안하무인, 잔학무도가 자신의 모토다.

그렇다면, 히고로모 히비키는 지켜야할 대상이 아니라——.

◇

"······아아. 제가 중요한 점을 잊고 있었군요."

쿠루미는 그렇게 말하면서 빙긋— 히비키가 자주 본, 불길하기 그지없는 예감에 사로잡히게 하는 미소를 지었다.

"······저기, 불길한 예감이 몰려오는데요."

"【알레프】."

쿠루미는 다짜고짜 히비키의 정수리에, 명중한 대상을 가속시키는 탄환을 날렸다.

"이제 지켜주지 않겠어요. 그러니, 저와 함께 싸워주겠어요?"

"오, 오 마이 갓~~~~~~~~~~!"

히비키는 절규를 토하면서 〈킹 킬링〉을 휘둘렀다. 가속된 감각은 치트나 다름없었다. 비정상적으로 가벼워진 자신의 몸이, 비정상적으로 빨라졌다.

하지만, 히비키는 확신했다.

—내일, 전신근육통 확정이야~~~~~!

그리고 흉악한 갈고리처럼 생긴 히비키의 무기가 양산형 유이를 쓸어버렸다. 그 모습을 본 쿠루미는 씨익 웃으며 앞으로 나아갔다.

"히비키 양, 저와 같이 나란히 뛰세요!"

히비키는 그 말을 듣고 환한 표정을 지으며 고개를 끄덕이더니, 쿠루미의 옆에 서서 달리기 시작했다. 유이들이 허둥지둥 쫓아왔지만, 히비키를 지키지 않는 쿠루미를 막지도, 쿠루미 덕분에 강해진 히비키를 막지도 못했다.

『그럼 증원을……!』

유리가 그렇게 말하자, 쿠루미는 키히히히히 하고 심술궂은 웃음을 흘렸다.

"유감이군요~. 이 세상은 보기보다 잘 만들어져 있답니다. 시간을 벌면, 그 시간에 걸맞은 보수가 들어오게 되어 있죠."

『—뭐?』

그녀들이 왔다.

쿠루미는 현관 쪽을 쳐다보았다. 그리고 어깨를 으쓱하며 입을 열었다.

"……정말, 너무 오래 걸렸잖아요."

그 순간, 퍼엉 하는 소리를 내면서 현관문이 부서졌다.

"하하하하하! 전장에 도착! 여러분, 안녕하십니까! 토키사키 쿠루미 님의 종복 제1호, 까르트 아 쥬에, 등장!"

『앗……!』

"어머, 어머. 피범벅이군요. 『저』."

까르트의 뒤를 이어 우아하게 나타난 이는, 또 한 명의 토키사키 쿠루미였다. 과거의 어느 시점에서 갈라진 분신인 그녀의 이름은 시스터스였다.

그리고…….

그리고, 사가쿠레 유리는 믿기지 않는 인물을 보았다.

아니, 정확하게 말하자면, 믿기지 않는 인물이 믿기지 않는 위치에 서 있었다.

"—유리 님."

『……유이. 뭐하고 있는 거니?』

"현재 상황을 우려해, 믿음직한 두 분을 모셔 왔습니다. 비나의 예전 도미니언이신 까르트 아 쥬에 님과 또 한 명의 토키사키 님이신 시스터스 님입니다."

『왜 그런 거야……?!』

"그건 제가 할 말입니다, 유리 님. 당신은 왜 도미니언 여러분을 죽이려 하는 거죠?"

사가쿠레 유이는 차가운 표정으로 유리에게 물었다.

『아, 그게…… 그게 말이지, 유이.』

"대답하실 필요는 없습니다. 저에게는 지금 눈앞에 펼쳐진 현실이 전부이니까요. 저는 당신의 편에 서지 않겠어요."

침묵. 양산형 유이가 일제히 일급품 사가쿠레 유이를 쳐다보았다.

『……그래? 그럼 너는 실패작이야.』

"예, 저는 실패작이겠죠."

항상 두려웠다. 자신을 창조해 준 부모 같은 존재를 부정하는 것은 자신을 부정하는 일일지도 모른다, 라는 생각에 빠져 있었다.

하지만, 그렇지 않았다. 자신을 낳아준 부모가 잘못을 저지른다면, 자신이 바로잡아야만 한다. 자신이 눈을 돌리고 있었던 탓에, 수많은 희생자가 발생하고 말았다.

무슨 말을 듣는 한이 있어도— 그녀를, 죽였어야만 했다.

심호흡. 지금까지 느끼고 있었던 응어리, 위화감, 그 모든 것을 전부 삼킨 후—.

그녀는 수리검을 거머쥐었다.

"양산형인 저, 그리고 저 사이에는 결정적인 차이가 하나 있습니다. 그녀들의 **저것**은 평범한 수리검이지만, 저의 **이것**에는 이능의 힘이 어려 있죠. 당신이 준 힘이요. 하지만……."

유이는 다섯 개의 수리검을 손가락 사이에 끼웠다. 그리고 그녀는 날카로운 숨을 토했다. 그 기백 탓에, 유리의 반응이 한 템포 늦고 말았다.

"시각, 청각, 촉각, 후각, 미각. 인간의 생은 오감과 함께 하노라. 나의 수리검으로 오감을 끊을지니, 그것이 지옥이 아니고 무엇이라 할 것인가."

『기다…….』

"—기다릴 수 없습니다. 〈칠보행자〉!"

유이가 던진 수리검이 저택의 벽에 꽂혔다. 그리고 스파크를 뿜으며 수리검이 부서진 순간, 저택 전체가 뒤흔들렸다.

『—윽! 크, 윽…… 아아아아아아아!』

그와 동시에 양산형 유이가 공격을 멈췄다. 그리고 어리둥

절한 표정으로 주위를 둘러보기 시작했다. 지시를 내리던 유리가 오감을 잃은 탓에 공격 목표를 인식하지 못하는 것 같았다.

"사가쿠레 유리의 오감을 차단했습니다. 지금이에요!"

"알았어요!"

『윽…… 자율행동! 눈앞에 있는 녀석을 전부 죽여!』

양산형 유이가 다시 움직이기 시작했다. 하지만 그 움직임은 자동적일 뿐만 아니라 둔중했다.

쿠루미는 그 틈을 놓치지 않았다. 그녀는 히비키의 팔을 잡아당기면서 벽을 달렸다.

"시스터스, 까르트 양. 이 자리를 부탁해요!"

"알겠습니다! 자, 싸우자. 스페이드! 다이아! 하트! 클로버!"

『알았소이다!』, 『옛썰!』, 『지켜봐주세요~!』, 『우리 트럼프 4인방과 싸우게 된 것을 영광으로 알도록!』

"이 숫자가 상대여선 오랫동안 버티지 못할 거랍니다. 빨리 처리하도록 하세요!"

까르트와 그녀의 수하인 트럼프 4인방, 그리고 시스터스가 공격을 시작했다.

양산형 유이들은 눈앞의 녀석을 죽여라, 라는 명령을 받았다. 그러니 미끼인 저 두 사람이 화려하게 날뛸수록 양산형 유이들은 그녀들에게 집중할 것이기에, 두 사람은 격렬하게 공격을 퍼부었다.

형세는 완전히 역전됐다. 유리는 물러설 곳이 없었다.

까르트 아 쥬에와 그녀의 수하인 트럼프들은 화려하게 유이들을 해치웠고, 시스터스는 착실하게 유이들을 조준하며 공격했다. 아리아드네 폭스롯은 수은으로 된 실로 상대를 베거나 조종했고, 온갖 책을 활용할 수 있는 유키시로 마야는 견고한 성벽 같았다.

그리고 그녀들은 인정사정없이 양산형 유이들을 해치웠다. 그제야 유리는 〈칠보행자〉의 오감 강탈에서 풀려났지만, 때는 이미 늦었다.

마야는 투덜대듯 중얼거렸다.

"역시 양산형은 약하네. 우리 편에 선 사가쿠레 유이와는 비교도 안 돼. 그건 사가쿠레 유리가 조작하더라도 마찬가지야. 무한한 탄환은 단 한 발뿐인 은제 탄환에게 이길 수 없어."

아리아드네는 구구절절한 목소리로 말했다.

"유리의 능력과 지혜는 정말 대단했어~. 하지만 우리 영역도 다스리기 쉬운 곳은 아니거든~?"

까르트 아 쥬에가 가슴을 펴며 말했다.

"토키사키 쿠루미 님에게 이길 리가 없지! 안 그래?!"

『무모하기 그지없소이다.』

『비나에서 살아남은 그 터프함을 과소평가했습다!』

『다시는 기회가 오지 않을 거라고 생각하세요~!』

『약간 궁지에 몬 것을 자랑스럽게 여기도록!』

시스터스가 어깨를 으쓱하며 말했다.

"뭐, 제가 오지 않았더라도『저』라면 어떻게든 해냈겠죠. 그래도 조금은 수월해졌으려나요?"

그리고 마지막으로, 사가쿠레 유이가 안타까움이 어린 한숨을 내쉬었다.

"……이제 그만 끝내죠, 유리 님— 아니, 언니. 이제, 끝내자. 끝내버리는 거야. 언니는 너무 많은 이들을 속였어."

마야가 만든 나비가 하늘거리면서, 사가쿠레 유리를 향해 날아갔다.

『…………해.』

희미한 목소리가 들렸다. 쿠루미는 귀를 쫑긋 세웠지만, 걸음을 멈추지는 않았다.

『…………만해.』

히비키도 쿠루미와 함께 달렸다. 하지만, 유리가 무슨 말을 하려는 건지 이해했다.

『……탁이야. 그만해…….』

—아아, 너무나도 절실한 목소리다. 기만으로 가득 찬 부탁이다.

『…………제발 부탁이야. 그만해…………!』

"거절하겠……어요!"

나비가 어떤 방 안으로 들어갔다. 쿠루미 일행 또한 그 뒤를 따라 안으로 들어갔다. 그곳은 아무것도 없는 무기질적인 방이었다.

"여기는…… 유리 양의 방……?"

나비는 하늘하늘 날면서 벽에 격돌하더니, 힘이 다한 것처럼 바닥에 떨어졌다. 하지만 자신의 역할은 완벽하게 수행했다.

"애초부터, 꼼짝도 하지 않았다……는 거군요. 하아, 처음부터 이럴 걸 그랬어요."

쿠루미는 그렇게 중얼거린 후 〈자프키엘〉로 벽을 향해 방아쇠를 당겼다.

벽이 산산이 부서지더니, 숨겨진 방이 모습을 드러냈다.

"아무런 트릭도 없군요."

"여기는……."

그곳은 거대한 구멍을 연상케 하는 공간이었다.

암흑 공간에는 이과실험실을 연상케 하는 테이블이 줄지어 놓여 있었고, 그 위에는 만들다 만 사가쿠레 유이가 누워 있었다.

쿠루미와 히비키는 그 어두운 공간을 나아갔다.

생각했던 것보다 넓었다. 오오, 오오오, 하고 한탄의 목소리가 들려오는 방향을 향해 나아갔다.

그리고, 쿠루미와 히비키는 사가쿠레 유리와 재회했다.

벽에 달린 케이블과 연결된 그녀는 일종의 죄수 같아 보였다. 하지만 그녀는 살아있으며, 또한 적이었다.

모습은 변함이 없었다. 하지만 번들거리는 눈동자가 기묘한 분위기를 자아내고 있었다. 호흡 또한 거칠었다. 쿠루미는 태연한 표정으로, 유리의 머리를 향해 총을 들었다.

『⋯⋯여동, 생, 주제, 에⋯⋯ 나를⋯⋯ 배신⋯⋯하다니⋯⋯.』

"—목숨 구걸을 해봤자 소용없어요. 대신『알고 있는 걸 전부 털어놔라』같은 어이없는 질문도 하지 않겠어요. 하지만, 신경 쓰이는 점이 딱 하나 있군요. 당신, 혹시 애초부터 죽을 생각이었나요?"

『⋯⋯그럴지도 몰라.』

"왜죠?"

사가쿠레 유리는 웃었다. 모든 것을 조롱하듯 웃었다. 그리고, 조용히 입을 열었다.

『—그야, 이곳에는 그 사람이 없거든. ■■■■■ 씨가 없단 말이야.』

노이즈. 그녀는 분명 누군가의 이름을 언급했다.

하지만 쿠루미는, 그 이름을 인식할 수 없었다.

『⋯⋯좋아하게, 됐어. 좋아하게 되었단 말이야. 하지만, 나는 도미니언이자, 여왕을 모시는 비숍이니까, 그 사람을 절대 만날 수 없어. **그러니까 그를 만나기 위해서는 이 인계와 함께 죽어야 한다고 생각한 거야.**』

그녀는 꿈이라도 꾸는 듯한 표정으로 그렇게 말했다.

아니, 그렇지 않다. 꿈처럼 달콤하지는 않다. 그녀는 눈물을 흘리고 있으며, 이 선택이 잘못되었다는 것을 자각하고 있었다.

쿠루미와 히비키는 한동안 아무 말도 하지 못했다.

—잡음. 역시, 이름을 알아들을 수 없다.

『사랑이야. 이 감정은 사랑이 틀림없어.』

쿠루미는 이제야 사가쿠레 유리를 이해할 수 있었다.

네차흐의 도미니언이자, 배신자. 퀸의 수하, 비숍. 그리고, 그 모든 것을 버릴 수 있을 만큼 깊은 사랑에 빠진 소녀였다.

"……죽으면, 만날 수 있을 거라고 생각하나요?"

『몰라. 하지만, 기회는 있을 거라고 생각했어.』

단 한 번의 기회. 이 인계에서 죽으면, 건너편 세계로 돌아갈 수 있을지도 모른다. 이 꿈에서 깨어나, 현실로 귀환하면—.

망상에 지나지 않는다는 것을 알고 있다. 그러기 위해 많은 것을 짓밟아야 한다는 것도 알고 있다.

『유이에게는 나쁜 짓을 했어. 오우카에게도 나쁜 짓을 했어. 다른 도미니언에게도, 준정령에게도, 셀 수도 없을 만큼 폐를 끼치고, 끼치고, 끼쳤지만—.』

하지만, 그러나, 그래도…….

『——■■■■■를, 만나고 싶어』

역시, 쿠루미는 그 이름을 인식할 수 없었다.

"……만날 수 있기를, 기원하겠어요."

토키사키 쿠루미는 묵직하기 그지없는 방아쇠를, 확실하게 당겼다.

총성이 메아리쳤다.

사가쿠레 유리는 건너편 세계로 향했을까. 아니면 혼이 소멸하면서, 그저 허무가 되어버렸을까. 어쨌든 간에, 그것은 쿠루미에게 있어 미지의 세계다.

사가쿠레 유리는 죽었고, 다음으로 『누군가』가 비숍의 자리를 이어받으리라.

그녀의 사랑을 아는 건, 쿠루미와 히비키뿐이다.

"……유이 씨에게는 말하지 않는 편이 좋을까요?"

"글쎄요. 분명한 건— 제아무리 잔혹할지라도, 알아야만 하는 일이 존재한다고 저는 생각한답니다."

쿠루미가 그렇게 말하자, 히비키는 힘없이 웃었다.

어느새 주위에는 정적이 흘렀다. 등 뒤를 돌아보니, 일급품 사가쿠레 유이가 서 있었다.

"……유리 님은 돌아가셨습니까?"

"예. 평온한 최후를 맞이했다고 말할 수도 있을 것 같군요."

유이는 붕괴되어 가는 사가쿠레 유리의 볼을 살며시 만졌다. 유이는 전부 알고 있는 것 같았다.

"이 사람은, 참 잔인한 사람이었어요."

"……그런 것 같더군요."

"배신자에, 저한테 집착하면서도 그냥 내팽개쳐뒀죠. 제멋대로에, 횡포만 부렸고, 분명 제가 죽더라도 다시 만들면 된다면서 눈물 한 방울 흘리지 않았을 겁니다."

그녀는 여동생을 양산했다. 잔인하기 그지없는 짓이다. 유이를 버리고, 새로운 유이를 계속 만들어 냈다. 그렇기에, 슬퍼하지 않는다. 그렇기에, 유리는 지금까지 유이를 위해 울지 않았던 것이다.

"하지만, 이 사람은 사랑을 했어요. 그리고 그 사랑은 이뤄지지 않았죠. 그 점이— 저는 슬프군요."

사가쿠레 유이는 믿지 않는다. 이 인계에서 죽으면, 그걸로 끝이라고 생각한다. 계승되는 것은, 이 인계에서 사라진 이들의 기억뿐이다.

그래서, 자신의 언니는 부질없는 죽음을 맞이했다고 생각한다.

그리고 그렇기 때문에 슬펐다. 사랑하는 여동생도, 지위도, 명예도, 충성도, 그 모든 것을 내던지고도 결국 아무것도 얻지 못한 것이다.

"……하지만, 그래도 후회하지는 않았을 거랍니다."

사랑 때문에 살고, 사랑 때문에 울고, 그리고 사랑 때문에 스러지고 만 것이다.

"정말 미운데도, 이렇게 사랑스러워요—."

유리가 소멸됐다. 유이는 그 모습을 그저 지켜만 보았다.

"유이 양. 당신은 괜찮나요?"

쿠루미가 묻자, 유이는 고개를 끄덕였다.

"예. 원래 일급품인 저는 점검을 비롯해 모든 것을 독자적으로 할 수 있으니까요. 양산형들은 그러지 못하지만 말이죠."

히비키는 그 말을 듣고 복도 쪽을 쳐다보았다.

"우와."

양산된 유이들은 꼼짝도 하지 않았다. 시간이 정지된 듯한 공간이었다. 그녀들 사이로, 방금까지 전투를 벌이고 있던 네 사람이 뛰어왔다.

"······끝난 거야~?"

아리아드네가 묻자, 히비키는 고개를 끄덕였다. 양산형 유이는 이미 활동이 정지됐다. 하지만, 희생은 너무나도 컸다.

미야후지 오우카는 살해당했고, 사가쿠레 유리는 배신했다. 그리고 퀸의 병력에는 변함이 없다. 이미 새로운 비숍이 임명되었으리라. 다음 비숍은 여왕을 배신하지 않으리라.

서서히 압박을 당하는 느낌— 서서히 무너지는 천장에 짓눌리고 있는 기분이었다.

"······토키사키 쿠루미. 아니, 이 자리에 있는 이들 전원에게 할 이야기가 있어."

마야는 결의를 다진 듯한 표정을 지으며 입을 열었다.

"왜 그러시죠?"

"퀸의 목적은 제1영역인 케테르에 가서, 건너편 세계로 이어지는 문을 여는 거야. 그러기 위해서는 이 인계를 붕괴시킬 필요가 있다고 여기고 있어. 그리고—."

마야가 다음으로 한 말을 들은 순간, 이 자리에 있는 이들 모두가 충격을 받았다.

"……진짜인 것 같군요."

"부탁이야, 토키사키 쿠루미. 퀸이 **그것**을 알면, 인계는 끝나고 말아. **입구를 막아야만 해.** 하나는 호크마, 그리고 다른 하나는 게부라에 있어."

"게부라라면 거기 맞죠? 지금 침략을 당하고 있다는—."

"그래. 카가리케 하라카의 애제자인 창이 열심히 저항하고 있을 거야. 하지만 최근 들어 퀸 측의 공격이 격렬해졌다는 보고를 받았어. 그러니 티파레트가 아니라 게부라로 가줬으면 해. 길 안내라면 그녀가 맡을 거야."

마야는 그렇게 말하며 아리아드네를 손가락으로 가리켰다.

아리아드네는 「처음 듣는 소리네~」 하고 투덜거렸지만, 곧 어쩔 수 없다는 듯이 고개를 끄덕였다. 그도 그럴 것이 진짜로— 세계가 위기에 처한 것이다.

○에필로그

"오호라."

퀸은 비숍의 기록을 보더니 웃음을 흘렸다.

"그 애가 이런 생각을 하고 있었을 줄은 몰랐군요. 자식에게 배신당한 기분이에요."

그 후, 퀸은 비숍이 사가쿠레 유리라는 사실을 잊었다. 그것은 불필요한 정보이며, 무언가를 이해한다는 행위 자체가 그녀의 뇌를 압박하기만 하기 때문이다.

그래서, 깔끔하게 망각했다.

그것보다, 더욱 중요한 정보가 몇 개 있다. 우선—.

"너."

퀸은 근처에 있던 엠프티에게 말을 걸었다. 긴장한 표정으로 앞으로 나선 그녀를 향해, 퀸은 총을 들었다.

"지금 이 순간부터, 비숍으로 다시 태어나세요. 【아크라브】."

총성— 전갈의 독이 엠프티의 몸에 퍼져나가더니 육체를 변모시켰다.

"……성심성의를 다해 의무를 다하겠습니다."

다른 엠프티들은 비숍으로 변한 소녀를 선망에 찬 눈길로 쳐다보았다.

세 간부 중 한 명이 된다는 것은, 퀸을 모시는 엠프티에게 있어 궁극의 승진이었다. 여왕에게 제안을 할 수 있고, 여왕의 명령을 받을 수 있으며, 또한 엠프티에게 명령을 내릴 수 있는 지위인 것이다.

"침투 작전은 이쯤에서 끝내야겠군요. 토키사키 쿠루미의 **약점**도 알았으니, 게부라의 반란분자를 쓸어버리도록 할까요."

"그 말씀은—."

"예."

퀸이 옅은 미소를 지으며 말했다.

"게부라로 향하겠어요. 그 불모의 땅에서 결전을 치르도록 하죠. 도착하자마자, 저의 인격도 **진짜**로 교대하겠어요."

그리고 봄이 왔다

방랑하는 갬블러(자칭) 히가시데 유이치로입니다.

『데이트 어 불릿 4권』을 2018년 여름에 전해드렸습니다만, 그 후로 쏜살같이 시간이 흘렀습니다. 그리고 이 책이 서점에 진열될 즈음에는 애니메이션 『데이트 어 라이브 3기』도 클라이맥스에 접어들었을 테죠.

나이를 먹으면 시간이 빠르게 흐르는 것처럼 느껴진다고 흔히 이야기합니다만, 이 점에 대해 실제로 연구가 진행되면서 몇 가지 가설이 세워졌다고 합니다.

그 중에서도 개인적으로 마음에 든 가설은 『아이는 모든 체험이 참신하고, 어른은 대부분의 체험을 이미 경험해봤기 때문』이라는 겁니다.

논다, 배운다, 움직인다, 발견한다 등의 모든 경험이 아이에게는 참신하게 느껴지며— 그것을 기억에 새기기 위해 시간의 흐름을 감각적으로 느리게 인식하는 겁니다.

자, 『데이트 어 불릿』도 드디어 5권에 접어들었습니다. 매 권마다 토키사키 쿠루미라는 소녀의 참신한 모습을 독자 여러분에게 전해드리기 위해 최선을 다하고 있습니다.

이번에는 바니걸&탐정. 그리고 장르는 갬블&미스터리(짝퉁).

사실 저는 포커 못지않게 마작도 좋아합니다. 그래서 기왕이면 마작도 넣을까 생각했습니다만, 그것은 트럼프보다도 소설에서 묘사하기가 어렵기 때문에 포기했습니다.

쿠루미가 「무례」, 「당신, 등이 타들어가고 있군요」 같은 대사를 말하게 하고 싶었어요…….

그럼 평소와 마찬가지로 관계자 여러분에게 진심으로 감사 인사를 드리겠습니다. 편집자 여러분, 매번 쿠루미를 체크해 본편의 쿠루미와 비슷한 느낌으로 가다듬어 주시는 타치바나 코우시 선생님, 그리고 섹시&스타일리시한 쿠루미와 버라이어티한 캐릭터를 그려 주시는 NOCO 선생님, 정말 감사드립니다.

동시에 발매된 『데이트 어 라이브』 최신간과 함께 잘 부탁드립니다.

뭐, 이 책의 후기를 읽고 계신다는 시점에서, 이미 구매해 주셨다고 여겨도 괜찮을 것 같지만 말이죠!

다음 권에서는 티파레트를 건너뛰고, 불꽃과 용암으로 뒤덮인 황량한 대지에서 이야기가 펼쳐집니다!

그리고 게부라가 불모의 땅인 것과, 『데이트 어 라이브』 본편에 나오는 귀엽디 귀여운 의붓동생의 가슴이 황량하기 그지없는 것은 딱히 인과 관계가 없습니다.

히가시데 유이치로

안녕하십니까. 근로청년 번역가 이승원입니다.

『데이트 어 불릿 5권』을 구매해 주셔서 진심으로 감사드립니다.

어느새 2019년도 5월이 되었습니다.

완연한 봄에 접어들었다고 생각했습니다만…… 봄은 건너뛰고 바로 여름이 되어 버리더군요.

5월인데 폭염주의보가……. 선풍기가 아니라 바로 에어컨을 켜야 하나 심각하게 고민하고 있습니다.

그리고 부랴부랴 어머니 방에 에어컨을 설치해드리려고 주문했더니, 배송 및 설치가 4주 후에 가능하다고 하더군요, AHAHA.

독자 여러분, 여름 잘 보내시길 진심으로 빕니다!

그럼 『데이트 어 불릿 5권』에 대해 조금 이야기해볼까 합니다.

스포일러가 포함되어 있을 수도 있으니 본편을 안 읽으신

분은 유의해주시길!

이번 5권은 도미니언이 한꺼번에 네 명이나 등장하면서 이야기가 예전과는 다르게 흘러가고 있습니다.

지금까지는 새로운 영역에서 새로운 도미니언과 접점을 만들고, 다음 영역으로 가기 위해 그 도미니언의 제시한 조건을 클리어한다, 같은 느낌이었죠. 물론 3권에서는 갑자기 퀸을 상대로 최종결전(?) 느낌 물씬 나는 혈전을 펼쳤지만요.^^

하지만 이번 5권은 한꺼번에 도미니언이 네 명이나 등장하면서, 심각한 느낌으로 이야기가 전개됩니다.

퀸을 위협적인 존재로 여기는 도미니언들이 쿠루미에 대해 알아보기 위해 나타나고, 쿠루미는 다음 영역으로 가기 위해서는 도미니언들과의 대결에서 승리해야만 하죠. 그리고 그 대결 종목은 텍사스 홀덤! 저도 텍사스 홀덤을 꽤 좋아하기 때문에 그 대결은 정말 흥미진진했습니다.

그리고 그 대결을 통해 도미니언들과 쿠루미는 협력 관계를 형성하나 했습니다만, 곧 이야기는 미스터리 구도로 넘어가더군요.

다른 건 몰라도, 셜록 홈즈 코스프레를 한 쿠루미 일러스트는 정말 최고였습니다!(어이)

……아무튼, 충격적인 결말을 맞이한 쿠루미&히비키가 다음 권에서 어떤 활약을 보여줄지 정말 고대됩니다.

다음 권도, 최선을 다해 작업에 임하겠습니다!

그럼 이만 줄이겠습니다.

L노벨 편집부 여러분, 이번에도 폐 많이 끼쳤습니다. 앞으로도 잘 부탁드립니다!

같이 카레를 먹으러 갔던 악우여. 지하철 한 정거장 거리니 걸어가자고 해놓고, 자기만 홀라당 버스를 타고 가버리는 게 어디 있냐……. 이 원한은 다음에 꼭 갚아주마아아아아~!

마지막으로 언제나 제게 버팀목이 되어주시는 어머니와 『데이트 어 불릿』을 읽어주신 모든 분들에게 진심으로 감사드립니다.

불모의 땅에서 혈전이 펼쳐질 5권의 역자 후기 코너에서 다시 뵙겠습니다!

2019년 5월 초
역자 이승원 올림

데이트 어 불릿 5

초판 1쇄 발행 2019년 6월 10일

지은이_ Yuichiro Higashide
감수 기획_ Koushi Tachibana
일러스트_ NOCO
옮긴이_ 이승원

발행인_ 신현호
편집국장_ 김은주
편집진행_ 최은진 · 김기준 · 김승신 · 원현선 · 권세라
편집디자인_ 양우연
국제업무_ 정아라 · 전은지
관리 · 영업_ 김민원 · 조인희

펴낸곳_ (주)디앤씨미디어
등록_ 2002년 4월 25일 제20-260호
주소_ 서울시 구로구 디지털로 26길 111 JnK디지털타워 503호
전화_ 02-333-2513(대표)
팩시밀리_ 02-333-2514
이메일_ lnovelpiya@naver.com
ㄴ노벨 공식 카페_ http://cafe.naver.com/lnovel11

DATE A LIVE FRAGMENT DATE A BULLET Vol.5
ⓒYuichiro Higashide, Koushi Tachibana, NOCO 2019
First published in Japan in 2019 by KADOKAWA CORPORATION, Tokyo.
Korean translation rights arranged with KADOKAWA CORPORATION, Tokyo

ISBN 979-11-278-5079-1 04830
ISBN 979-11-278-4273-4 (세트)

값 7,000원